LUÍS ERNESTO **LACOMBE**

CARTAS de ELISE

UMA HISTÓRIA **BRASILEIRA** SOBRE O **NAZISMO**

LUÍS ERNESTO **LACOMBE**

CARTAS de ELISE

UMA HISTÓRIA **BRASILEIRA** SOBRE O **NAZISMO**

2ª Edição Revista

São Paulo | 2022

Copyright © 2016 – Luís Ernesto Lacombe Heilborn

Os direitos desta edição pertencem à LVM Editora, sediada na
Rua Leopoldo Couto de Magalhães Júnior, 1098, Cj. 46
04.542-001 • São Paulo, SP, Brasil
Telefax: 55 (11) 3704-3782
contato@lvmeditora.com.br

Gerente Editorial | Chiara Ciodarot
Editor | Pedro Henrique Alves
Preparação dos originais | Pedro Henrique Alves e Chiara Ciodarot
Projeto gráfico | Mariangela Ghizellini
Diagramação | Rogério Salgado / Spress
Impressão | Rettec Artes Gráficas e Editora Ltda

Impresso no Brasil, 2022

Dados Internacionais de Catalogação na Publicação (CIP)
Angélica Ilacqua CRB-8/7057

L147c	Lacombe, Luis Ernesto Cartas de Elise : uma história brasileira sobre o nazismo / Luis Ernesto Lacombe. – 2 ed. - São Paulo : LVM Editora, 2022. 264 p. ISBN 978-65-86029-82-6 1. Ficção brasileira 2. Guerra Mundial, 1939-1945 – Ficção I. Título II. Blanc, Claudio
22-1800	CDD B869.3

Índices para catálogo sistemático:
1. Ficção brasileira

Reservados todos os direitos desta obra.
Proibida a reprodução integral desta edição por qualquer meio ou forma, seja eletrônica ou mecânica, fotocópia, gravação ou qualquer outro meio sem a permissão expressa do editor. A reprodução parcial é permitida, desde que citada a fonte.

Esta editora se empenhou em contatar os responsáveis pelos direitos autorais de todas as imagens e de outros materiais utilizados neste livro. Se porventura for constatada a omissão involuntária na identificação de algum deles, dispomo-nos a efetuar, futuramente, as devidas correções.

SUMÁRIO

Primeiras Cartas..................9

Lisette................11

Ernst................23

Lisette e Ernst................43

Elise................49

Noivado e Casamento................67

Enfim, Copacabana................77

1936................83

1937................93

1938................109

1939................123

1940................139

1941................147

O Silêncio da Guerra................163

Sinal de Vida, Sinal de Morte................171

Lacombe Heilborn................185

De Volta à Alemanha................191

Infinita Família................199

O Silêncio e a Sinfonia................205

Álbum de família................209

Freude
(...) Alle Menschen werden Brüder,
Wo dein sanfter Flügel weilt.

Beethoven, Ode à Alegria, 9ª Sinfonia

Elise Besser
PRIMEIRAS CARTAS

Berlim, 15/10/1935

Querida senhorita Lisette,
A sua carta e do Ernst me deixou muito surpresa e muito feliz. Tenho em Deus que essa aliança entre a senhorita e o meu Ernst trará apenas bons frutos. Espero também que a escolha dele combine com o meu gosto. Desejo naturalmente conhecê-la o mais rápido possível, para que eu possa estar com os meus pensamentos em Ernst e na senhorita. Desejo um futuro feliz e a cumprimento, de todo o coração.

Elise Besser

Berlim, 01/11/1935

Querida senhorita Lisette,
Fiquei muito feliz com a sua carta. Vivo sempre com medo de que alguma coisa aconteça, e eu não possa ir ao Brasil na primavera, o que iria me deixar, agora por dois motivos, muito triste. A senhorita pode imaginar o quanto anseio conhecê-la e rever o meu Ernst, depois de dois anos de separação. Ernst pode lhe confirmar, apesar de ter apenas 12 anos quando perdeu o pai, o quanto nós vivemos felizes e harmoniosos juntos.
Muitas lembranças afetuosas da Sua

Liese Besser

LISETTE

Primeiro de janeiro de 2006, um domingo. Às sete da manhã, o despertador tocou. Tinha sido mais um *réveillon* sem festa nessa minha profissão que não respeita dia santo, feriado, que dá a qualquer domingo um ar de segunda-feira. Os meninos foram cedo para a cama. Com fogos de artifício estourando na praia e em condomínios próximos, Gisa e eu fizemos apenas um brinde, à meia-noite, e também fomos dormir.

A primeira manhã do ano chegou com muito sol e o costumeiro calor de verão no Rio. Mais de trinta graus já àquela hora. Eu tinha de estar na emissora às oito. Saí de casa com calma, prevendo um tráfego ainda menor do que o de todo domingo. Cumpri o percurso de pouco mais de vinte quilômetros em vinte minutos, ruas e avenidas vazias. O tempo todo pensei em minha avó, internada no Hospital Silvestre havia mais de um mês.

Aos 96 anos, totalmente independente, agitada, lépida, lúcida, Lisette tinha ido parar no hospital por causa de uma fratura no fêmur. Acordou certa madrugada e, quando se encaminhava ao banheiro, tropeçou e caiu. Conseguiu se arrastar até o telefone para pedir ajuda. Teve que se submeter a uma cirurgia e a situação começou a piorar duas semanas depois. Houve, primeiro, problemas por causa de uma trombose. Depois, os pulmões. Naquela idade, tanto tempo deitada... Parecia que a velhice, da qual ela escapara tão bem até ali, tinha chegado da noite para o dia.

Lisette sempre dizia: "Ninguém respeita quem tem mais de 90 anos!". Não era com todo idoso... Por isso, tratou de fraudar uma das suas carteiras de identidade. Tirou dez anos. Não sei como ela fez, mas um zero virou um, e o ano de nascimento surgiu, quase original e verdadeiro: 1919 – em vez de 1909. É preciso entender que Lisette parecia ser realmente de dez a quinze anos mais nova. Além disso, nunca se achou velha, e nunca foi mesmo. Mas tinha medo de que no condomínio onde morava descobrissem sua idade verdadeira. Era subsíndica do edifício na rua Inhangá, em Copacabana. Na verdade, era quem mandava, e com o aval da síndica. Assim as duas tinham acertado, uma vez que a convenção interna impedia que moradores com mais de 80 anos assumissem o cargo de síndico. Subsíndica ela podia ser, mesmo que o prefixo *sub* jamais coubesse no caso de Lisette.

Era triste ver minha avó se apagando tão rapidamente... Depois de vencer um câncer, depois de ficar viúva, de perder o único filho, ela seguiu. Ela sempre seguiu. Tinha muito amor à vida e uma força incrível. O câncer não a levou por pouco. Lisette tinha 60 anos. Passou por uma colostomia, da qual só fui saber já bem crescido. Lisette não tocava no assunto. Apenas uma vez falou disso, e a ótima história só demonstra a sua força e vocação para a longevidade.

Um dia, Lisette, já com mais de 90 anos, teve que passar a usar novos dispositivos para fazer a higiene da colostomia. O fabricante tinha mudado, e tudo ficara mais difícil. Imediatamente, ela procurou o médico que a operara cerca de trinta anos antes:

— Doutor, não é possível, a marca antiga era muito melhor.

— Mas o fabricante não existe mais.

— Mas por quê? Se tudo era bom, funcionava tão bem?

— Dona Lisette, isso eu não sei explicar, por que a fábrica fechou. Mas a senhora tem que ter paciência, é uma questão de tempo. Daqui a pouco, a senhora vai se adaptar, não tem tanta diferença assim.

— Tem, tem, sim, e eu estou enfrentando muitas dificuldades, muitas. Eu queria saber, doutor, se não tem ninguém mais reclamando... E os outros pacientes que o senhor operou na mesma época que eu? Como é que eles estão se adaptando? Então, me diga, doutor.

— Dona Lisette... Só sobrou a senhora.

Vovó me contou essa história dando gargalhadas, sem esconder o orgulho por ter uma saúde de ferro, por ter ultrapassado, e muito, a expectativa de vida mais otimista para um caso como o dela. Sim, faríamos uma grande festa para comemorar o centenário de Lisette. Faltavam menos de quatro anos.

Às nove e meia da manhã, entramos no ar. O *Esporte Espetacular* daquele domingo deu atenção especial à Copa do Mundo da Alemanha. O Brasil, com

Ronaldo, Ronaldinho Gaúcho, Kaká e Adriano, era o grande favorito. Quem poderia tirar o título daquele timaço? O hexacampeonato estava a caminho.

Era o meu segundo ano como apresentador do programa, líder de audiência desde sua estreia, em 1973. Mais do que ninguém, eu estava entusiasmado com a possibilidade de ver a seleção conquistar o sexto título mundial, e ainda no país do meu avô paterno, Ernst Heilborn. Berlim, Hamburgo, Frankfurt, Munique, Nuremberg... Eram várias reportagens especiais sobre as sedes do Mundial, que começaria dali a 160 dias. Lisette, que visitara a Alemanha pela primeira vez em 1937, em pleno nazismo, estava adorando as matérias. Tinha pedido, logo cedo, à enfermeira que ligasse a televisão e levantasse a cabeceira da cama. Queria ver o programa do neto. Sempre foi minha fã número um. Acompanhava tudo o que eu fazia, tudo o que falavam de mim, guardava recortes de jornais, revistas. Estava vidrada na televisão, talvez revisitando mentalmente a Alemanha. Lisette fazia poucos comentários à enfermeira ao seu lado, também porque já tinha dificuldades em articular as palavras.

Deixei a emissora ainda antes de uma da tarde. Em vez de ir para casa, segui para o Hospital Silvestre, em Santa Teresa. Eu tinha prometido à minha avó que iria vê-la no Ano-Novo. Tínhamos passado o Natal em Novo Hamburgo, com a família da Gisa. Fazia mais de uma semana que eu não via Lisette, sabia que estava chateada. Acelerei morro acima, queria encontrá-la logo.

A porta do quarto de Lisette estava aberta, o que não era costume. No corredor, já percebi um movimento estranho, sombras inquietas, uma maca, perto da porta, equipada com algo que imaginei ser um respirador artificial... Um enfermeiro, apressado, levou-a para o quarto, não pude entrar, mas vi quando tiraram Lisette da cama, desacordada, entubada pela traqueia. Passaram rapidamente na direção do CTI; ficou apenas a enfermeira particular da minha avó.

— O que foi que aconteceu? – perguntei.

— Ela teve uma parada cardiorrespiratória...

— Mas ela não estava bem? Eu liguei pra cá ontem...

— Tava, tava bem, na medida do possível. Ela assistiu ao seu programa todinho, nem piscava. Quando terminou, ela ficou triste, disse que achava que o senhor tinha se esquecido dela... De repente... Meu Deus, coisa de dez minutos, e o senhor ia ver que ela estava bem...

— E agora? O que vai acontecer?

— Ela foi pro CTI. Lá eu não posso ficar. Eu vou pra casa, vou avisar à menina que me rende que ela não precisa vir...

— Você faria isso?

— Sim, pode deixar. E, qualquer coisa, é só telefonar.

— Obrigado. Agora, eu preciso conversar com alguém, alguém do CTI, com o médico que socorreu minha avó...

— Ele fez um trabalho incrível. Trouxe a sua avó de volta, viu? Eu vou falar pra enfermeira responsável que o senhor quer conversar com o médico, quer ter notícias da sua avó.

— Eu agradeço, mais uma vez.

A situação era muito grave. Lisette não saiu do CTI, resistiu por mais oito dias apenas. Morreu no dia 9 de janeiro de 2006, aos 96 anos, idade que ninguém daria para ela antes da queda e da fratura no fêmur. Foi cremada, e suas cinzas foram depositadas no jazigo da família Bahiana, no cemitério São João Batista, em Botafogo, Zona Sul do Rio.

***

Elizabeth Maria Bahiana era metade brasileira, metade francesa. Apesar de ter nascido no Rio de Janeiro, eu diria que ela era, na verdade, mais francesa. Francês era a língua que falava em casa com os pais e os irmãos, francês era o colégio em que estudava, francesas eram sua mãe e sua avó paterna... Tinha francês por todo lado, mas seu avô paterno, o engenheiro Antônio Luiz da Cunha Bahiana, era, como dá a entender o sobrenome, de família baiana mesmo.

Antônio Luiz foi, novo ainda, estudar na França. Lá, conheceu Augustine Marie Desirée Aillaud. Os dois se apaixonaram e se mudaram para o Brasil. Foram morar em Teresópolis, onde a família Bahiana tinha muitas terras e onde nasceu, no dia 12 de abril de 1874, o pai de Lisette, Gastão Renato da Cunha Bahiana, que também foi estudar na França ainda muito novo. O menino era um prodígio e se formou com apenas 19 anos de idade na Escola de Altos Estudos Industriais, de Lille. Engenheiro, como o pai, e arquiteto, aliás, um dos pioneiros da arquitetura no Brasil. Em 1921, Gastão Bahiana fundou o Instituto Brasileiro de Arquitetos, hoje Instituto de Arquitetos do Brasil, e foi seu primeiro presidente até 1925.

LISETTE

Estudou na França, como o pai, seguiu a mesma profissão e... também se casou com uma francesa. Mas Gastão Bahiana conheceu sua mulher, Jeanne-Rose Boher, no Rio mesmo. A família dela era de Perpignan, a parte francesa da Catalunha, no Sul do país, e os pais de Jeanne-Rose, Louis Joseph Boher e Pauline Rose Elizabeth Boher, tinham vindo morar no Brasil quando as duas filhas ainda eram pequenas.

Gastão Bahiana e Jeanne-Rose tiveram seis filhos. Gilberto, o mais velho, morreu ainda bebê, de meningite. Henrique Paulo, que viveu até os 96 anos, só era chamado pela mãe de Henri Paul. Depois dele veio Lisette, a mais velha das três mulheres. Eduardo morreu novo, por volta dos 50 anos, de câncer. Antoinette só descobriu que fora registrada Maria Antonieta quando teve que cuidar da papelada de seu casamento. Maria Alice sempre foi Lilice, uma gênia da cozinha, da elegância, do estilo. Alberto, pai da jornalista Ana Maria Bahiana, era o caçula e temporão.

Gastão Bahiana e Jeanne-Rose deram aos filhos de presente, em especial a Lisette, um quintal que se tornaria a praia mais famosa do Brasil e uma das mais conhecidas do mundo. Tento imaginar a Copacabana do começo do século XX... Os primeiros prédios só vieram na década de 1920. Então, esqueço os edifícios de dez, doze andares, uns colados nos outros, formando um enorme bloco de concreto, criando ruas sombreadas. Nem penso em buzina, escapamento, fumaça, carros, ônibus... O primeiro bonde a chegar a Copacabana tinha tração animal... A avenida Atlântica, que se estende por toda orla, só foi aberta em 1906, mas nada que se compare à de hoje, com três pistas em cada sentido, calçadão, ciclovia, vagas para carros junto aos prédios. Era bem simples, bem rústica, melhorou em 1919, passou a ter pista dupla e iluminação no canteiro central, foi destruída por uma ressaca, refeita, ganhou o Copacabana Palace em 1923, e Lisette viu isso bem de perto.

Lisette nasceu no dia 2 de julho de 1909, quando Copacabana ainda não completara 18 anos e não tinha mais do que vinte mil habitantes – quase dez vezes menos do que hoje. O bairro nasceu com a abertura do túnel Alaor Prata, o Túnel Velho, em 6 de julho de 1892. Nessa época, era uma planície semideserta, um areal, e abrigava uma colônia de pescadores. Em 1906, mais um túnel, com duas galerias, foi aberto. Furadas as montanhas, Copacabana já não parecia tão distante assim do Centro da cidade e de bairros da Zona Sul, como Botafogo e Flamengo, e os moradores começaram a chegar.

No início, como não havia a avenida Atlântica, as casas eram voltadas para a avenida Nossa Senhora de Copacabana, ou para suas transversais, quando havia. Era o quintal da casa da família Bahiana que dava para o mar. O endereço: rua Paula Freitas, número 16, onde hoje está o Arena Hotel, antigo Trocadero, um edifício de doze andares. Sim, Gastão Bahiana não foi apenas pioneiro na arquitetura, também foi pioneiro em Copacabana!

A foto mais antiga que temos da casa dos Bahiana é de 1904: uma construção de dois andares, sem sofisticação, um muro de pedra. Tudo em volta parece um grande areal. Há outra foto da casa, que não sabemos quando foi tirada. No verso, está escrito: "rua Paula Freitas 16 – depois da segunda reforma". Ao longo do tempo, a casa foi ficando maior, com obras projetadas e tocadas pelo proprietário. Acabou se transformando num casarão, com janelões, grandes portas e varandas com colunas e toldos listrados dando para os jardins... Nas fotos mais recentes, já existe rua, com asfalto e meio-fio.

Lisette cresceu assim, numa casa grande, com jardim, muitos irmãos, o mar à vista dos olhos, uma praia quase deserta, de areia e águas claras, as encostas verdes das montanhas, as pedras monumentais do Rio. Era uma época em que pouca gente tomava banho de mar, banho de sol, mas os filhos de Gastão Bahiana e Jeanne-Rose aproveitavam, iam à praia com frequência, principalmente Lisette e Eduardo. Quando queriam ficar na água mais tempo, e sabiam que já era hora de voltar para casa, todos permaneciam voltados para o horizonte, fingindo não ver os acenos da mãe na janela...

Formavam uma família franco-carioca e viviam bem. Gastão Bahiana estava sempre às voltas com vários projetos. Até 1913 era contratado de um dos melhores escritórios de arquitetura, o Heitor de Mello, ainda nos primórdios dessa especialização. Depois, trabalhando por conta própria, construiu vários prédios na então avenida Central, hoje avenida Rio Branco, no Centro do Rio, casas em Copacabana, colégios salesianos em vários estados do Brasil, além de igrejas, como a Nossa Senhora da Paz, em Ipanema.

Esta igreja, aliás, representou uma das poucas batalhas que Lisette não conseguiu vencer. Inaugurada em agosto de 1921, a Nossa Senhora da Paz seguia o estilo neorromânico, assim como o neogótico, um estilo medieval por excelência. Arcos sobre os vãos de portas e janelas, torres poligonais nas laterais, telhados de formas diversas. Sua cor original era escura, assim estava no projeto de Gastão Bahiana, respeitando o estilo que esteve na moda até as primeiras décadas do século XX. Por isso, Lisette tomou um susto, quando, já com mais de 90 anos, passeando por Ipanema, deu de cara com uma igreja toda pintada em cores claras, um amarelo quase bege e detalhes em branco. Imediatamente, ela entrou na igreja atrás do padre.

— O que foi que o senhor fez? Essa igreja foi construída pelo meu pai, e essas cores são um equívoco, não têm absolutamente nada a ver com o projeto original, com o estilo.

— A senhora está enganada.

— Não, não estou, não – interrompeu Lisette, já muito irritada.

— A senhora pode me ouvir? Quando nós começamos o trabalho de restauração da igreja, e as paredes começaram a ser raspadas, debaixo da tinta escura, nós encontramos essas cores claras.

— *Mon Dieu*!

— Senhora, por favor.

— Eu não posso acreditar! Ouça bem, se os senhores tivessem raspado mais um pouquinho, descobririam, por baixo dessas cores claras, a mesma cor escura que estava aqui até o senhor chegar a essa paróquia.

— Eu não sei do que a senhora está falando.

Lisette precisou controlar a irritação para contar toda a história ao padre. Havia, além de tudo, da agressão ao projeto original de seu pai, um incômodo sentimento de *déjà-vu*. E era uma repetição, o mesmo caso, mais de oitenta anos depois.

O tom de voz de Lisette sempre foi alto, impositivo, falasse com quem falasse. O padre ouvia, e a história se passava poucos anos depois da inauguração da Igreja Nossa Senhora da Paz. Eis que o arquiteto que havia projetado a construção, morador de Copacabana, estava passeando por Ipanema e deu de cara com a sua igreja neorromânica virada em cores claras, um amarelo quase bege e detalhes em branco. Gastão Bahiana ficou furioso, mas não teve dificuldade para que, em pouco tempo, com seu protesto, a igreja voltasse à cor original, um cinza escuro.

— Entendeu, agora, padre? Essa restauração está equivocada! Eu exijo que o senhor mande pintar a igreja com a cor prevista no projeto do meu pai. Qualquer outra cor será um crime, um crime!

— Senhora, essa não é exatamente uma construção histórica…

— Eu não vou permitir que a memória do meu pai seja desrespeitada. Eu me lembro bem de como ele ficou triste quando viu a igreja pintada nessas cores ridículas que o senhor agora, de forma equivocada, resolveu adotar. Isso não pode ser assim.

Lisette tentou de tudo, a prefeitura, o Instituto do Patrimônio Histórico, a Arquidiocese do Rio, o IAB... Não sossegou, mas, apesar de todo o seu empenho, de toda a sua luta, a igreja permanece amarelinha até hoje. Venceu o argumento do padre: "Ficou mais bonita, os fiéis se sentem melhor". Nunca tive coragem de dizer para minha avó que eu concordava com o padre. Ela não me perdoaria.

***

Lisette não era exatamente uma mulher bonita, mas era alta, esguia, elegante. Até o fim da vida, manteve uma postura de bailarina. Quando se sentava, não se encostava, mas a coluna permanecia ereta, os ombros para trás, o peito aberto. Ela nos contou várias vezes o método que Jeanne-Rose adotava para fazer os filhos adquirirem boa postura. Era quase uma tortura. Quando em cadeira de espaldar baixo, os meninos eram obrigados a permanecer, o quanto fosse possível, com os braços para trás, passando-os por cima do encosto, uma das mãos segurando o punho do outro braço. Além disso, Jeanne-Rose usava tiras, como se fossem alças de uma mochila, que eram reguladas nas costas, para puxar os ombros dos filhos para trás. Incrível, mas Lisette sempre falou de forma elogiosa disso tudo.

Além de boa postura, Lisette tinha seu charme. Era sensual, tinha gênio forte, muita personalidade, muita vaidade. Estava sempre bem-vestida, sempre maquiada e bem penteada. Tinha uma incrível noção de estética, de formas, de cores. Desenhava muito, muito bem, tinha herdado do pai esse dom, que tentou desenvolver na Escola Nacional de Belas Artes. Minha irmã caçula, Cristina, tem todos os desenhos de Lisette guardados, alguns foram enquadrados e estão em sua casa, na Alemanha. Também está lá um quadro a óleo de Lisette premiado numa exposição. É uma natureza morta que adoro, um vaso de flores já passadas.

Imagino os encontros de Lisette com o pai na Escola Nacional de Belas Artes, da qual Gastão Bahiana se tornara professor, por concurso, em 1905, quatro anos antes do nascimento da filha. Foi quando ele começou a orientar a formação dos futuros arquitetos, tornando-se um dos precursores do ensino da arquitetura no Brasil. Por isso, depois de aposentado, recebeu o título de professor emérito.

Gastão Bahiana sempre teve um enorme orgulho de ser professor. Ele fazia questão de dar aula, sentia prazer nisso, no contato com os estudantes, com o meio acadêmico. Lisette nos dizia que nenhum título era mais importante para o pai do que aquele: o título de professor. Por isso, quando, depois de sua morte, Gastão Bahiana virou nome de rua, ligando Copacabana à Lagoa, Lisette precisou se empenhar em outra batalha.

Não sei que fim levaram os inúmeros recortes de jornal que ela guardara durante tanto tempo. Notícia a notícia, lá estava a sua luta para corrigir duas falhas graves. Nas placas colocadas nos postes com o nome da rua, que começa na Barata Ribeiro, em Copacabana, e vai até a avenida Epitácio Pessoa, na Lagoa, estava assim: rua Gastão Baiana. A falta do "h" em Bahiana incomodava, claro, não era a grafia correta do nome da família, e não havia como Lisette perdoar aquela, digamos, atualização ortográfica. Mas isso não era o pior.

Lisette foi a todas as instâncias. Subprefeitura, região administrativa, prefeitura... Mudou de poder, foi à Câmara de Vereadores. Quarto poder! A imprensa. Ligou para o jornal *O Globo*, a reportagem foi feita, e mais uma, e uma notinha do colunista, até que, enfim, a prefeitura mandou fazer as modificações. Lisette estava ao lado dos funcionários do município quando as últimas placas foram trocadas, já na Epitácio Pessoa. Emocionada, fez o caminho de volta para Copacabana, vencendo a ladeira a pé, na rua que levava o nome do seu pai: rua Professor Gastão Bahiana.

***

A casa da rua Paula Freitas tinha sempre movimento, não só pelos filhos, pelos amigos dos filhos. Gastão Bahiana e Jeanne-Rose tinham o costume de oferecer recepções, organizavam jantares, festas, que, invariavelmente, tinham a presença de intelectuais, escritores, poetas, artistas, políticos. Tudo estava sempre impecável graças ao trabalho de uma *nurse* inglesa. Uma das atribuições dessa governanta também era dar lições de inglês para Lisette e seus irmãos.

Quem cuidava da cozinha da casa era um *chef* francês, *monsieur* Louis. Lilice, a mais nova das meninas, não desgrudava dele. Queria sempre aprender cada receita, descobrir todos os ingredientes, as misturas, os sabores, temperos, modos de preparo, tudo, tudinho.

Lisette gostava mais de observar os convidados. O ambiente de festa a atraía desde pequena. Quando criança, era mantida à distância, tendo que se recolher ao quarto bem cedo. Mas começou a arriscar escapulidas. Queria ouvir as conversas, medir os sorrisos, os vestidos, as joias... aquele burburinho a chamava. Já crescida, pôde, enfim, participar de algumas recepções em sua casa. Também aproveitava as domingueiras no Copacabana Palace, os bailes no Fluminense, na sede das Laranjeiras, ou o chá da Colombo, no Centro da cidade.

Lisette queria aproveitar a vida, e isso incluía namorados. Não era, obviamente, uma época de liberdades, mas ela não pretendia fazer o papel da moça totalmente recatada. De tímida não tinha nada, de submissa menos ainda. Esperar pacientemente por um pretendente seria impossível. Ela queria se casar logo, porque a vida só podia ser vivida com intensidade, e nada podia ser mais intenso do que a paixão, do que o amor.

Os homens a atraíam muito, principalmente os mais altos e mais fortes. Flertes e namoricos não sei quantos houve. Mas tenho a impressão de que o jeito determinado e autoritário de Lisette deve ter assustado muitos jovens que dela se aproximaram ou, mais provável, dos quais ela se aproximou. Os pretendentes não deviam ser tantos, e imagino que alguns sucumbiram diante daquela mulher longilínea, altiva e autêntica, eventualmente de uma sinceridade que beirava a falta de educação, a inconveniência. A ansiedade de Lisette também deve ter atrapalhado suas tentativas de estabelecer um relacionamento. Se não era bonita, tinha charme, era sensual. Mas como controlar o gênio forte, os desejos fervendo, a vontade de se desgovernar?

O noivo, finalmente, o noivo surgiu! Foi em 1934, e pouco sei dele, apenas que seu sobrenome começava com a letra "B", como o de Lisette. Ela já havia completado 25 anos, numa época em que a maioria das mulheres se casava mais cedo. O noivo... Lisette queria casar-se logo, esperar para quê?

O enxoval começou a ser preparado, roupas de cama, toalhas de banho, de rosto, de mesa, tudo bordado com duas letras "B" entrelaçadas... A cerimônia seria na casa da Paula Freitas, com uma grande festa em seguida. Lisette pensava nisso dia e noite. Estava louca para marcar a data do casamento. Sonhava, sonhava. Via o noivo menos do que gostaria... Ela adorava as caminhadas que faziam pela orla de Copacabana. Às vezes perdiam a noção da hora.

Um sorvete, um beijo... Num dia fresco de primavera, voltavam de um passeio desses, tendo conversado sobre o casamento quase todo o tempo. Lisette deve ter falado de datas, nada muito distante, dali a seis meses, no máximo. Mal entraram na sala principal do casarão da Paula Freitas, deram de cara com Gastão Bahiana e Jeanne-Rose, que os esperavam havia algum tempo.

Os pais de Lisette tinham expressões fechadas, nenhuma possibilidade de um meio sorriso. O assunto era grave e seria resolvido ali, naquele momento. Mandaram que Lisette subisse para o quarto. O noivo tentava controlar a respiração, ainda não tivera chance de falar, apenas imaginava o que estava para acontecer. Desconcertada, temendo o pior, Lisette subiu as escadas, e o olhar do noivo era de despedida.

Gastão Bahiana e Jeanne-Rose não fizeram rodeios, queriam uma explicação sobre os boatos que tinham ouvido. Não ordenaram ao noivo da filha que se sentasse. Estavam os três de pé, e Gastão Bahiana tomou a palavra:

— Não convém ao senhor se sentar. Talvez esta nossa conversa seja breve, e, depois dela, dependendo do que nos for dito, pode ser que o senhor tenha que se retirar, para nunca mais voltar.

— O senhor precisa entender que sua filha e eu nos amamos e estamos planejando apaixonadamente nosso casamento e...

— O senhor poderá se casar com nossa filha – interrompeu Jeanne-Rose. — É só o senhor responder "não" à pergunta que vamos lhe fazer.

— Chegou aos nossos ouvidos – Gastão Bahiana retomou — que o senhor já é pai, sem nunca ter sido casado... Ou o senhor é ou já foi casado?

— Não, é claro que não. Do contrário, eu não estaria noivo da sua filha.

— E quanto à criança? – perguntou Gastão Bahiana. — O senhor tem realmente um filho?

O noivo de Lisette não pôde responder negativamente. A resposta era: sim. Ele tinha tido uma aventura amorosa, assumira o filho, mas não tinha se casado com a mãe da criança. Tentou explicar a situação, não havia conflito, estava tudo resolvido, a criança não morava com ele, tinham, inclusive, pouco contato... Nada adiantou. O noivo foi levado até a porta. Já na rua, virou na direção da avenida Nossa Senhora de Copacabana. Estava transtornado.

Dele nunca mais se ouviu falar.

Jeanne-Rose subiu imediatamente ao quarto de Lisette. Foi sucinta e fria:

— Ele já se foi, e não voltará mais, nunca mais.

— Mamãe, isso não é justo, nosso casamento...

— Não quero ouvir uma palavra sobre isso. Seu noivado foi rompido; não haverá mais casamento algum.

Jeanne-Rose virou as costas e bateu a porta.

Nos três dias seguintes, Lisette praticamente não saiu do quarto. É possível que nunca tenha chorado tanto quanto naqueles dias, lágrimas capazes de criar um novo oceano, um mar cinza, cor de chumbo, bem diferente do mar que Lisette se acostumara a ver da janela de casa.

ERNST

Quando o navio *Ruy Barbosa*, do Lloyd brasileiro, se aproximou da entrada da Baía de Guanabara, Ernst pôde ver de longe a orla de Copacabana, a curva perfeita, a faixa de areia que se confundia com a espuma das ondas, os prédios, o Copacabana Palace, as pedras. De repente, o Pão de Açúcar, lindo! Um céu azul claro, sem nuvens, e o calor costumeiro do verão carioca. O dia era 3 de março de 1934. Oppeln, sua cidade natal, estava muito distante, e não havia apenas a distância em quilômetros. Tudo se anunciava muito diferente do que ele já tinha visto e vivido até ali.

Para começar, aquele dia era, certamente, mais quente do que o mais quente dia do mais quente verão da história da Alemanha. E, com o tempo, Ernst descobriria que nem no mais gelado dia do mais gelado inverno do Rio de Janeiro poderia usar os ternos resistentes e os indestrutíveis casacos de fazenda grossa de sua infância e adolescência.

A Baía de Guanabara ainda tinha águas claras, e as ondas pareciam correr desencontradas. Ernst não podia e não queria fazer uma comparação com o rio Oder, de sua cidade, que sempre congelava no inverno, tornando-se a melhor pista de patinação natural.

Seus pais tinham autorização para cortar o gelo do rio, que era guardado até o verão num depósito especial. Era um trabalho que envolvia alguns homens. Os grandes blocos de gelo eram colocados numa carruagem, que os cavalos, ofegantes desde o primeiro passo, puxavam até a casa dos pais de Ernst.

A grande casa dos Heilborn, na Karlsplatz, número 4, em Oppeln, ficava a sete quadras da margem do rio. Estava na família desde 1829. Foi comprada pelo bisavô de Ernst, sobre o qual quase não há informações. Ernst fala pouco dele nas anotações que fez para um livro de memórias que nunca escreveu.

Ernst veio ao mundo em 30 de abril de 1905, era a terceira geração dos Heilborn a nascer naquela casa, que ficava num grande terreno com macieiras, pereiras e frutas silvestres. Seu bisavô fizera muitas reformas na casa, que tinha um apartamento independente no sótão, mas não pôde derrubar as 120 cocheiras que havia. Elas tinham que ser mantidas, pois, em caso de guerra, seriam usadas pelas forças militares.

Ao lado da casa, havia outra construção usada para armazenar os grandes blocos de gelo e bebidas. No sótão desse depósito, havia mais dois apartamentos. O bisavô de Ernst comprou esses imóveis e também a fábrica de cerveja que funcionava num grande armazém no fundo do terreno. A parte térrea do casarão dos Heilborn que dava para a rua era ocupada pelos escritórios da cervejaria e por uma taberna, que foi toda reformada pelo bisavô de Ernst para ser arrendada. Chamava-se *Gasthaus vor dem Tore*, algo como "Taberna em frente ao Portão". Oppeln tinha sido uma cidade murada, muitos, muitos anos antes, e a taberna ficava bem perto de uma das cinco torres de proteção construídas numa das antigas entradas da cidade.

Quando o pai morreu, Salomon Heilborn, avô de Ernst, herdou a fábrica. Mas ele tinha feito carreira militar, era oficial do Exército da Prússia e chegou a combater nas guerras austro-prussiana, em 1866, e franco-prussiana, que terminou em 1871. Quando voltou dessa última guerra, quase um ano longe de casa, ele, um homem enorme, 2,08m de altura, já com a barba bem crescida, não teve boa recepção. Seu filho Joseph, que ainda não havia completado quatro anos, soltou um grito de pavor, e não quis saber de Salomon por um bom tempo.

Mesmo sendo militar, Salomon conhecia bem os negócios da família. Nascera praticamente dentro da cervejaria. Estava sempre pela fábrica, que tinha em torno de quarenta funcionários, e, mesmo precisando se ausentar de tempos em tempos, aproveitava bem os momentos com seu pai, que lhe ensinava tudo sobre a cervejaria. Por isso, a transição da carreira militar para a de cervejeiro, de industrial, não foi complicada nem traumática. O gigante Salomon passou a controlar tudo bem de perto. Estava sempre atento a todo o processo, desde a compra das matérias-primas, passando pela fabricação da cerveja, até a distribuição da bebida.

Ernst escreveu poucas linhas sobre a indústria da família, e não exatamente elogiosas: "A fábrica tinha aparentemente uma receita popular, que todos nós fazíamos, usando álcool, água e algumas gotas de uma essência especial, que era comprada em tonéis".

Ainda que fosse produzida de modo tão prosaico, a cerveja dos Heilborn fazia sucesso e era comprada por muitos comerciantes da região. Na *Gasthaus vor dem Tore*, era a única à disposição dos clientes. E as vendedoras tinham que estar atentas: cabia a elas saber a quantidade que podiam servir ao freguês, para que ele não se excedesse. Mas, até adquirir essa sensibilidade, esse conhecimento, algumas moças enchiam um ou dois copos a mais, às vezes três... Se, bêbado, o cliente criava algum tumulto, alguma confusão, o arrendatário da taberna não pensava muito; corria até a porta dos Heilborn e chamava o gigante Salomon.

Tão logo era avisado sobre o desordeiro na taberna, Salomon cumpria seu ritual. Canhoto, ele enrolava um lenço no dedo médio e no indicador da mão esquerda, já caminhando para a rua. Passos longos, poucos passos, e entrava na taberna, pisando como se tivesse não mais de cem quilos, mas, sim, uma tonelada. Tirava o ar de todos, até dos que não tinham culpa. O taberneiro apontava o arruaceiro, e Salomon se punha diante do beberrão:

— O senhor, por favor, queira se retirar da minha taberna.

— A sua tab... tab... erna ainda tem mui... muita cerveja, mas muita, pra ser servida... a mim. Cer... ve... ja...

— Ao senhor nada mais será servido. Queira se retirar imediatamente – Salomon tinha a voz grave, de barítono, como quase todos os Heilborn, além dos 2,08m de altura... Mas o bêbado insistia.

— Vo... vo... vou me retirar... Depois que essa, essa aí, essa mocinha linda, linda... Depois que ela me servir... Servir mais um copo... Eu vo... vo... vou embora.

Salomon não era de ouvir argumentação de qualquer um, muito menos de um bêbado que incomodava outros clientes e funcionários da taberna. Era nessa hora que entrava o lenço nos dedos. Entrava mesmo. Se o desordeiro resistia, não queria deixar a taberna, Salomon o jogava pela porta da rua. Mas não segurava e erguia o bêbado pelo braço, conduzindo-o à saída, não lhe dava uma gravata, não o levantava pela cintura, nada disso. Salomon introduzia seus dedos, devidamente protegidos pelo lenço, nas narinas do bebum e, pronto, o arrastava para fora da taberna:

— E trate de nunca mais voltar aqui! Ou terei que arrancar o seu nariz.

– O recado era sempre bem claro e, mesmo não havendo dados estatísticos oficiais, eu apostaria que quem passou por essa experiência com Salomon não voltou mais à taberna.

Salomon deixou a fábrica de cerveja e a taberna que herdara do pai para o filho Joseph, pai de Ernst, e o negócio continuou prosperando. A cerveja fabricada pelos Heilborn vendia bem em feiras da região também. Em Oppeln e em várias cidades próximas, sempre que havia um casamento, os pais dos noivos iam à última feira antes da cerimônia para comprar cerveja, vinho, aguardente, charutos, cigarros.

Oppeln tinha, na época, em torno de trinta mil habitantes, era uma cidade organizada, calma. As pessoas costumavam se tratar com simpatia e consideração. Quando os pais de Ernst matavam um porco, mandavam preparar uma sopa de linguiça, que era distribuída aos pobres, especialmente os que moravam nos casebres em frente ao velho cemitério da cidade. Quando peras e maçãs amadureciam no pomar da casa dos Heilborn, cestas carregadas de frutas eram enviadas pela família para o asilo de velhos e para o hospital.

Se algum vizinho dos Heilborn estivesse gravemente doente, era costume jogarem palha na rua, para reduzir o barulho dos cascos dos cavalos e das rodas das carruagens. A palha na rua também indicava aos adultos que era preciso controlar as crianças menores; ninguém podia brincar em voz alta.

Nas festas de aniversário, fosse de Ernst, dos primos, dos amigos, eram servidas especialidades como os peixes de marzipã e chocolate feito em casa. E, se era véspera de feriado judaico, ninguém podia usar a banheira dos Heilborn. Ela estava sempre bem cheia e nela nadava uma grande carpa, que seria o prato principal no dia seguinte. Para os judeus, o peixe simboliza fertilidade, e há várias receitas judaicas com carpa.

Ernst teve uma infância feliz, junto à família, aos primos. Iam ao circo, ao zoológico. Gostavam de passear em Breslau, a oitenta quilômetros de Oppeln. Andar de bonde na cidade era um dos programas preferidos, o Jockey Club era outro.

Ernst também gostava muito de brincar com os cachorros da família. Eram muitos, e havia gatos também. Os animais não entravam em casa, ficavam pelo jardim, no pomar, pelas cocheiras e, toda manhã, se reuniam em frente à porta da cozinha, para mostrar o que tinham capturado à noite: ratos, ratazanas, às vezes uma toupeira. Quando havia pássaros, os animais levavam bronca e eram castigados.

ERNST

Os cachorros costumavam acompanhar Ernst pelas ruas quando ele ainda entrava na adolescência. Aquela era uma boa proteção contra os meninos mais velhos e maiores... Certa vez, Ernst permitiu que os cachorros o acompanhassem até a escola, e todos se posicionaram diante da porta, impedindo o professor de entrar. Para não ser punido, Ernst teve que ordenar aos cães que voltassem imediatamente para casa.

Ernst não era exatamente aprontador, mas fez das suas. Na escola, ele e os colegas gostavam de provocar os professores. Passavam toucinho no quadro negro, sebo no arco do violino... Nos jantares maiores, mais de uma vez, Ernst e os primos trocaram os sapatos das senhoras que os descalçavam à mesa. Discretamente, iam pegando o sapato de uma e empurrando para perto de outra senhora, trocavam todos de lugar.

O meio de transporte mais comum era a bicicleta, além dos cavalos, claro. A fábrica de cerveja tinha várias carruagens para transportar os tonéis da bebida, as matérias-primas. Havia cavalos específicos para esse fim. Mas havia também os cavalos de sela da família, e o pai de Ernst mantinha o seu muito bem tratado.

Depois, os carros começaram a aparecer. Ernst nunca esqueceu o dia em que um tio dele chegou a Oppeln com o primeiro automóvel de passeio da cidade. Foi um sucesso! Ernst e seus primos foram esperar o tio Fritz fora da cidade e vieram acompanhando o carro, ora caminhando, ora correndo. Naquele mesmo dia, tio Fritz conseguiu outro feito: recebeu a primeira multa de trânsito de Oppeln. A buzina do carro dele se parecia com a sirene do Corpo de Bombeiros!

Como era uma cidade pequena, Oppeln só tinha um bombeiro profissional, todos os outros eram voluntários, e havia muitos voluntários. Era uma honra e um dever cívico pertencer ao Corpo de Bombeiros, que não possuía cavalos próprios. Por isso, as fábricas, como a do pai de Ernst, tinham, cada uma, alguns cavalos preparados que não podiam sair da área da cidade. Se o alarme soava na torre da prefeitura, até a carruagem que transportava a cerveja tinha que ficar parada onde estivesse. Imediatamente, o cocheiro desatrelava os animais, montava num deles e seguia, o mais rápido possível, para o posto dos bombeiros.

Ernst e seus primos também não titubeavam quando o alarme na torre da prefeitura era acionado. Ao primeiro toque, eles corriam para as cocheiras da casa dos Heilborn. Cada um montava num cavalo, e todos saíam em disparada para o posto dos bombeiros. Dever cívico, claro, mas preciso acrescentar que havia ainda outra motivação para os meninos. Os dois primeiros que chegassem ao posto ganhavam três marcos. Os dois seguintes recebiam dois marcos cada um.

Os primos sempre foram a companhia mais constante de Ernst, que, quando tinha seis anos, ganhou um irmão. Não sabemos que expectativas ele alimentou em relação à chegada do caçula – quase temporão –, como foi preparado para aquilo... Na idade em que estava, talvez não tenha gostado tanto da ideia de ter que passar a dividir com alguém a atenção, o carinho dos pais. Talvez tenha se esforçado, à procura de vantagens de ter um irmão bem mais novo... Mas, quaisquer que fossem suas expectativas em relação à chegada do irmão, elas não se cumpriram. Ernst e Walter nunca tiveram convívio. O segundo filho de Joseph e Elise tinha Síndrome de Down e cresceu em clínicas e casas de repouso. Não temos como saber a reação de Ernst, um menino de seis anos, o que exatamente ele conseguiu entender, por que o irmão não podia morar com eles no casarão da Karlsplatz... Em suas notas para o livro de memórias, Ernst não escreveu uma linha sequer sobre Walter, de quem não temos nenhuma foto.

***

Durante a Primeira Guerra Mundial, o número de moradores da casa número 4 da Karlsplatz aumentou muito. Alguns parentes, que tiveram que ir para o campo de batalha, mandaram para lá seus filhos e suas mulheres.

Ernst tinha orgulho de apresentar aos colegas seu tio Siegfried, que levara um tiro na mão na Batalha de Tannenberg. Alemães e russos se enfrentaram na região de Olsztyn, na Prússia Oriental, hoje Polônia, entre 26 e 30 de agosto de 1914. Os alemães, mesmo em menor número, venceram a batalha.

Nas notas para seu livro de memórias, Ernst escreveu o seguinte: "Na Primeira Guerra, nós passamos por muita coisa, mas, como geralmente acontece, lembramos menos dos maus dias e mais dos bons. Recordo-me vagamente de quando, para ajudar a financiar a campanha alemã, a bonita corrente de ouro do meu pai foi trocada por uma de ferro com os seguintes dizeres: 'Eu dei ouro por ferro'. Mas lembro-me perfeitamente de quando eu estava com meu trenó, a rua cheia de neve, iluminada por uma luz fraca, a gás, e um colega me parou para avisar que no dia seguinte não teríamos aula".

Ernst, que viveu a Primeira Guerra quando tinha entre nove e treze anos de idade, guardou dela, claro, a visão de uma criança. Era sempre feriado quando a turma da escola juntava o suficiente para atingir sua cota em ouro, estabelecida pela campanha *"Gold gab ich für Eisen"*, ou quando havia uma vitória na guerra a comemorar. É como no filme britânico *Esperança e Glória (Hope and Glory)*, de 1987, dirigido por John Boorman, que se passa durante a Segunda Guerra. Nunca esqueci a cena das crianças comemorando o bombardeio alemão ao prédio de sua escola, o que impedia a realização das aulas. A sequência termina com um menino olhando para o céu e dizendo: *"Thank you, Adolf"*. Impossível não rir da cena, da inocência, da visão particular das crianças... Mas Ernst já não seria um menino quando a Segunda Guerra estourasse.

Durante a Primeira Guerra, os Heilborn faziam trocas com os camponeses da região de Oppeln. Muitos iam até a casa da Karlsplatz, oferecendo manteiga, carnes, batatas. Levavam, em troca, vinho, cerveja e aguardente. Muitos produtos deixaram de ser encontrados. O mel verdadeiro, por exemplo, sumiu, para desespero de Ernst. Mesmo depois de muitos anos, ele ainda ficava enjoado só de lembrar o gosto do mel artificial.

Em tempos de guerra e de paz, na família de Ernst e em todo o seu círculo de relações, todos odiavam imitações, o que não era verdadeiro. Na casa dos Heilborn, os talheres eram realmente da melhor prata, a porcelana era autêntica, o alfinete da gravata tinha uma pérola genuína.

Elise, mãe de Ernst, tinha uma coleção completa de copos Römer, de todas as cores, todos os tamanhos e modelos. Eram copos finíssimos de cristal, que a família comprava quando ia de férias para Riesengebirgen, as "montanhas gigantes", na cidade de Hirschberg, na Silésia. Ernst, ainda menino, adorava observar o trabalho dos lapidadores de cristal, que sempre buscavam um copo único, perfeito.

Era uma família rica, mas o controle financeiro nunca deixou de ser rígido. No teatro, todos comiam sanduíches de pão com manteiga, e quando viajavam era de terceira classe. Os gastos tinham que se justificar. Os pais de Ernst jamais toleravam qualquer tipo de demonstração de riqueza. Gastos excessivos, descontrolados, não, isso nunca. Se Ernst queria um terno novo, isso era discutido e analisado muito seriamente. Se fosse possível remendar o terno em uso, isso era feito.

Para outros fins, é verdade, sempre havia dinheiro. Ernst fez anotações sobre isso: "Quando eu queria ir ao teatro ou ao concerto, o dinheiro estava sempre lá, e, quando cresci, sempre para dois! Em minha cidade natal, eu tinha uma conta aberta na maior e melhor livraria, e podia comprar tudo o que eu queria".

Literatura sempre foi uma paixão de Ernst, e os livros o ajudaram a superar um momento muito difícil. No dia 2 de novembro de 1917, um ano antes do fim da Primeira Guerra, Joseph, pai de Ernst, morreu. Tinha apenas 49 anos, completaria 50 anos no dia 5 de dezembro. Na foto que nos restou, é um homem alto, mas gordo, barrigudo, pouco cabelo, muito bigode, vincos no rosto. Teve um enfarte fulminante. Ernst ainda não havia completado treze anos.

No enterro do pai, ele teve vontade de seguir junto ao pelotão, na frente do cortejo. Os homens do Corpo de Bombeiros e da Polícia Federal iam sempre à frente, junto a uma banda de música. Os cavalos negros, que puxavam a carruagem com o caixão, usavam mantas e plumas pretas na cabeça, os cascos protegidos. A banda tocava a marcha *So Leben Wir* ("Assim vivemos nós"). Quieto, Ernst seguiu junto à família, ao lado do caixão. Diante do túmulo, os policiais deram uma salva de tiros de espingarda.

Ernst e sua mãe, Elise, foram fortes, não eram mesmo de ficar se lamentando, chorando. Ninguém na família era. Os tios, que sempre foram próximos, aproximaram-se mais. A administração dos negócios foi dividida. Joseph faria falta, mas era preciso seguir em frente.

Ernst andou quieto por um tempo, ficava mais em casa, normalmente entregue à leitura. Deve ter sido nessa época que sonhou pela primeira vez viver aventuras em terras distantes. Devorava os livros de Karl May, um dos autores preferidos de Hitler... Eram histórias de viagens, de bravura, aventuras heroicas, que se passavam no Oriente, na América do Norte e na América do Sul.

Demorou muito para que Ernst se interessasse por livros políticos e lesse Karl Marx e outros teóricos, dos quais ele não gostava. Livro preferido? *Poesia e Verdade*, as memórias de Goethe, escritor que ele considerava um "companheiro".

Outra paixão de Ernst era a música. Ele chegou a ter aulas de violino com o professor da igreja protestante. Foi por pouco tempo, e Ernst explica em suas anotações o porquê: "Tanto o professor quanto eu ficamos felizes quando, depois de algumas semanas, quebrei o braço. Essa interrupção em minha atividade musical contribuiu de forma definitiva para que eu soubesse apreciar realmente a música (executada pelos outros...)".

Ernst adorava concertos, que fizeram parte da sua vida desde menino. Seus pais tinham sempre lugares na primeira fila do teatro de Oppeln. E era comum nas cidades menores que os moradores mais ilustres – o médico principal, a farmacêutica, o juiz – se preparassem durante semanas, às vezes meses, para dar um concerto na varanda ou num salão de sua casa.

A Associação de Concertos de Oppeln conseguia proezas. Certa vez, organizou uma apresentação em que foram executadas a *Feuerkreuz*, de Max Bruch, e *A Criação*, de Haydn. A orquestra e o coral da cidade foram reforçados por músicos da banda do regimento militar.

Solistas vinham das cidades maiores especialmente para essas apresentações. Era uma honra especial para as famílias poder hospedar esses músicos e cantores. Pena que isso sempre gerava intrigas entre as famílias de Oppeln que recebiam os hóspedes ilustres e as que não recebiam.

Música para Ernst, muitas vezes, lembrava uma paisagem, um lugar... Um vale entre belas colinas, num encontro de estudantes, e a música executada era *Pequena Serenata Noturna*, de Mozart. No gramado do jardim da prefeitura de Munique, orquestra de cordas e orquestra de câmara, os *Concertos para Violino* de Bach.

Ernst passou bons momentos no teatro de Breslau: concertos, peças, operetas, óperas (a primeira que viu foi *Carmen*). Se o inverno estava seco, sem neve, Ernst e os primos deixavam Oppeln de bicicleta. Pedalavam oitenta quilômetros, em terreno plano, até Breslau, com temperatura bem baixa. No bagageiro da bicicleta, Ernst levava uma malinha com o infalível terno azul. Todos se trocavam na casa de uma tia e, muitas vezes, voltavam para Oppeln logo depois do espetáculo.

Quando nevava, os pais davam dinheiro para a passagem de trem. E havia neve, sim, ainda que fraca, naquele 31 de dezembro, quando a turma toda foi a Breslau para assistir, no teatro da cidade, a uma montagem da opereta *Orfeu no Inferno*, de Jacques Offenbach. Na volta, noite de Ano-Novo, o tempo piorara, e a neve tomava conta dos trilhos. Várias vezes, o trem teve que parar e aguardar o trabalho do limpador de neve. Ernst e os primos esperavam estar em casa para a passagem do ano, mas a viagem, que normalmente durava uma hora, demorou cinco. Acabaram soltando os fogos de artifício, que tinham comprado para a celebração junto à família em Oppeln, de dentro do trem coberto de neve.

Ernst era alemão, adorava a cultura alemã, as viagens que Ludwig Hart fazia pela Alemanha, recitando suas obras, de Heinrich Heine... Ernst gostava de poesia e escrevia versos esparsos. Alguns foram publicados num jornal de sua cidade natal. Entre eles, os que fizeram parte do duelo que Ernst travou com outro poeta de Oppeln.

A cidade tinha dois jornais. Um deles trazia sempre poemas de um autor que assinava com seu nome verdadeiro. Eram versos apaixonados, dedicados a uma moça que Ernst também cobiçava, mas em silêncio. Então, o jornal concorrente passou a publicar poemas anônimos de Ernst, que sempre tentava superar o rival, ridicularizá-lo. Mas não deu certo. A moça, que nem soube que era Ernst quem escrevia os poemas, preferiu o outro poeta, que lhe dedicava versos tão lindos e não se escondia.

Além dos dois jornais de Oppeln, Ernst também lia o *Berliner Tageblatt*, que foi um dos principais jornais liberais da Alemanha até ser fechado pelos nazistas em 31 de janeiro de 1939. Aliás, posso incluir nesse parágrafo uma nota curta de Ernst: "Antes de Hitler, a cultura era levada a sério".

Ernst adorava teatro e teve algumas experiências como ator, ainda que conhecesse suas limitações e nunca tenha pensado em ser um profissional. Ganhou apenas um papel importante em toda sua curta carreira: o jovem herói do *Fantasma de Canterville*, do britânico Oscar Wilde. Foi durante a Primeira Guerra, quando ele, com apenas 13 anos, passou algumas semanas num pensionato de moças nas "montanhas gigantes", em Agnetendorf, distrito de Hirschberg. Não fez grande sucesso e escreveu: "Minha capacidade como ator só dá para alguns rabiscos".

Se não encontrou o sucesso no teatro em Agnetendorf, Ernst encontrou por lá seu primeiro amor, uma aluna do pensionato, cujo nome nunca esqueceu: Dolly. Depois que voltou para casa, Ernst escreveu uma carta para ela. Quando novas férias chegaram, e sua mãe quis mandá-lo outra vez para Agnetendorf, o pensionato não permitiu. Ernst foi recusado: sua carta tinha sido aberta pela diretora... Ele fez um esforço, não conseguia lembrar, mas acabou se conformando: "Não sei o que escrevi de comprometedor, mas, enfim, tratava-se de um pensionato para moças".

Com Joseph e Elise, Ernst costumava passar férias de verão na praia, no Norte da Alemanha, ou em estações de água, como Karlsbad, no Sul. No inverno, era comum a família ir a estações de esqui. Depois da Primeira Guerra, com o pai já morto, Ernst passou muitas férias na casa do irmão caçula de Joseph. Era uma mansão em Mislawitz, perto de Militsch, na Silésia Média.

Certa vez, numa noite de verão, já mais crescido, Ernst fez uma viagem num pequeno barco, sendo levado pela correnteza do rio Oder... A noite entrando pela madrugada, e os ruídos misteriosos na água, as luzes das cidades nas margens, casas de gente que provavelmente ele nunca conheceria.

Tomar banho de rio nas cidades não era exatamente comum na Alemanha, mas em Oppeln, sim. Isso fazia com que Ernst considerasse a cidade muito progressista, mas não era tanto assim. Havia uma divisão entre rapazes e moças que precisava ser respeitada. Cada grupo tinha que ficar num ponto da margem do rio Oder. Mas na grama da ilha em frente, a poucas braçadas, não havia separação...

Ernst e os amigos eram excursionistas, gostavam de viajar sem uma programação definida. Caminhavam, caminhavam muito. Certa vez, em pleno verão, o grupo, já extenuado, estava no meio de uma floresta da Turíngia, região central da Alemanha. Todos apenas com calções de banho, bagagens na cabeça. Procuravam um abrigo na floresta e encontraram a nascente de um rio. Deitaram-se todos, de modo que a água lhes caía na boca e chuviscava por todo o corpo. Ernst nunca mais teria sensação de frescor igual. E, sempre que o calor do Rio de Janeiro o atormentasse, era desse momento, numa floresta da Turíngia, que ele lembraria.

O grupo de excursionistas costumava passar a noite em albergues e hospedarias. Ernst encontrava nisso um pouco de poesia: "Quando, depois de uma longa caminhada, o vale se abria, e uma localidade aparecia ao longe, aquela passava a ser a nossa meta. Era o desconhecido nos esperando, para oferecer um local de repouso".

Nessas andanças, claro, Ernst fez algumas conquistas. Era do tipo que chamava a atenção: tinha 1,90m de altura, ombros largos. Cabelos mais curtos nas laterais, olhos pequenos, míopes, óculos de aros redondos e escuros, queixo forte, marcado, boca bem desenhada. Chegou a trocar a cama de um albergue pela cama de palha do estábulo, onde a amável filha do dono da hospedaria se ocupou dele...

Dependendo da localidade, Ernst e os amigos podiam ficar dois ou três dias, visitavam monumentos históricos, igrejas, conversavam com os moradores locais, interagiam, aproveitavam eventos culturais, sociais... Ernst observava as paisagens, a arquitetura de cada lugar, os detalhes da história e das histórias. Tinha excelente noção de estética, de plasticidade, desenhava bem. Gostava de arte de um modo geral e se sentia um artista, um intelectual. Quis ser como Gerhart Hauptmann quando o viu no teatro de Agnetendorf. Foi um momento muito especial daquelas férias: o famoso escritor e dramaturgo, prêmio Nobel de Literatura em 1912, ali, tão perto. Admirado, Ernst apenas observou Hauptmann, não teve coragem de dirigir-se ao escritor. Antes tivesse a coragem de ser como ele...

***

Pouco mais de seis anos depois da morte de Joseph, Elise resolveu deixar Oppeln. Nada mais a prendia à cidade... Com os Heilborn sempre se deu bem, e com eles manteria contato o resto da vida, mas seus irmãos, quase todos, tinham se mudado para Berlim, depois da Primeira Guerra. Sua mãe, Thekla, morrera em 1920. E o que mais? Julius Besser, um comerciante, também viúvo – de quem falarei mais adiante – tinha surgido na vida de Elise... A decisão estava tomada, era hora de conversar seriamente com Ernst.

— Eu estou decidida, meu filho. Será melhor para todos nós.

— Você tem certeza, mamãe?

— Sim, já pensei tempo suficiente e estou bem orientada, bem assessorada. A fábrica e a taberna, arrendadas, vão nos permitir uma vida com o conforto de sempre. Fora o aluguel dos apartamentos.

— E eu? Você realmente não se importa que eu não vá com você para Berlim?

— Meu filho, você vai seguir o caminho que achar melhor. Mas eu mantenho minha opinião de que você deveria ir para Hamburgo, seguindo os conselhos de seu tio Alex.

— Longe de vocês, que estarão em Berlim, longe dos Heilborn, que estarão aqui em Oppeln...

— Você não terá problema nenhum com essa distância. E você sabe disso, Ernst.

— Mas eu não tenho certeza de que quero seguir a profissão do tio Alex.

— Meu filho, você precisa estar atento às oportunidades. Você não será um cervejeiro, como seu pai, seu avô e seu bisavô. Nós sabemos que isso não é para você. Mas há outros negócios muito promissores que estão se apresentando. Seu tio Alex tem tudo arranjado para que você se encaminhe no mesmo ramo dele, no comércio exterior.

— Mas, mamãe, eu não sei... As artes me atraem mais. Desenho, pintura, teatro, literatura, música...

— Esse pode ser o seu sonho, e eu respeito. Acho que você não precisa desistir de nada para sempre. Mas, neste momento, você deveria considerar com muita seriedade a oportunidade de aprender e trabalhar na firma do amigo do seu tio Alex.

— Eu ainda não estou convencido de que é o melhor para mim.

— Meu filho, Hamburgo é um dos maiores portos da Europa, tem a maior empresa de transatlânticos do mundo. Tio Alex já conversou com você várias vezes.

— Eu sei, mãe, há muitas oportunidades. Tio Alex já me falou.

— São oportunidades imperdíveis de aprendizagem e de futuros negócios. Você lembra a quantidade de empresas instaladas em Hamburgo que fazem linhas para a América do Sul, África, Índia e o Extremo Oriente? Tio Alex nos contou, lembra?

— Claro, mamãe. Hamburgo é uma metrópole cosmopolita, baseada no comércio mundial... Talvez você tenha razão, talvez eu consiga gostar de importação e exportação. E não precise sufocar outras vocações...

— Exatamente. Essa carreira, querido Ernst, não exclui sonhos que porventura você queira viver...

— É, quero acreditar que não.

Quando chegou a hora de deixar Oppeln, a despedida não foi fácil. Talvez tenha sido o momento em que a morte de Joseph, mesmo passados mais de seis anos, tenha doído mais. Elise partia para Berlim; o destino de Ernst era Hamburgo. Em Oppeln ficariam os Heilborn, seus tios e primos, a sua casa, a sua infância, as lembranças de seu pai, Joseph, e de seu avô Salomon. O outono terminava; o ano era 1924.

***

Hamburgo, no Norte da Alemanha, é uma cidade portuária distante do mar. Do porto, no rio Elba, até o Mar do Norte são cento e vinte quilômetros. A cidade tem ainda os rios Alster e Bille e muitos canais. Por isso, ficou conhecida como Veneza do Norte. Na Idade Média, tornou-se um dos primeiros centros do comércio mundial. Do muro que protegia a cidade nessa época restou pouco, mas muitas construções medievais foram preservadas.

Quando Ernst chegou à cidade para se tornar um "homem de negócios", Hamburgo já tinha se consolidado como portão da Alemanha para o mundo, e a região se firmava também como centro industrial. Com 19 anos, ele precisava aprender os segredos do comércio exterior, importação, exportação, para seguir os passos do tio Alex, que conhecia tão bem esse mercado.

Ernst gostava da sensação de independência e liberdade que tinha surgido com a mudança para Hamburgo. Estava morando sozinho pela primeira vez, em outra cidade, longe de sua família. Sua mãe ainda enviaria dinheiro todo mês, mas ele sonhava, um dia, poder abrir mão dessa ajuda financeira. O problema era que, para isso, Ernst teria que, de alguma forma, conseguir admirar aqueles negociantes tão finos, que compravam e vendiam de tudo, na parte antiga da cidade.

Havia muito a aprender, havia muito a fazer, um desafio que talvez não coubesse nos enormes e belíssimos armazéns do porto de Hamburgo. Construções góticas clássicas em tijolos, apoiadas em milhares de colunas de carvalho, com torres e frontões e atravessadas por canais. O conjunto de armazéns de Hamburgo, a *Speicherstadt*, guardava um pouco do mundo todo, produtos de todos os cantos: café, chá, cacau, temperos, tabaco, tapetes orientais. A Cidade dos Armazéns, assim ficou conhecida Hamburgo... Ernst percebia cada detalhe das construções, seus ângulos, suas texturas, suas janelas, os becos que formavam, os canais, as pontes... Por ali ele circularia constantemente, mas poderia também ser facilmente encontrado na *Musikhalle* e no Teatro Municipal.

Ernst foi estagiário da firma de comércio exterior Alexander Petersen por dois anos e meio, de outubro de 1924 a abril de 1927. Desde o início, demonstrou curiosidade e interesse em aprender. Lia muito: livros, jornais, revistas, informes, manuais... Estudava o mercado, sabia ouvir e gostava de questionar. De alguma forma, importação e exportação não o torturavam. Falava bem inglês, tinha ótima noção de francês, e isso ajudava, claro.

Apaixonado por ópera, não estranhava o italiano, que lembrava o espanhol, que parecia o português. Lia, lia, estudava. Acabou ligado ao Departamento para a América do Sul.

Mesmo tão dedicado ao estágio, Ernst aproveitou a vida cultural de Hamburgo, que já tinha um milhão de habitantes. Dá para imaginar a fascinação que toda a agitação deve ter exercido sobre alguém recém-chegado de uma cidadezinha como Oppeln, com pouco mais de trinta mil moradores. E os programas de que mais gostava ainda eram financiados por sua mãe. Nesse tempo que passou em Hamburgo, Ernst enviava a cada outono para Elise, sem comentário algum, os programas do Teatro Municipal. Fazia apenas discretas marcas a lápis nas páginas. Então, na maioria das vezes, recebia assinaturas, feitas pela mãe, sempre para duas pessoas!

Quando o verão de 1927 chegou, Ernst estava em Berlim, passando uma temporada com a mãe. O estágio em Hamburgo havia acabado. Ele voltaria para a cidade apenas dali a alguns meses, mas não teve muito tempo para descanso. Até a chegada do outono, Ernst trabalhou em Berlim na firma do tio Alex, A. Bornstein & Co. De novo, ajudou nos negócios com a América do Sul e deixou o tio muito orgulhoso.

De volta a Hamburgo, trabalhou por pouco mais de um ano na firma Franz Rosenthal, sempre com importação e exportação, sempre negociando com países da América do Sul. Já podia se considerar um especialista em negócios com essa região. Conseguia se comunicar bem em espanhol e português. Assim, uma nova oportunidade surgiu: foi contratado, com melhores ganhos, por uma firma portuguesa, Bernardino Corrêa & Co. Ficou um ano e meio nessa empresa, conquistando alguma fluência em português, fazendo muitos negócios com o Brasil, o que seria determinante, acredito, para o surgimento do caminho que o levaria, cinco anos mais tarde, ao Rio de Janeiro.

Mesmo envolvido com importação e exportação, Ernst nunca deixou de sonhar com uma carreira artística, intelectual. Tinha o desejo de escrever peças de teatro, livros, talvez se tornar um artista plástico. Passou algumas vezes diante da Escola Nacional de Artes de Hamburgo, teve vontade de entrar, mas estava sempre com pressa, às voltas com todo tipo de produto, pedidos, entregas, fornecedores e compradores. Só em 1930, já aos 25 anos, resolveu, finalmente, tomar algum tempo e entrar no prédio da escola, que oferecia vários cursos técnicos. Ernst ficou entusiasmado!

Numa das visitas a Elise, em Berlim, Ernst apresentou seu plano: deixaria a firma portuguesa e passaria a trabalhar como autônomo. Tinha muitos contatos, conhecera muita gente, acumulara conhecimento, uma experiência já razoável em importação e exportação. Montaria sua carteira de representações e tocaria seus próprios negócios. Dessa forma, administrando melhor o seu tempo, poderia se tornar aluno da Escola Nacional de Artes.

Elise não se opôs e, no dia primeiro de outubro de 1930, uma quarta-feira, Ernst começou o curso como aluno do Departamento Gráfico. Durante dois anos e meio, tudo aquilo que tanto amava se tornou seu material de estudo: desenho, pintura, artes, mil artes, cores, cenários, teatro, drama, comédia, ópera, música. E Ernst, com sua voz de barítono, cantou. Todos os alunos, de todos os departamentos, participavam das aulas de canto. Apesar do entusiasmo de Ernst, o professor lamentava seu fraco ouvido musical... Por isso, sua voz era usada apenas para certas notas graves.

A frustração nas aulas de canto não impediu que Ernst, em pouco tempo, estivesse se apresentando no Teatro Municipal de Hamburgo, em grandes espetáculos. Não que ele tenha vencido suas limitações, sua falta de talento, e se tornado um surpreendente, um inesperado sucesso. Longe disso. A explicação é a seguinte: quando havia cenas de multidão em peças e óperas montadas em Hamburgo, os estudantes da Escola Nacional de Artes eram recrutados. Normalmente, recebiam como pagamento uma panqueca e um pouco de vinho. Ernst não se importava, estar no espetáculo era incrível, mas, atuando como um soldado em *Aída*, ele só teve olhos para as moças do coro.

Foi justamente nessa época, hormônios pululando, que Ernst percebeu os primeiros sinais da influência nazista. O Partido Nacional Socialista dos Trabalhadores Alemães, o Partido Nazista, criado em 1920, já tinha como líder, desde 1921, Adolf Hitler. A campanha antissemita ganhara alguma força. Ernst não conseguia aceitar... Ele era vistoso, galanteador, nunca tivera grandes dificuldades nas paqueras. Mas, de repente, as moças não judias passaram a se esquivar, muitas pareciam envolvidas, mas, no último momento, na hora do beijo, recusavam-se, fugiam; as mais sensíveis, em lágrimas. Nos eventos sociais e culturais, se Ernst estava conversando com uma moça não judia e se afastava um instante, para pegar uma bebida apenas e logo voltar, sempre alguém se aproximava dela para repreendê-la por conversar com um judeu.

Ernst não sabia como agir contra aquilo. Era muito estranho ver o nacionalismo alemão crescendo, o Partido Nazista ganhando mais e mais filiados. Era preciso parar, interromper o processo, banir a estupidez. Mas como? Adolf Hitler só fazia aumentar sua notoriedade política, com suas ideias velhas, equivocadas, desumanas, loucas, e o antissemitismo, o seu sentimento mais obsessivo... Àquela época, Hitler já tinha publicado os dois volumes de seu livro *Mein Kampf (Minha Luta)*, expondo suas razões para o extermínio dos judeus. Ele sempre falou numa Alemanha para os alemães, o país de uma "raça pura", sem miscigenações. Para os judeus sobrava a culpa pela derrota da Alemanha na Primeira Guerra, pela humilhação imposta pelo Tratado de Versalhes, pela instabilidade econômica do país... Ernst não acreditava no que via, mas via e não tentava se enganar. Guardava dose mínima de esperança – o povo alemão estava se deixando levar –, mas sabia que era imprescindível permanecer atento ao clima hostil, ao perigo.

Na Escola Nacional de Artes, Ernst encontrava uma atmosfera bem diferente. Tinha muitos amigos e nunca relatou nenhum caso de segregação, de perseguição, de preconceito. Estava entre artistas, e se sentia um deles. Desenhava muito bem, suas pinturas eram sempre elogiadas. Gostava de participar das montagens teatrais, cenografia era sua especialidade, também preparava cartazes de divulgação dos espetáculos montados pelos alunos da escola. Fazia todo tipo de letra, usava as cores exatas, tudo ficava perfeito.

Infelizmente, o sucesso como ator nunca veio. Na Escola Nacional de Artes de Hamburgo, ficou famosa apenas a atuação de Ernst numa montagem com a participação de alguns jovens artistas desempregados, mas nada ligado à cenografia, ao seu desempenho artístico, à sua interpretação. A peça era *Os Lobos*, do francês Romain Rolland, ganhador do Nobel de Literatura em 1915. Os alunos participaram de todo o processo de produção do espetáculo, cenografia, iluminação, figurinos, divulgação. Tinham feito belos cenários com papel pintado colado em armações de madeira.

A temporada seria curta, e Ernst, cenógrafo elogiado, estava sempre a postos para qualquer substituição de personagens secundários, menores. Um soldado, por exemplo, com apenas uma fala. Foi esse o papel que lhe coube, uma noite. Não tinha jeito, precisavam dele.

Ernst teve enorme dificuldade para vestir o uniforme, que ficou bem justo, a calça bem curta, como seria a fala do personagem. Então, ele pensou, mesmo espremido naquele uniforme de soldado, que haveria fôlego para falar dignamente seu texto, apenas algumas poucas palavras. O problema era o enorme capacete dos hussardos, soldados da cavalaria. Esqueceram-se de que Ernst tinha 1,90m de altura... Quando ele, o soldado que trazia uma importante mensagem, entrou em cena, ficou preso na armação da porta cenográfica. O cenário inteiro e Ernst foram ao chão, enquanto os outros atores, atônitos, embaralhavam-se num mar de papel.

Ernst concluiu seu curso na Escola Nacional de Artes em 21 de março de 1933 e deu por encerrada sua temporada em Hamburgo. Mais do que isso. Decidiu que era hora de deixar a Alemanha...

Exatamente 49 dias antes da formatura de Ernst, no dia 30 de janeiro, Adolf Hitler tinha sido nomeado chanceler alemão, o equivalente ao cargo de primeiro-ministro. Ernst sabia que tempos ainda mais difíceis viriam, ele nunca se iludiu, ainda que lhe parecesse incompreensível que tantos alemães passassem a acreditar numa "raça ariana", pura, superior. Ernst sempre foi um liberal, e lhe dava enjoo o totalitarismo, o nacionalismo, aquele discurso de luta por uma Grande Alemanha, "um espaço vital que deveria reunir todas as comunidades germânicas da Europa". Ernst não via mesmo nada que caminhasse na direção correta. O antissemitismo era o principal instrumento político dos nazistas... Um país inteiro não podia se deixar levar, Ernst queria acreditar nisso, mas, numa visita à mãe, em Berlim, quase toda esperança se foi. Os berlinenses, críticos sempre atentos, de olho no lado duvidoso de tudo, conhecidos pelo humor cáustico, até eles pareciam entregues.

Ernst decidira morar na França. Ficou um tempo em Estrasburgo, outra cidade com porto fluvial, no rio Reno. De novo, dedicou-se ao comércio exterior. Depois, seguiu para Paris. Na capital francesa viveu seus últimos dias felizes na Europa. Não demorou a formar um grupo de amigos, todos da Alemanha, todos apaixonados por literatura. Costumavam se encontrar no túmulo do poeta alemão Heinrich Heine, no cemitério de Montmartre.

Heine, que viveu entre 1797 e 1856, decidiu se converter do judaísmo para o cristianismo luterano. Foi uma tentativa de escapar das proibições e restrições aos judeus, que já na época dele havia em algumas regiões da Alemanha. Por exemplo, os judeus não podiam exercer várias profissões, ter cargos em determinadas instituições, ou ter acesso à universidade. Mas a conversão religiosa, claro, não tinha poderes mágicos, e o poeta sofreu. O conflito entre as identidades alemã e judaica foi parte permanente da vida de Heine. E posso dizer que Ernst e muitos de seus amigos não estavam ligados a Heine apenas pelos versos...

Na França, Ernst tentou "criar uma existência própria, sem depender do dinheiro transferido da Alemanha pela família". Por isso, desdobrava-se. Continuava envolvido com comércio exterior, mas ganhava algum dinheiro também aproveitando seu dom para o desenho e a pintura. Passou a pintar flores em pequenos frascos para perfume, que, ele desconfiava, eram vendidos a turistas como artesanato francês. Também pintava letreiros de lojas, anúncios em placas, ornamentos em muros, fachadas e paredes. Chegou a trabalhar ainda como tradutor e intérprete para turistas e negociantes alemães, que geralmente procuravam terras para comprar na França.

Ele se esforçou, trabalhou como nunca, mas, por algum motivo que desconheço, não foi suficiente. Como saber o que Ernst esperava da França, que expectativas tinha? Seu encanto por Paris durou pouco. Não sei exatamente em que momento ele teve a certeza de que sua grande aventura seria num lugar mais distante, em outro continente... Não sei também por que esse pensamento o tomou completamente naquele momento. As mulheres de Paris, "que lhe causavam tanta despesa"? O inverno, que ainda duraria quarenta dias? A vontade de experimentar novos mundos? A vontade de ver o diferente, de ser o diferente? O desejo de sair do zero, por conta própria, longe da proteção familiar? E o nazismo... O nazismo crescia, e Hitler, por decreto-lei, já tinha plenos poderes. Onde Ernst corria mais risco? Na Europa? Ou num país desconhecido e distante, um país a ser desbravado?

No começo de fevereiro de 1934, Ernst deixou Paris. Seguiu de trem até Berlim apenas para se despedir de sua mãe, seus tios e primos. Foram poucos dias, nostálgicos, melancólicos, tristes. Embarcaria para o Rio de Janeiro no porto de Antuérpia, na Bélgica. A dor pela separação, algum medo do desconhecido, era como repartir-se para tentar juntar tudo de novo em outro canto. O que fica? O que se leva? O que se busca? Aquelas despedidas, como a de Ernst, já se tornavam comuns entre as famílias judias, e fazia apenas um ano que Hitler tinha chegado ao poder.

Na estação de trem de Berlim, os últimos beijos e abraços. Tia Trude, com Hanni e Heinz, tia Rosa com Ruth. Elise estava quieta, temia que estivesse vendo o filho pela última vez. Naquele momento, havia tanto e tão pouco a se dizer. Olhavam-se, mais do que tudo, olhavam-se, guardavam-se nas retinas... A distância não podia apagar aquela família. Ernst não estava fugindo, não estava abandonando ninguém. Era como se estivesse indo na frente, abrindo caminho para quem, como ele, tivesse a coragem de viver uma aventura em terras distantes e cheias de oportunidades. Um desbravador, um aventureiro heroico dos livros de Karl May. Ernst tinha um navio para pegar em Antuérpia, tinha um oceano para atravessar, uma nova vida para descobrir e viver intensamente. Quando já se dirigia ao vagão para embarcar, um funcionário da estação se aproximou dele:

— O senhor está indo para Paris?

— Sim. Depois, pego outro trem para Antuérpia.

— Então, eu recomendo ao senhor que não suba em qualquer vagão. Eles estão cheios de judeus.

Ernst não respondeu, não pôde. Mas teve, enfim, a certeza: era hora de partir. A despedida tornou-se menos difícil, mas Elise chorou, e Ernst jamais esqueceria.

LISETTE E ERNST

Quando Ernst decidiu deixar a Alemanha nazista, o primeiro destino em que pensou foi a Argentina. Tinha alguns conhecidos da região de Oppeln que já estavam por lá, onde o clima era mais próximo do europeu, onde não havia calor o ano todo. Porém ele achava que no Brasil havia maiores possibilidades comerciais. Além disso, também tinha conhecidos no Rio de Janeiro. Just, filho de uma amiga de Elise, era um deles. E mais: Ernst descobrira que tinha parentes distantes na Cidade Maravilhosa! Todos por parte de pai.

O primeiro Heilborn a vir para o Brasil de que tenho notícia foi Paul Heilborn. Ele desembarcou no Rio em 1889, ainda no Brasil monárquico, para trabalhar numa empresa alemã. Aqui, teve seus filhos, aqui nasceram seus netos, entre eles o jornalista Paulo Francis, cujo verdadeiro nome era Franz Paulo Trannin Heilborn.

Não conseguimos até hoje confirmar o parentesco exato entre Ernst e os Heilborn que já estavam no Rio quando ele chegou, e com os quais teve pouquíssimo contato. Em seu livro de memórias, *O Afeto Que Se Encerra*, Paulo Francis cita um tio-avô que era oficial prussiano... Pensei, de imediato, no gigante Salomon Heilborn, avô de Ernst, o que arrancava bêbados de sua taberna pelas narinas. Mas não há dúvida de que seria alguém mais novo, contemporâneo de Joseph. Talvez um dos irmãos dele tenha seguido a carreira militar, como o pai, Salomon. Mas o tio-avô de Paulo Francis morreu na Primeira Guerra Mundial... E Ernst nunca falou sobre um parente que tenha morrido dessa forma, em combate.

Francis também dizia que sua família na Alemanha não era judia, seriam todos protestantes. Pelo que sabemos sobre os Heilborn, é mais provável que fossem, originalmente, judeus. Há outro ramo da família no Rio que reforça essa tese. Os parentes desse ramo, do qual faz parte o músico George Israel, do Kid Abelha, que se chama George Heilborn Israel, são judeus. Mas não dá para dizer se a conversão ao cristianismo do ramo do Paulo Francis teria se dado ainda na Alemanha ou depois da chegada ao Brasil. Como Heilborn não é um sobrenome comum nem na Alemanha, acredito que a família fosse uma só.

Meu pai viu, certa vez, o Francis no aeroporto do Galeão, no Rio. Ele não podia perder aquela chance de falar sobre um possível parentesco entre os dois. Mas, já na aproximação, qualquer conversa com o famoso jornalista, não apenas sobre um parentesco remoto, foi totalmente impossibilitada. Meu pai errou feio, sacou sua carteira de identidade, a que sempre usava nas viagens, da época do CPOR, do serviço militar. Na foto ele está com a farda de oficial do exército... Mostrando a identidade, meu pai se apresentou ao Paulo Francis, queria que ele visse no documento o mesmo sobrenome de sua família. Mas, em pleno regime militar, aconteceu que Francis levou um tremendo susto e, tenho que compreender, não foi exatamente delicado.

Just, sim, não economizou delicadeza quando se dispôs a receber Ernst no porto do Rio. E não eram exatamente amigos em Oppeln, nem seriam nos trópicos. Ele esperou pacientemente que o navio *Ruy Barbosa* atracasse e, assim que Ernst desembarcou, Just abriu um sorriso largo e deu um abraço no compatriota e conterrâneo. Mais um judeu que chegava, fugindo do nazismo alemão. Meu avô tinha apenas um meio sorriso, o mesmo de quase todas as suas fotos, seu olhar podia parecer calmo, ou podia parecer "o que estou fazendo aqui?". Just apontou o caminho, e seguiram, para deixar o cais. Uma última olhada para o navio que o trouxera de tão longe, e Ernst já não pôde ver a proa da embarcação. Estava encoberta; era impossível descobrir o que viria adiante.

— Como foi a viagem, caro Ernst?

— É um longo tempo que se leva até aqui. Mas não enfrentamos tormentas, e o cansaço vai me deixar em alguns dias.

— E o calor? Aqui não é fácil.

— Espero conseguir me adaptar.

— Não tenho certeza se é possível, caro Ernst... Agora, me diga: quais são os seus planos aqui no Rio?

— Vou prosseguir com meu trabalho no comércio exterior. Foram dez anos fazendo isso na Europa. Nesse tempo, tive muito contato com empresas aqui do

Rio, vou procurá-las, com algumas já fiz contato previamente, falando dos meus planos. Vejo muitas possibilidades para importação e exportação aqui.

— Você está animado, então?

— Se eu dissesse que não, poderia ser considerado um louco, não poderia?

— Acho que sim. Mas tomo a liberdade de dizer apenas que o início não é muito fácil. O clima é diferente, as pessoas são diferentes, pensam de um modo diferente do nosso, fora a língua. Prepare-se para ouvir risadinhas quando você cometer erros de português...

— Eu estou *preparrado* – respondeu Ernst, em seu português atravessado.

Just e Ernst pegaram um bonde e não demoraram muito a chegar à pensão no Flamengo, bairro da Zona Sul. Rua Senador Vergueiro, número 86, este seria o primeiro endereço de Ernst no Rio. A praia do Flamengo era bem perto. Até a belíssima enseada de Botafogo era uma caminhada de alguns minutos apenas. Para seguir até Copacabana, o mais indicado era o bonde. Mas o caminho que mais Ernst tomaria seria o que levava ao Centro, na direção contrária.

Havia muitos escritórios de importação e exportação por lá. No início, Ernst percorreu vários deles, quase todos concentrados na avenida Rio Branco. Tentava trabalhar por conta própria, estabelecendo parcerias com empresas brasileiras e europeias. Mas, ainda se ambientando, melhorando seu português, fazendo mais prospecção do que realizando negócios, dependia, para sobreviver, do dinheiro que sua mãe enviava mensalmente.

Ernst passara a infância à beira do rio Oder, em Oppeln, bem distante do mar. Era mais afeito aos rios, o Elba, de Hamburgo; o Reno, de Estrasburgo; o Sena, de Paris... As praias de sua vida eram as do Norte da Alemanha, onde estivera em tantas férias. As do Rio de Janeiro, praia de Botafogo, do Flamengo, de Copacabana, eram incomparáveis, certamente as mais lindas que já tinha visto, e aquilo bastava. Ernst não se tornou um banhista, mesmo numa cidade tropical. Gostava de passear por Copacabana de vez em quando, mas vestir roupa de banho, pisar na areia, entrar no mar, isso já não era com ele.

Os cariocas tinham começado a frequentar as praias em maior número na década de 1910. Em 1917, saiu até uma Portaria Municipal estabelecendo locais e horários em que o banho de mar era permitido, como os banhistas deviam se comportar, os trajes que deviam usar. Antes disso, e muito antes da chegada do Copacabana Palace, que trouxe um ar de balneário do Mediterrâneo europeu, Lisette já era livre para aproveitar o mar, o sol, a brisa do Atlântico. Se Ernst pelo menos tivesse pisado a areia naquele trecho em frente à rua Paula Freitas poderia ter visto Lisette se esbaldando na praia bem em frente de casa. Ficava muito tempo estirada na areia, dentro d'água, adorava o sol, a sensação de frescor quando corria para o mar e se atirava nas ondas. Nada lhe dava maior sensação de liberdade, de que a vida tinha muitos prazeres a oferecer. Ernst talvez tenha passado pela calçada da Atlântica, junto aos casarões e aos primeiros prédios construídos na avenida, enquanto Lisette se divertia na praia, sonhando o máximo que uma jovem de 25 anos poderia sonhar. Sonhando com um noivo que fosse perfeito, que não tivesse filhos bastardos, bonito, alto, elegante, charmoso... um noivo, veja lá. Os amigos dos seus irmãos... Um flerte, um namorico. Ernst não existia, então não podia sonhar com ele.

E Ernst? Também tinha sonhos? Com casamento? Não acredito. Com a paixão? A paixão é, na verdade, o próprio sonho. E, sim, num mundo novo, Ernst sonhou, apaixonou-se, enlouqueceu... As morenas, as mulatas! Jamais poderia imaginar tanta sensualidade numa mulher só, e talvez não fosse uma mulher só. A mulata era mais, muito mais. Era diferente de todas as mulheres que Ernst encontrara até então. Nunca vira curvas como aquelas, quadris, coxas, cintura, a pele, aquela cor de chocolate ao leite... Em nada mais conseguia pensar, só nas mulatas do Rio de Janeiro.

Não sei quantas conheceu, quantas foram namoradas, amantes, casos, quantas cobraram por alguns momentos... Muitas, é bem provável. Meu pai passou a vida esperando que um irmão bastardo, bem moreno, batesse à sua porta, aparecesse de repente. Ouvi dele algumas histórias sobre Ernst, sobre a ladeira em Laranjeiras que o imigrante alemão recém-chegado subiu tantas vezes.

A caminhada começou no fim da tarde. Animado, Ernst deixou a pensão na Senador Vergueiro, foi até o Largo do Machado e tomou a rua das Laranjeiras. Tinha imaginado um percurso mais curto, poderia ter pegado o bonde. O dia não estava quente, mas ele temeu chegar suado ou cansado. Quando deu de cara com a ladeira bem íngreme, podia ter se assustado, mas apenas confirmou o nome na placa: a rua era aquela mesma. As indicações tinham sido passadas, o endereço estava anotado. Não sei se foi Just, algum outro conhecido alemão de Ernst, um brasileiro de quem ele já fosse mais próximo, um funcionário da pensão talvez, não sei, alguém tinha lhe dado a dica. E ele correu para a Casa Rosa, da rua Alice, no bairro das Laranjeiras. Queria, porque queria, conhecer as meninas do "Castelo da Lili".

O bordel funcionava naquele endereço havia quatro anos. Em pouco tempo, se tornaria um dos mais conhecidos do Brasil. Era um casarão todo rosa, de quatro andares. No primeiro, num grande salão, ficavam as moças, circulando pelas mesas em que os clientes bebiam, antes de subir para os quartos. E elas vinham de várias regiões do Brasil e de outros países também.

As bebidas costumavam ser caras. Ernst gostava de uísque e podia se permitir, talvez, duas doses. As mulheres cobravam pouco para ir ao quarto com um cliente. Mesmo assim, Ernst deixou na rua Alice um bom dinheiro. Aprendido o caminho, feita a primeira visita, esteve na Casa Rosa muitas vezes. As europeias, polacas e francesas principalmente, não o interessavam. Eram as mulatas que o enlouqueciam e o faziam gastar com elas uns bons réis.

***

Ernst demorou para conseguir regularizar toda sua situação no Brasil. Sua primeira carteira de trabalho brasileira lhe foi entregue apenas no dia 15 de março de 1935, pouco mais de um ano depois de sua chegada. Profissão: vendedor. Instrução: secundária. Altura: 1,90m. Cor: branca. Cabelo: castanho. Olhos: castanhos.

Seu primeiro emprego com carteira assinada foi na firma de importação e exportação E. M. Janowitzer. O escritório ficava na avenida Rio Branco, número 111. Além das comissões pelas vendas que realizava, Ernst passou a receber um salário fixo, o que lhe dava certa tranquilidade, a possibilidade de se planejar. Resolveu, então, se mudar. Tinha descoberto, num de seus passeios por Copacabana, uma pensão bem melhor do que a da rua Senador Vergueiro. O endereço: rua Paula Freitas, número 33.

A viagem até o escritório, no Centro, ficaria um pouco mais longa, mas Ernst não se importava. Saía sempre com grande antecedência para seus compromissos. Ser pontual podia não ser costume no Brasil, mas ele era alemão.

Tinha o hábito de esperar o bonde, fumando seu cachimbo. Aliás, Ernst passava muito tempo com o cachimbo na boca, há muitas fotos dele assim. Ficava ali, pitando, enquanto o bonde não vinha. Num dia claro, mas de muito vento, talvez com o tempo mudando, Ernst não conseguiu acender seu cachimbo. Estava ainda bem perto da pensão, na esquina de Paula Freitas com avenida Atlântica. Tentou uma vez, e o fósforo se apagou, mais um fósforo, e nada... Quando o último palito se foi, e o fumo ainda não queimava, Ernst percebeu que uma jovem o observava do casarão de número 16.

Lisette estava na janela de casa fazia já algum tempo, encantada com aquele homem na calçada. Ele era alto, charmoso, elegante... Quando finalmente Ernst a notou, Lisette sorriu. Ernst sorriu de volta, quase sem acreditar. Ficou em dúvida sobre o que fazer, mas não durou muito. Lisette fez logo sinal para que Ernst esperasse. Com gestos, deu a entender que conseguiria uma caixa de fósforos e a levaria para ele. Quando o portão do casarão se abriu, Ernst e Lisette se apresentaram, conversaram por alguns minutos. Ela ficou encantada porque, além de tudo, ele falava francês...

O cachimbo foi aceso, a paixão também.

ELISE

A notícia do noivado de Ernst e Lisette encheu Elise de alegria. Era difícil saber quanto tempo fazia que ela não se sentia assim. Já tinha sofrido tanto, sem nunca se lamentar. A morte de Joseph, quando ela tinha apenas 36 anos; a Primeira Guerra; sua família obrigada a deixar a cidade de toda a vida, que se tornara território polonês; um filho em outro continente; um filho com Síndrome de Down, afastado do seu convívio; a morte do segundo marido, o nazismo... O que mais Elise teria que enfrentar, com sua força e elegância?

Estava empenhada, como sempre, em ajudar Ernst. Queria muito que ele estivesse bem e feliz de verdade. Acreditava nisso, e desejava também que a ela fosse permitido um pouco mais do que aquela sensação de felicidade momentânea. Sonhava ver a felicidade do filho, sonhava estar com ele, juntos, a família crescendo, o amanhã, e o depois de amanhã, e o depois, e a paz.

Elise não podia perder tempo, havia muitos papéis a providenciar, documentos alemães de que Ernst precisava para se casar no Brasil. Queria também poder ajudar o filho financeiramente, enviar-lhe dinheiro, mas já não tinha tanto, o acesso que havia ao dinheiro tornava-se cada vez mais difícil, e enviar quantias maiores para o Brasil, na grande maioria das vezes, era impossível. Elise buscou a ajuda de Alexander Besser, seu enteado, um jovem advogado. Mas, como sempre, as dificuldades se impunham.

Fazia quase três anos que aquilo tudo começara. Elise acreditou, no início, que, como uma tempestade, tudo logo passaria. Não passou. Hindenburg ainda lhe vinha à cabeça. Ele podia ter resistido, não podia? Logo ele, um conterrâneo...

Paul von Hindenburg nasceu na Província de Posen, em 1847, e assumiu a presidência da Alemanha em maio de 1925. No dia 30 de janeiro de 1933, a situação no país cada vez pior, Hindenburg, pressionado por grupos políticos, nomeou Adolf Hitler chanceler da Alemanha – o equivalente ao cargo de primeiro-ministro – o chefe de governo, a mais alta posição do poder executivo. Assim foi aberto o caminho para a ascensão do nazismo.

    Elise tinha muita vergonha de tudo o que estava passando. Não queria que ninguém soubesse. Tentava esconder dos outros para talvez esconder de si mesma. Ver e não ver. Fingir que não há. Talvez fossem as esperanças intactas, inabaláveis. As esperanças, vistas de longe, com esse olhar tentando uma distância impossível. De perto, olhando bem de perto, lá estavam as esperanças começando a ruir. Elise já não tinha como acreditar que aquilo tudo seria temporário, tinha? No fundo, já não via mais como relutar. Precisava começar a quebrar alguns vínculos, desfazer-se de alguns de seus bens. Na partilha da herança de Joseph, Ernst e Walter ficaram com o casarão dos Heilborn e com o prédio anexo, que tinha um grande depósito no térreo e dois apartamentos no sótão. À Elise coube o restante: o grande terreno nos fundos da casa e o armazém. Maly, um conhecido de Oppeln, estava interessado em comprar o galpão, onde funcionava a fábrica de cerveja. Elise, no fundo, não queria vender, mas já não via outra saída.

BERLIM, 01/11/1935

Querido Ernst,
Eu só tenho cerca de 600 marcos em dinheiro vivo, que queria usar na minha viagem ao Brasil. Você, com certeza, recebeu a minha carta em que eu comunicava que estou em contato com Maly para vender o local. Nós ainda não chegamos a um acordo e, por isso, ainda não sei quanto eu receberia. Alex, que tem boas relações, se informou, e, no momento, não é possível fazer uma transferência para vocês. Só em caso de emergência. No mês passado, ainda era possível fazer negócios com o Brasil. A certidão de nascimento e uma carta do tribunal da Comarca vão junto com esta carta. Já pedi o livro de cadastro em Oppeln, demora no mínimo três semanas. Você quer que eu lhe envie, num pacote registrado, a sua calça listrada? Hoje vou depositar para você 10

> marcos. Eu queria muito saber se vocês estão mesmo noivos. Para que eu possa dizer a Lisette que passe a me tratar por "você", e porque aqui ainda não contei a ninguém, exceto a Trude. Pode acreditar que o meu maior desejo é também me entender muito bem com a sua futura esposa. Esperamos tudo de melhor. Escreva em breve.
>
> SUA MÃE

Elise sabia que podia confiar em Trude, ela guardaria segredo sobre o noivado de Ernst. Mas era preciso que a confirmação viesse logo, que houvesse anel de noivado, uma grande festa. Elise queria poder contar para mais gente. Estava feliz, ansiosa, queria viver a felicidade do filho, o recomeço da família num continente distante. Enfim, tinha novas esperanças, e elas vinham de um país tropical. Achava nisso certa graça. Imaginava o Rio de Janeiro, seus netos crescendo num mundo bem diferente do dela... Achou graça, de novo, dessa vez porque nem o noivado se consumara, e ela já sonhava com netos. Era aquela vontade de contar para todos, de dizer a Trude que também espalhasse a notícia.

Trude era a irmã caçula de Elise, e as duas sempre foram muito próximas – Elise não era nem quatro anos mais velha do que a irmã. No total, eram oito irmãos! Rosa, a mais velha, que costurava muito bem, nasceu em 1874. Depois, vieram Georg, de 1875, e Sigfried, que nasceu em 1876. Os dois lutaram na Primeira Guerra Mundial. Foi Siegfried que acabou atingido na mão na Batalha de Tannenberg, o tio que Ernst tinha tanto orgulho de apresentar aos amigos. Em 1878, nasceu Alfred. Em 1879, Paul. Elise Bornstein nasceu em 11 de dezembro de 1881 e ainda ganharia mais dois irmãos: Alexander, o Alex, de 1883, e Gertrude, a Trude, a caçulinha, de 1885.

Todos os irmãos nasceram em Bentschen, na Província de Posen, perto da fronteira com a Polônia. Bentschen era bem menor do que Oppeln; até hoje é uma cidade pequena, com pouco mais de sete mil habitantes. Por isso, as viagens de compras para Berlim eram sempre especiais. E a capital alemã não atraía apenas os moradores da cidade pequena que não encontravam em sua região um comércio movimentado. Muitos jovens de Bentschen costumavam se mudar para Berlim, em busca de melhores oportunidades.

A população de Bentschen era formada por católicos poloneses, protestantes alemães, que não se davam bem, e os judeus, que mantinham boas relações com as duas outras comunidades. Mas é verdade que, mesmo que suas crianças frequentassem as escolas protestantes alemãs, os judeus se relacionavam, na maioria das vezes, somente entre si.

Bentschen tinha uma sinagoga imponente, que foi reformada no fim do século XIX, mas a vida religiosa na cidade não era muito ativa. Só nos feriados importantes a sinagoga ficava lotada. Elise e os irmãos sempre se divertiam muito na época do *Simchat Torah*, quando se conclui e se recomeça a leitura anual do Torá, o texto central do judaísmo. Era um momento de muita alegria, com serviço religioso festivo na noite da véspera, com danças e músicas animadas. Em Bentschen, havia ainda uma chuva de nozes e bombons, que eram atirados para as crianças.

Aos sábados, mesmo que não costumassem ir à sinagoga, os judeus não trabalhavam. Na primavera e no verão, o programa mais corriqueiro eram os passeios que as famílias e os amigos faziam nos jardins à beira do rio Obra. O comércio ficava mais movimentado nos dias de feira – terça, sexta – e, principalmente, domingo. Nesse dia, depois da missa, os poloneses iam às compras. E eles tinham o costume de pechinchar muito, sem se cansar, o que, às vezes, terminava com o cliente sendo expulso da loja. Depois da igreja e das compras, os poloneses lotavam as tabernas, que pertenciam aos judeus.

A economia de Bentschen era baseada na agricultura. Os comerciantes de grãos tinham um papel importante na cidade, que também era conhecida por fazer e vender bons produtos coloniais. A comunidade judaica se ocupava, basicamente, do comércio. Na rua principal, as lojas de roupas e de tecidos, que pertenciam a judeus, ficavam lado a lado. Na verdade, eram armarinhos que ofereciam um pouco de tudo. Dois restaurantes eram de propriedade de judeus, um fazia *Schnapps*, uma aguardente parecida com gim, e vendia nas redondezas. Havia ainda duas lojas de ferragens e o Bornsteins Hotel.

O hotel da família ficava bem perto da *Obrabrucke*, a ponte sobre o rio Obra. O negócio começara como uma *Raststaette*, local onde os cavalos descansavam, bebiam água, antes de seguir viagem. Progrediu para um belo e confortável hotel, que funcionava em um prédio de três andares, de arquitetura caprichada, janelões com molduras, fachada ornamentada e uma águia de ferro no alto do prédio de asas abertas.

ELISE

Olho as fotos de Jacobi e Thekla Bornstein, pais de Elise, e nada encontro de familiar. Queria saber deles, mas quase tudo se perdeu. Penso em Jacobi como um homem de negócios bem-sucedido, respeitado. Religioso, frequentador da sinagoga local, integrante da Aliança Israelita Universal.

Thekla Cohn tornou-se, com o casamento, Thekla Bornstein, e a imagem dela que passou de geração a geração é de uma mulher muito amorosa e dedicada aos filhos. Criou oito crianças! E isso nunca, em época alguma, foi tarefa fácil.

O rio Obra correu pela infância e juventude de Elise, a poucos metros do hotel de sua família. Com mais força, no início da primavera e quando chovia muito no verão. Tudo para desembocar no rio Warta, que procura o rio Oder. Os dois correm paralelos por bons quilômetros, até que o Warta mergulha no Oder, o rio de Oppeln, que fica a cerca de duzentos e cinquenta quilômetros de Bentschen. Elise faria o mesmo caminho do rio Obra, do rio Warta, mas não seguiria, nas águas do Oder, até o Mar Báltico. Ficaria em Oppeln, onde seria feliz por treze anos, ao lado do fabricante de cerveja Joseph Heilborn.

O casamento de Joseph e Elise, cujo apelido era "Liese", foi assunto em Oppeln durante um bom tempo. O que nos restou da cerimônia, da festa, foi apenas o cardápio do jantar e a lista de composições que a orquestra programara para tocar aos noivos, suas famílias e seus convidados. Na capa do livreto, em ótimo papel, um "J" e um "E" entrelaçados, letras douradas em relevo. Nas páginas internas, a lista de músicas: Bizet, Strauss e até Wagner, compositor preferido de Hitler, não só por sua música. Os convidados se deliciaram com trutas em manteiga fresca, sopa à la jardinière, *Kalbsmilch* (uma glândula que fica no centro do peito do bezerro) trufado, filé com *champignons*, língua com aspargos, ganso jovem com batatas novas (são as primeiras batatas depois do inverno) e salada de pepino. Para a sobremesa: sorvetes e compotas. Depois, um bufê com docinhos, chocolates e o café forte que os alemães chamavam de *mocca*.

Joseph e Elise casaram-se em 25 de maio de 1904. Ele já tinha 36 anos; ela, apenas 22 anos. Foi certamente um dos dias mais felizes da vida de Liese. Ela e Joseph valsaram como nunca pelo salão, até que a orquestra fugiu do programa da festa e caprichou nos ritmos cracovianos. Elise, que vinha de uma região de fronteira com a Polônia e estava animadíssima, não parou mais de dançar.

Ela até falava direitinho o polonês, o que não a ajudou muito quando deixou Bentschen e foi morar em Oppeln. Os camponeses da região da cidade de seu marido falavam um dialeto derivado do polonês muito complicado. Além disso, como bebiam! Segundo Elise, "não bebiam em copos, mas, sim, em garrafas".

Joseph e Elise Heilborn foram muito felizes. Iam ao teatro, em Oppeln, em Breslau, faziam passeios a cavalo pela região, caminhadas, reuniam os amigos para jogar cartas. Elise gostava muito de um jogo chamado *Skat*, para três ou mais pessoas, cujas regras não eram muito simples. O casal costumava receber em casa, para almoços, jantares. Nas férias, estações de esqui, de águas, as praias do Norte. Viviam com muito conforto no casarão da Karlsplatz, que Elise administrava. Joseph se dedicava à cervejaria, que estava na família havia quase oitenta anos. A taberna, mesmo arrendada, também exigia a atenção de Joseph, um homem muito cuidadoso com seus negócios, com seus investimentos. Como o pai, Salomon, ele tinha a vantagem de praticamente ter nascido na cervejaria, de ter se preparado toda a vida para assumir a fábrica dos Heilborn.

No casarão da família, o forno na cozinha assava sempre o pão feito como mandava a tradição de Posen. Ernst lembrou a vida inteira daquele cheiro. A cozinha dos Heilborn tinha sempre aromas deliciosos. Joseph se esbaldava. Em pouco tempo de casado, ganhou peso, uma barriga foi se criando. Certa vez ele chegou em casa com um presente para o filho, um tambor. Ernst, ainda menino, achou estranha aquela figura, um gigante – Joseph tinha mais de 1,90m de altura – com um tambor diante da barriga. O instrumento nem era assim tão pequeno, mas praticamente desaparecia apoiado no corpanzil do pai.

Elise também não era exatamente magra. Pelo menos, não precisava se preocupar em estar bem para usar biquíni no verão. Não havia biquíni. As roupas de banho escondiam quase todo o corpo. E assim ela foi, no verão de 1910, com o figurino da época, aproveitar o dia quente à beira do rio Oder, a poucas quadras de casa. Ernst, que tinha apenas cinco anos, foi junto. Não esqueçam que Oppeln era uma cidade "progressista", porque permitia o banho de rio, mas desde que homens e mulheres ficassem separados, cada grupo num ponto da margem. Elise, obviamente, se instalou no lado exclusivo para as mulheres, o que, mesmo assim, deu uma tremenda confusão. Muitas senhoras não aceitaram a presença de Ernst ali, não importava se ele era apenas um menino. Elise demorou a acreditar que aquilo pudesse estar acontecendo, até que reagiu, com toda a sua autoridade; não podia ficar em silêncio. Falou, falou muito, e a discussão foi longe, para desespero do pequenino e assustado Ernst.

ELISE

***

Quando os primeiros filmes sonoros chegaram a Oppeln, Ernst já era bem crescido. Mesmo assim, ele e os colegas só podiam ir ao cinema se fossem autorizados pelo diretor da escola em que estudavam. Elise não podia concordar com aquilo. Então, ela própria autorizou o filho a ir ao cinema, o que deveria bastar, e pronto. Ernst foi visto na sessão por alguém da escola e acabou sendo punido, já que não tinha a permissão do colégio. Elise ficou revoltada e não economizou palavras em seu protesto diante do diretor da escola. Foi um discurso bem argumentado, em voz alta e impositiva, tenho certeza.

Elise gostava de acompanhar a vida escolar do filho, chegou a organizar grupos de estudos com os professores do colégio e as mães de outros alunos. Reuniam-se regularmente para ouvir palestras sobre livros clássicos, para debater fatos históricos. Os encontros eram sempre à noitinha, com a participação de meninos e meninas, cuidadosamente separados, luzes bem acesas, adultos vigilantes.

A vida em Oppeln tinha poucos problemas, algumas fofocas, pequenas intrigas. Elise não se abalava, abstraía. Tinha certa autossuficiência, confiança, e seu olhar crítico a conduzia sempre para o que achava ser o correto. Era uma pessoa justa, sensata, liberal. Como Ernst escreveu em suas notas, Elise "era contra toda estupidez".

Com a família de seu marido ela sempre se deu bem e manteria contato com os Heilborn, mesmo com a morte de Joseph, mesmo depois da mudança para Berlim. Elise não tinha do que reclamar. Ela era feliz. Seu filho crescia, cheio de saúde, ainda que, aos olhos da mãe, parecesse magro demais. Ernst era um menino adorável, que aprontava um pouco – o que devia ser considerado normal –, era esperto, observador, sonhador. Elise queria dar a ele um irmão. Joseph também queria outro filho. Mas demorou. Só quando Ernst estava prestes a completar seis anos de idade, Elise teve a certeza de que havia conseguido engravidar novamente. O casarão da Karlsplatz ganharia mais um morador. Espaço não faltava, na casa e no coração da família. Elise estava felicíssima; Joseph, todo prosa. Ele seria pai novamente a poucos meses de fazer 44 anos.

Walter Heilborn nasceu em Oppeln, em 21 de setembro de 1911, mas morou muito pouco tempo com seus pais e seu irmão. Tinha Síndrome de Down, ganhou um tutor e logo foi levado para uma clínica especializada, uma casa de repouso. Imagino o quanto Elise deve ter sofrido com essa separação.

Talvez tenha tentado uma revolução para manter com ela o filho deficiente. Não dá para saber se teve a chance de pleitear algo assim, de brigar para que Walter crescesse ao seu lado, na casa da família. Naquela época, eram outros métodos, outros costumes. As crianças com alguma deficiência mental eram isoladas, não exatamente para o seu bem, ainda que alguém pudesse acreditar que sim, mas para não "atrapalhar" os pais, a família, a vida, o trabalho. Quem tinha Síndrome de Down ainda era chamado de mongoloide... A ciência e a medicina avançavam bem devagar.

Walter tinha saúde frágil, com problemas cardíacos e pulmonares. Elise fazia visitas regulares ao filho caçula, que quase sempre chamava de Walterle. Estava por perto quando ele começou a engatinhar, quando ficou de pé pela primeira vez, quando conseguiu caminhar sem se apoiar em nada. Não sei quando vieram as primeiras palavras, não sei quais foram. *Mutter* talvez estivesse entre elas.

Em 28 de julho de 1914, faltando menos de dois meses para o terceiro aniversário de Walter, Ernst já tinha 9 anos, estourou a Primeira Guerra Mundial. Em Oppeln, uma cidade pequena, sem grande importância, nada indicava que fosse haver grandes mudanças, alguma consequência mais séria da guerra. Alguns produtos sumiriam, mas para tudo tinha jeito. O que preocupava, sobretudo, eram as vidas em jogo, seria uma guerra sangrenta. Até Elise, sempre tão controlada e racional, forte e otimista, demonstrava apreensão e nervosismo. Dois dos seus irmãos, Georg e Siegfried, além de um cunhado, o marido de Trude, tiveram que se apresentar ao Exército alemão e foram para o campo de batalha.

O movimento em casa ajudou Elise a não pensar no pior, o que não era mesmo do seu feitio. Mulheres e filhos de parentes que estavam no campo de batalha, abrigados no casarão da Karlsplatz, foram naquele momento uma boa companhia. A vida prosseguia, e Elise tentava torná-la o mais organizada e prática possível. Todos colaboravam de algum jeito para deixar a casa em ordem. Havia os empregados também, que Joseph e Elise mantiveram, mesmo com a guerra. Se havia pouco dinheiro circulando, as bebidas que fabricavam viravam moeda de troca. A mesa dos Heilborn nunca deixou de ser farta.

No fim de 1917, quando a guerra estava entrando no que seria seu último ano, Elise começou a planejar uma bela festa de aniversário para seu marido. Daria um jeito para que nada faltasse. Estavam em guerra, mas a data era especial, Joseph faria 50 anos. Naquela sexta, 2 de novembro, Elise fez a conta, faltavam exatamente trinta e três dias, tempo suficiente para organizar tudo, ela achava. Decidiu conversar com mais calma com Joseph no *shabat*, no dia seguinte, o descanso semanal dos judeus. Mas essa conversa nunca houve, e a festa nunca foi realizada. Não deu nem tempo de socorrer Joseph.

O enfarte foi fulminante. Elise teve a força e a coragem de sempre. Chorou, é verdade, mas sem perder a noção, por um momento que fosse, de todos os desafios que estavam por vir, das responsabilidades que teria que assumir, das batalhas que cada decisão sua poderia significar.

Seriam tempos difíceis, as notícias do *front* pareciam confirmar. As batalhas na Primeira Guerra tinham se intensificado. Havia novos carros de combate, tanques criados por ingleses, franceses e alemães, os Estados Unidos tinham entrado na guerra. Os Aliados apertavam o cerco, e a Alemanha começava a ter mais derrotas do que vitórias.

Com o país perdendo força na guerra, Elise precisava encontrar paz e discernimento para estabelecer que rumos deveria ou poderia tomar. Chegou a cogitar a venda das propriedades da Karlsplatz, ou de parte delas, mas, naquele momento, não era o mais indicado. Com o apoio da família, tanto dos Bornstein quanto dos Heilborn, e bem assessorada por advogados e consultores financeiros, ela resolveu que, além da taberna, arrendaria também a fábrica de cerveja. Não havia ninguém na família disposto a tocar o negócio, depois de três gerações. Os arrendamentos dariam uma boa receita. Joseph deixara garantido o futuro de sua família.

O fim da guerra se aproximava. Em 21 de março de 1918, a Alemanha lançou a primeira de uma série de quatro grandes ofensivas na frente ocidental, mas encontrou forte resistência. Em julho, os Aliados conseguiram uma contraofensiva a oitenta e cinco quilômetros de Paris, com grande participação de tropas americanas. As forças alemãs começaram a recuar, enquanto os Aliados também avançavam nos Bálcãs e na frente oriental. A Alemanha não teve como resistir. O armistício foi assinado em 11 de novembro de 1918.

Os irmãos de Elise, Georg e Siegfried, e o cunhado Fritz Koeppler voltaram para casa, depois de uma guerra que teve o uso de armas químicas, tanques, metralhadoras, bombardeios aéreos. Foram nove milhões de mortos, vinte milhões de feridos com gravidade. Georg, Siegfried e Fritz teriam, os três, escapado ilesos, não fosse o ferimento na mão de Siegfried, que, mesmo não sendo sério, transformou-o em herói dos sobrinhos e dos amigos deles.

No ano seguinte ao fim da guerra, depois de seis meses de negociações em Paris, foi assinado o Tratado de Versalhes, que impôs severas restrições à derrotada Alemanha. O país teve seu poderio bélico drasticamente reduzido, seu contingente militar deveria ser de, no máximo, cem mil homens. O tratado ainda estabelecia o pagamento de indenizações a países vencedores e tirava da Alemanha parte de seu território, o que afetaria diretamente os Bornstein, de Bentschen.

A Província de Posen voltou a fazer parte da Polônia, como era até 1793. Bentschen passou a se chamar Zbąszyń. Quase todos os alemães tiveram que deixar a região. Jacobi Bornstein não passou por isso, já que morrera em 1908. Thekla tinha deixado Bentschen em 1911, três anos depois da morte do marido, três anos antes de a Primeira Guerra estourar. Passara a morar em Oppeln, na Sebastianplatz, número 9, bem perto da filha Elise.

Depois da Primeira Guerra, Siegfried Bornstein, estabelecido como importador e exportador de grãos, voltou para Cottbus, a cem quilômetros de Berlim, cidade de sua mulher. Rosalie era cristã, e as duas filhas do casal, Gisela Thekla e Rosemarie, já nasceram em Cottbus, a mais velha em 1911, a caçula, em 1919. Rosa, irmã mais velha de Elise, que também já tinha deixado Bentschen antes da Primeira Guerra, vivia em Hamburgo, com o marido e a filha, Ruth.

Gertrude, casada desde 1909 com Friedrich Koeppler, o Fritz, bem-sucedido negociante de grãos e batatas, tinha deixado Bentschen para morar em Wollstein, cidade do marido, onde nasceram seus dois filhos, Johanna, a Hanni, em 1910, e Heinz, em 1912. A casa da família era grande e confortável, a vida era feliz e tranquila, até Fritz ser convocado para lutar na Primeira Guerra. De volta, ele se organizava para retomar seus negócios, quando o Tratado de Versalhes foi assinado. Wollstein, assim como Bentschen, também foi devolvida à Polônia, passando a se chamar Wolsztyn. O vermelho e o branco da bandeira polonesa começaram a tomar as ruas. Muitos poloneses demonstravam raiva dos alemães. Um ódio ancestral. O clima era tenso, agressivo. Fritz e Trude tiveram que vender a casa que tinham construído, provavelmente para nela morarem a vida inteira.

Em novembro de 1919, quando a família tomava o trem para Berlim, na plataforma da estação, Hanni e Heinz agitaram orgulhosamente pequenas bandeiras alemãs...

ELISE

O primeiro endereço da família na capital foi em Charlottenburg: um belo apartamento no edifício número 111 da Kaiserdamm que, mais tarde descobririam, não ficava longe de onde morava Joseph Goebbels, futuro ministro da Propaganda da Alemanha nazista.

Com a Província de Posen devolvida à Polônia, Paul Bornstein, com a mulher, Hanna, e a filha, Toni, foi morar em Giesenbrügge, na Pomerânia, não muito longe de Bentschen. Alfred, a mulher, Lina, e os filhos, Ruth e Kurt, mudaram-se temporariamente para Schwiebus, na mesma região. Alex e sua mulher, Hedwig, seguiram para Berlim. Todos tiveram que recomeçar, num cenário bem complicado, instabilidade, revoltas, protestos, grupos tentando tomar o poder, comunistas, gente que queria manter o governo imperial. A Alemanha não se encontrava, a derrota na guerra tinha sido dura, era difícil enxergar uma saída. Para onde se olhava havia prejuízo, a produção industrial despencava, o desemprego explodia, a estabilidade econômica escapava de vez. Toda a Europa sofria com a inflação. Na Alemanha, hiperinflação. As economias pessoais, principalmente da classe média, foram acabando, desaparecendo. O dinheiro guardado por uma vida inteira já não comprava quase nada.

Apesar de toda a agitação, da imensa crise no país, Elise conseguia manter uma rotina relativamente tranquila em Oppeln. O arrendamento da fábrica de cerveja e da taberna, além dos juros de investimentos bancários, lhe rendia o suficiente para viver bem. Optara por uma vida mais reservada, mais reclusa, dedicada aos filhos e à mãe, que se tornara sua vizinha. É certo que sentia falta da época em que Joseph era vivo, e os dois tinham uma vida social e cultural bem agitada, mas Elise não era de se lamentar. Tinha muitas responsabilidades, pessoas que dependiam dela, jamais se permitiria esmorecer.

***

Não conseguimos saber como foi o encontro, ou reencontro, entre Elise e Julius Besser, um comerciante de Forst, a duzentos e noventa quilômetros de Oppeln. Era uma cidade rica, com muitas fábricas de tecido. A loja de Julius ficava na Cottbuser Straße, vendia roupas e calçados e tinha três departamentos: masculino, feminino e infantil. Minha irmã Cristina conseguiu uma foto da fachada e de um anúncio da loja publicado num jornal... Não deve ter sido fácil para Julius fechar o seu negócio em Forst para abrir outra casa comercial em

Berlim... Mas assim foi feito, quando ele e Elise casaram-se em 1924, com lua de mel em Saint-Moritz, na Suíça, e mudaram-se para um amplo apartamento alugado, de cinco quartos, na Kaiserdamm, em Charlottenburg, na capital alemã. Ele estava com 55 anos; ela era onze anos mais nova. Elise ganhou um novo sobrenome: Besser – depois do Bornstein, de solteira, e do Heilborn, do casamento com Joseph.

Ganhou também um enteado: Alexander Besser, que na época já tinha 25 anos. Alex era advogado, estudara na Universidade de Breslau e também na Universidade de Berlim. Era formado em direito e ciências políticas. Minha irmã Cristina fez pesquisas no Museu Judeu de Frankfurt e descobriu que, no início, Alex não gostava de Elise. Está no diário que ele escrevia: "Daqui a pouco, eles vão entrar pela porta, de volta da lua de mel em Saint-Moritz. Ainda não consigo simpatizar com essa Senhora Bornstein". Com o tempo, foi surgindo o verdadeiro Alex. Ele era educado, sensível, equilibrado, sempre foi muito próximo do pai e seria também da madrasta... Alex e Elise viveriam momentos difíceis e estariam sempre prontos a ajudar um ao outro quando fosse necessário.

Apesar de toda a agitação econômica e social no país, Elise e Julius tiveram momentos de felicidade. Para Elise, também era especial estar novamente perto de seus irmãos, principalmente Trude e Alex, que sempre foram mais chegados a ela. Rosa, que se divorciara, também tinha se mudado com a filha, Ruth, para Berlim. Siegfried ia de Cottbus à capital com frequência, e a família, unida, parecia forte o suficiente para enfrentar os momentos difíceis. Mas o novo casamento de Elise não chegou a completar cinco anos. Julius Besser morreu em 21 de dezembro de 1929.

Aos 48 anos, e viúva pela segunda vez, Elise recebeu o apoio da família. As irmãs de Julius estiveram sempre ao seu lado, principalmente Hecht. Ernst foi de Hamburgo para Berlim e passou alguns dias com a mãe. Alexander Besser, filho de Julius, enteado de Elise, que na época tinha 30 anos, tornou-se ainda mais próximo dela. Tratava a madrasta como mãe, volta e meia a chamava de *Mutter*, era dedicado, atencioso, demonstrava carinho, o que era recíproco. Várias vezes, Elise se referia a ele, até para diferenciá-lo do irmão dela, também chamado Alexander, como "o meu Alex".

Elise tinha que tocar a vida. Deixou o amplo apartamento de cinco quartos da Kaiserdamm e mudou-se para um menor. O imóvel estava longe de ser pequeno: tinha um pé-direito bem alto, três quartos, duas salas, dois banheiros, o que não era comum, *hall* de entrada, cozinha e despensa. Ficava na Fritschestrasse, número 50, também em Charlottenburg. O apartamento pertencia a um senhor judeu chamado Bochnik, muito simpático e atencioso. Elise contou com a ajuda dos muitos amigos, da família, encontrou algum conforto na religião, nas idas constantes à sinagoga. Não podia se render às fatalidades, que faziam parte da vida, ela já devia ter aprendido. Mesmo que nada em volta parecesse correr para as boas notícias, era preciso ter esperanças. Mas como? Que otimismo podia resistir à Grande Depressão, pior e mais longa recessão do século XX? Os Estados Unidos também estavam em crise, veio a Quinta-Feira Negra, com as ações da Bolsa de Nova York despencando, veio a Terça-Feira Negra... Pânico geral.

 O que estava ruim podia piorar, e vários países foram atingidos. A Alemanha precisava encontrar uma saída, e Elise acompanhou, com certo distanciamento, o crescimento do nazismo no país. O Partido Nacional Socialista dos Trabalhadores Alemães, contrário ao Tratado de Versalhes, com ideias nacionalistas, autoritárias e antissemitas, ganhava cada vez mais espaço. De 1930 a 1933, o número de filiados ao Partido Nazista, liderado por Adolf Hitler, aumentou oito vezes, chegando a cerca de oitocentos e cinquenta mil. Os líderes democratas estavam enfraquecidos e isolados, eram considerados culpados pela situação complicada em que o país se encontrava. Havia ainda o temor de um golpe de esquerda, e comunistas passaram a ser demonizados.

 Nada parecia tomar o rumo certo, que ninguém sabia exatamente qual era. A economia, em frangalhos, continuava a fazer vítimas. Fritz, cunhado de Elise, não resistiu à crise. Seus negócios foram escasseando, e o dinheiro começou a faltar. Era difícil acreditar que um homem que, sozinho, havia feito fortuna comercializando produtos agrícolas pudesse se encontrar em situação tão delicada. Fritz vivia abalado e começou a ter problemas de saúde. Acabou morrendo em setembro de 1932, de complicações provocadas por uma úlcera no duodeno. Por isso, Hanni, sua filha, sempre considerou como causa da morte os problemas financeiros.

 Quando, em 30 de janeiro de 1933, Adolf Hitler foi nomeado chanceler da Alemanha, Elise não teve a noção exata do perigo que se anunciava. O antissemitismo não era novidade, aparecia, com mais ou menos força, de tempos em tempos, em vários países. Na Alemanha, até 1933, também eram apenas casos isolados, restritos a algumas regiões, e muitos judeus simplesmente não acreditavam que poderiam sofrer uma perseguição como na época medieval. Os judeus alemães eram integrados ao país, mais do que os de qualquer outra parte da Europa, tinham orgulho da Alemanha. Muitos eram nacionalistas, e esses, principalmente, acreditavam que Hitler, no poder, teria mais a fazer do que ficar importunando os judeus.

Em 27 de fevereiro de 1933, houve um incêndio criminoso no prédio do parlamento alemão em Berlim. Hitler se aproveitou disso e rapidamente convenceu o presidente Hindenburg a declarar estado de emergência. Até nova ordem, estavam suspensas várias garantias constitucionais, por exemplo, a liberdade de expressão, reunião e associação. A polícia podia prender quem quisesse, tinha permissão para fazer buscas em residências, escutas telefônicas, interceptar cartas. Os primeiros alvos foram os comunistas, além de criminosos e antissociais. Cada vez falava-se mais em pena de morte e, de fato, muitos comunistas foram mortos pelos nazistas. Era difícil ficar tranquilo, o temor entre os judeus só aumentava, ainda que parte deles continuasse acreditando que aquela onda não viria em sua direção. Por que segregar os judeus ajudaria a Alemanha a recuperar sua economia? Os comunistas, sim, deveriam ser combatidos. Como ousavam querer para a Alemanha uma revolução como a dos bolcheviques? Não, a maioria dos alemães não era como Hitler, como os nazistas, não tinha sentimentos tão fortes e negativos em relação aos judeus.

O antissemitismo incomodava Ernst fazia já algum tempo. Com a ascensão de Hitler, ele imediatamente tomou sua decisão: deixaria a Alemanha o mais rápido possível. Aguardava apenas a sua formatura na Escola Nacional de Artes de Hamburgo, realizada em 21 de março de 1933. Foi nesse dia que o *Völkischer Beobachter*, jornal do partido de Hitler, anunciou a conclusão do primeiro campo de concentração. Tinha sido construído no terreno de uma antiga fábrica de pólvora em Dachau, na Alta Baviera, Sul da Alemanha. Obviamente, Ernst não era leitor do jornal dos nazistas, mas não demorou a saber de Dachau. Outros jornais reproduziram a notícia sobre o campo de concentração. Felizmente, o bilhete de trem para Estrasburgo já estava comprado, e ele embarcou sem medo de se arrepender, pensou até que poderia ter decidido por outro destino bem mais distante.

Quando Ernst partiu, o tema dominante na Alemanha era o que se entendia como "ariano" e "não ariano". Ele sabia bem: "não arianos" eram todos aqueles que seriam transformados em bodes expiatórios, que seriam culpados por todas as desgraças alemãs das últimas décadas. Ernst não esperaria que Hitler convencesse o país de que os judeus eram uma ameaça e que deveriam desaparecer. Partiu para a França, logo na primeira onda de emigrantes judeus. Alex Bornstein, irmão de Elise, também deixou a Alemanha assim que Hitler assumiu como chanceler. Foi para Bruxelas, com a mulher, Hedwig. A filha do casal, Vera, que nascera em Charlottenburg, em 1924, passaria um ano em Hamburgo, com tios maternos, até que os pais se estabelecessem em Bruxelas.

Ernst, da França, e tio Alex, da Bélgica, viram Hitler receber plenos poderes por meio de um decreto-lei. Se isso já era aterrador, imagine o que os dois sentiram quando chegaram até eles notícias sobre o boicote aos negócios de judeus em toda a Alemanha que os nazistas estavam planejando. Comitês locais tinham sido criados "para a implementação prática e sistemática do boicote a negócios, bens, médicos e advogados judeus". Os nazistas deram orientações sobre o que deveria ser feito, até sobre os dizeres que deveriam estar nas faixas e nos cartazes que seriam colocados nas ruas, diante de lojas, escritórios: "Contribua para a emancipação da Alemanha em relação ao capital judaico. Não compre em lojas judaicas". Organizações nazistas mobilizaram muita gente, um grande número de mulheres, inclusive, para desencorajar as pessoas a comprar de judeus. Em Berlim, havia cartazes em alemão e inglês diante dos estabelecimentos dirigidos por judeus. Elise deve ter visto esses cartazes infames nas lojas que costumava frequentar... Ou não viu, não soube de nada?

As tropas de assalto da Polícia Nazista já tinham os nomes e endereços de empresas que pertenciam a judeus e, poucos minutos depois do início da ação de boicote, no dia 1º de abril de 1933, pregaram a palavra "judeu" nas placas em que havia os nomes dos estabelecimentos, sempre bem na entrada. Era a apresentação da posição do regime, uma mensagem de ódio. Para os nazistas, os judeus estavam mais representados do que deveriam em certas ocupações profissionais, e essa influência precisava ser quebrada.

O boicote foi o primeiro evento antissemita nacionalmente organizado e tolerado. Muitos judeus perderam a ilusão naquele dia, talvez não fosse apenas uma tempestade. Não sei o que Elise viu, sentiu, pensou. Talvez tenha, apesar de tudo, concluído que a maioria dos cidadãos não demonstrara ódio, não participara do boicote. Talvez tenha duvidado da capacidade dos nazistas de radicalizar seu antissemitismo. Talvez não tivesse mais como discernir, como compreender. Aquilo era tão absurdo, que não podia mesmo existir. Elise talvez se calasse, sufocada num sentimento louco de injustiça, naquela vergonha imensa de estar sendo transformada numa intrusa em seu próprio país, em sua própria casa.

Pressionados em seus negócios, os judeus logo seriam afastados de várias profissões. Uma enxurrada de leis limitaria a participação deles na vida pública alemã. A chamada "Lei para Restauração de um Serviço Público Profissional", de 7 de abril de 1933, simplesmente expulsou os judeus do funcionalismo público. E valia para os funcionários federais, das províncias, cidades, dos distritos, das aldeias, incluindo juízes, policiais e professores universitários e de escolas fundamentais, médias e técnicas. Ainda em abril de 1933 foi promulgada outra lei restringindo o número de alunos judeus nas escolas e universidades. E não parou mais. O governo da cidade de Berlim proibiu advogados, tabeliães e escrivães judeus de exercer suas profissões. Munique proibiu os médicos judeus de tratar pacientes que não fossem judeus. O governo federal revogou a licença dos contadores judeus. Depois seriam os atores, banidos dos teatros, dos filmes, os artistas plásticos, os jornalistas, engenheiros. Hitler queria "o expurgo da nação, e particularmente das classes intelectuais, das influências de origem estrangeira e da infiltração racial estrangeira".

A campanha contra os judeus era massiva. Todos os jornais da Alemanha, e não apenas os nazistas, estavam cheios de matérias negativas sobre os judeus, em número suficiente para não passar despercebidas. Quem leu a notícia sobre a criação da Gestapo? A Polícia Secreta do Estado se transformaria na mais determinada implementadora do antissemitismo. Quem leu a matéria sobre a queima de livros de autores judeus na Praça da Ópera, em Berlim? Vinte mil exemplares em chamas – Heinrich Heine, Karl Marx, Sigmund Freud, Albert Einstein, Franz Kafka, Stefan Zweig.

Em maio de 1934, os judeus perderam o direito ao seguro nacional de saúde. Em agosto, Hitler ganhou ainda mais poder. O presidente da Alemanha, Hindenburg, conterrâneo de Elise, morreu. O Exército alemão fez um juramento de lealdade a Hitler, que, além de chefe de governo, chanceler do Reich, e *Führer*, líder do Partido Nazista, passou a ser também o chefe de Estado. Em plebiscito sobre essa união dos cargos, 93% dos eleitores deram apoio a Hitler. Muitos, por medo de uma revolução comunista. Depois do plebiscito, estava muito claro: qualquer resistência a Hitler e ao nazismo seria uma ação ilegal.

Em março de 1935, Hitler, desrespeitando o Tratado de Versalhes, implantou o serviço militar obrigatório na Alemanha. Em maio, as ações contra os judeus ganharam força. Em julho, vândalos atacaram lojas de judeus nas melhores ruas do centro de Berlim. Em setembro, no Congresso de Nuremberg, realizado pelo Partido Nazista, foram definidas leis que estabeleceriam o sistema de discriminação e perseguição racial, e seriam rapidamente aprovadas pelo parlamento. A "Lei para a Proteção do Sangue Alemão e da Honra Alemã" proibia novos casamentos e relações sexuais entre judeus e "alemães ou pessoas de sangue correlato ou similar". Os judeus ainda foram proibidos de empregar mulheres não judias com menos de 45 anos, de hastear a bandeira alemã, perderam o direito de votar, o acesso a muitos lugares públicos. Em Düsseldorf, pacientes judeus não eram mais aceitos em hospitais municipais. Nas cortes alemãs, os juízes não podiam mais citar comentários legais ou opiniões de juristas judeus.

Era difícil enxergar a calma, a paz, a bonança. Se era para ser uma tempestade, devia ser a mais longa da história, a maior, a mais forte de todas, em todos os tempos, o dilúvio dos dilúvios desabando sobre os judeus. Cada vez mais, eles fugiam para outros países.

Quem não viu os nazistas comemorando o "feliz aumento" na emigração judaica? Quem não viu a guerra se aproximando? Os nazistas, desde o início, tinham os olhos fixos na guerra, não tinham? O povo deixar de ser conivente? Era melhor não considerar essa possibilidade.

Elise terminou de se arrumar e levou algum tempo até encontrar o seu baralho preferido. Era estranho que ele não estivesse na gaveta de sempre. Quantas vezes tinha dito a Trude que ela deveria comprar baralhos novos? Não dava mais para jogar com os que ela tinha, algumas cartas já eram facilmente identificáveis por causa das marcas, do desgaste. Quando Elise bateu a porta de seu apartamento, no número 50 da Fritschestrasse, em Charlottenburg, o baralho bem guardado na bolsa, achou que era besteira ir jogar *bridge*, sua cabeça estava longe. Era compreensível que ela estivesse daquele jeito. Como pensar em outra coisa? Tanta vontade de que tudo desse certo. Vinha um aperto no peito, por causa daquilo tudo, daquela espera. Sua mensagem tinha sido enviada no começo do mês, quantos dias fazia? Elise aguardava ansiosamente. Ernst precisava confirmar logo seu noivado com Lisette.

Noivado e Casamento

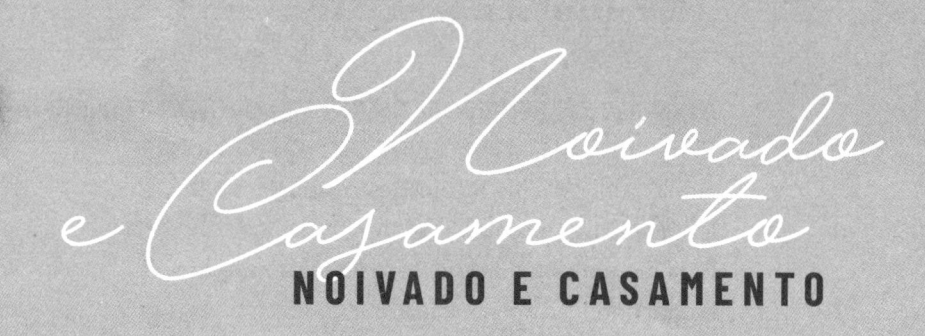

> Berlim, 19/11/1935
>
> Querida Lisette,
> Com muito prazer, lhe permito me tratar com o familiar "você", e estou feliz de ter ganhado uma filha. Espero que nos entendamos muito bem, não só a distância. Vocês, com certeza, aproveitaram bastante a sua festa. Na noite da festa, pensei muito em vocês. Como presente de casamento, vocês vão receber de mim talheres de prata para doze pessoas. Daqui não posso presenteá-los com nada. A alfândega seria muito cara. Fico feliz de ter ganhado uma filha tão prendada. Eu mesma gosto muito de fazer trabalhos manuais, mas para a costura não sou muito dotada.
>
> Para você e Ernst muitas lembranças e beijos,
>
> Sua Mãe

Elise não se cansava de falar sobre a festa de noivado do filho. Trude, Alex, Rosa, Siegfried, Paul, seus irmãos, suas cunhadas, seus sobrinhos, amigos, conhecidos, todos já sabiam que Ernst estava noivo de uma bela jovem brasileira, de uma família muito tradicional.

— O pai dela é um respeitadíssimo arquiteto, catedrático, um intelectual. Ernst só tem elogios para o sogro, que morou boa parte da vida na França.

— Acho que você já tinha me falado a respeito – disse Frau Barschall, amiga de Elise. — E a mãe da sua futura nora não é francesa?

— Sim, é francesa, mas foi ainda pequena para o Brasil.

— E o que Ernst diz dela?

— É uma senhora mais séria, mais fechada, me parece.

— É uma família católica, não?

— Sim, como quase todos no Brasil. Mas você sabe que isso nunca foi um tabu na minha família. Veja meu irmão Siegfried. Ele se casou com uma cristã, e isso nunca gerou nenhum problema, nenhuma polêmica.

— Claro, melhor que seja assim. E você pretende ir ao Brasil, para o casamento?

— Não, é quase certo que não poderei ir. Tenho muitos assuntos a resolver aqui. A data do casamento ainda não foi marcada, mas deve ser para logo, antes do fim do nosso inverno, verão no Hemisfério Sul. Mas tenho fé de que minha viagem ao Brasil não irá demorar tanto. Quero muito conhecer minha nora, e a saudade do meu Ernst é imensa.

— Posso imaginar o quanto você gostaria de ter participado da festa de noivado dele...

— Nem me fale, teria sido maravilhoso. Mas, em breve, estaremos juntos de novo.

Ernst não dera assim tantos detalhes sobre a festa de noivado, poucas informações tinham chegado por carta. Mas, como pensara tanto naquele momento, Elise parecia capaz, quando fechava os olhos, de transportar-se para os salões do casarão da rua Paula Freitas, diante da praia de Copacabana, no Rio de Janeiro. Muitos convidados, belos trajes, ternos bem cortados, vestidos, sorrisos, risos, brindes, música, juras de amor, flores pela casa, a brisa do mar. Em breve conheceria pessoalmente Lisette, a família dela, reencontraria o seu filho e poderia, bem de perto, ver sua história continuando.

BERLIM, 24/11/1935

Meus queridos filhos!
Nós vivemos aqui completamente discretos e modestos. Jogamos frequentemente bridge, você também sabe jogar, querida Lisette?

NOIVADO E CASAMENTO

> Eu só sei o francês que aprendi na escola, e mesmo assim já esqueci muitas coisas. Eu me encontro muitas vezes com uma russa que fala perfeitamente francês e assim reavivo os meus conhecimentos.
>
> 02/12/1935
>
> Neste meio-tempo, os jornais estão noticiando sobre grandes agitações aí. Espero que vocês não estejam sendo afetados. Eu recebi as últimas notícias de vocês no dia 14/11. Alex voou para Zurique por dois ou três dias a trabalho.
> Escrevam breve, breve,
>
> SUA MÃE

Ernst e Lisette não tinham sido afetados pelo Levante Comunista de 1935, que começara em quartéis de Natal, no Rio Grande do Norte, e chegara ao Rio de Janeiro. O objetivo dos revoltosos era derrubar o governo de Getúlio Vargas e implantar no Brasil o regime comunista. No Rio, o movimento foi deflagrado simultaneamente, no dia 27 de novembro de 1935, no Segundo Regimento de Infantaria e no Batalhão de Comunicações, e na Vila Militar, na Escola de Aviação, no Campo dos Afonsos, e no Terceiro Regimento de Infantaria, na Praia Vermelha. O golpe não demorou muito a ser sufocado, e Copacabana não perdeu, em momento nenhum, sua paz e o clima de balneário.

Oficialmente o verão chegaria em pouco tempo, mas calor fazia praticamente o ano inteiro. Naquela época, só ficava pior. Ernst, completamente suado, batia perna por Copacabana. O que o incomodava mais: o calor ou a umidade? A combinação dos dois, com certeza. Se a simples lembrança daquele banho na nascente de um rio numa floresta da Turíngia resolvesse... Sol inclemente, asfalto fervendo, jornal na mão. Os anúncios estavam marcados, eram muitos. Ernst não conseguiria visitar todos os imóveis naquele dia. Mas tinha pressa. O casamento seria marcado para breve; ele precisava alugar um apartamento o mais rápido possível. Deixar Copacabana nunca foi cogitado, era naquele bairro que Ernst teria seu primeiro endereço verdadeiramente residencial no Brasil, depois de quase dois anos morando em pensões.

Lisette fazia questão de aprender a língua do marido. Ela falava português como brasileira, francês como francesa, tinha um inglês afiado, mas aquelas palavras enormes, uma ordem frasal às vezes estranha, o verbo no fim, um mundo de vogais, as declinações, ela teria que se esforçar. As cartas que Elise enviava eram guardadas cuidadosamente e serviam de base para as aulas que Lisette estava tomando com um professor. Tinha um caderno organizado, um glossário que aumentava a cada dia. No início, Ernst tinha que traduzir para ela as cartas que chegavam da Alemanha e escrevia em alemão, para a mãe, o que Lisette ditava em português para ele. Aos poucos, Lisette passou a identificar nas cartas de Elise algumas palavras, chegava a entender frases inteiras. Até que sua letra passou a se arriscar em alemão, três ou quatro frases no que Ernst lhe deixava de espaço no papel de carta bem fino.

"Alles gute zum Geburtstag, Mutter!", a caligrafia caprichada de Lisette levava seus votos de feliz aniversário. Elise completaria 54 anos no dia 11 de dezembro. Seria uma comemoração discreta; Trude, Rosa e as irmãs de Julius apareceriam no fim da tarde. Alex, seu enteado, por sorte, estaria em Berlim e representaria os filhos de Elise, Ernst e Walter. Alexander Besser, desde que se vira obrigado a praticamente reiniciar sua carreira de advogado, passara a fazer viagens rápidas pela Europa, principalmente para Áustria, Iugoslávia e Tchecoslováquia. Afastado de suas funções nos tribunais, por causa das leis nazistas de segregação contra os judeus, Alex tinha se tornado advogado da Agência Judaica para a Terra de Israel, que serviria como autoridade para a comunidade judaica na Palestina antes da fundação do Estado de Israel. Alex estava empenhado em promover a emigração dos judeus. A Agência ajudava a conseguir as licenças de saída, vistos de entrada na Palestina, até mesmo recursos para bancar a emigração de algumas pessoas.

Alex já tinha conversado sobre o assunto várias vezes com Elise, mas ela achava que ainda poderia viver na Alemanha por mais algum tempo. Sua esperança de que a paz pudesse voltar quando menos se esperasse resistia; já não era tão grande, mas estava lá. Elise já tinha decidido que prepararia sua saída da Alemanha, mas, de qualquer maneira, não seria um processo rápido. Havia as propriedades em Oppeln, investimentos bancários... Principalmente, havia seu filho Walter... De qualquer maneira, se emigrar era uma possibilidade, a Palestina não seria o destino. Cruzar o Atlântico, mais do que nunca, era um desejo.

Berlim, 12/12/1935

Meus queridos!
Siegfried está de novo de cama e por isso estou indo para Cottbus no Natal e, de lá, para Oppeln, já que tenho que resolver muitas questões comerciais. Gostaria de dar para vocês como presente de casamento doze talheres grandes de prata, doze talheres pequenos de prata, doze talheres de peixe, doze colheres grandes, doze colheres pequenas, doze colheres para sorvetes, doze colheres para café, dois candelabros, um açucareiro, duas caixas para bombons. Vocês precisam de um tapete persa? Tenho um comprido, e também posso mandar toalhas de mesa. O seu terno e a sua calça vão de Hamburgo dia 15, por um portador. Ele vai se comunicar com você. Agradeço muito a vocês a lembrança pelo meu aniversário, tive um dia muito agradável. Frau Heller me disse que cristal aí é muito caro. Eu gostaria de mandar para vocês também. No dia 22/12, Karl Rosenthal está indo para São Paulo e vai levar a sua roupa e mandá-la para o Rio pelo trem. O presente de casamento de vocês é da minha prataria. Mandei de novo dinheiro e jornais.
Lembranças para vocês dois,

Mamãe

Um dia muito agradável no seu aniversário, jogar *bridge* com as amigas, a despeito de tudo o que se passava na Alemanha. As cartas de Elise estão longe de ser o relato detalhado dos horrores do nazismo. Frases coladas, nenhum parágrafo, era preciso usar todo o papel, tornar a correspondência o mais leve possível para pagar menos pelo selo. Tudo era caro, nada era simples, havia tensão por todos os lados. Mas não nas linhas de Elise, que pulava de um assunto a outro, sem cerimônia, e voltava, e ia, e se dirigia ao filho, se dirigia à nora. Um lamento pela injustiça até surgiria, um breve relato sobre o que não deveria existir, mas nenhuma palavra sobre os restaurantes com avisos na porta: *"Juden Unerwünscht"* (Judeus indesejados), ou *"Für Juden verboten"*

(Proibido para judeus). Nenhuma palavra sobre a dificuldade para comprar alimentos, como cereais, pães e medicamentos, já que mercearias e até farmácias se recusavam a vender para judeus. Difícil mesmo, parecia, era aguardar as notícias sobre o casamento do filho, uma vontade louca de saber de tudo, faltava tão pouco para o grande dia...

Berlim, 04/02/1936

Meus queridos filhos!
Estou muito feliz que vocês vão se casar em breve. Espero que todos os desejos de vocês se realizem. Assim, nós todos iremos ficar felizes por vocês. Por favor, Lisette, me conte não somente tudo sobre o casamento, mas também como é o dia a dia de vocês. Eu me interesso por tudo o que acontece com vocês. É uma pena que as fotos tenham se perdido. Espero que as próximas cheguem direito. Já estou feliz só de pensar em conhecer a sua família. Frau Schlesinger vai partir de Hamburgo no dia 7, e darei a ela todos os seus discos do gramofone. Você ainda tem uma jaqueta preta de verão aqui, devo também aproveitar a oportunidade e mandá-la por ela? Estranhei vocês esperarem tanto tempo pela minha carta, eu escrevo sempre. Alex escreveu para você por causa da procuração. Já que ele tem uma procuração sua, você só precisa mandar para ele ou para mim apenas o seu consentimento, sem precisar de uma legalização do tabelião ou do cônsul. Você sabe por que motivo eu preciso disso e quero ter toda a papelada. Você não parece estar lendo a nossa correspondência com muita atenção. Por favor, não me conte mais sobre a naturalização do irmão do Albert. Não quero que isso seja anunciado publicamente. Tenho um pedido para você, Ernst, avise a Just sobre o seu casamento, não precisa convidá-lo, mas não precisa cortar contato com ele completamente. Foi com certeza agradável para você, quando chegou de navio, que ele estivesse lá para recebê-lo, mesmo que eu já não tenha no momento muito contato com a mãe dele. Ruth está há quatorze dias como prisioneira política. Pobre Rosa.

Heinz se recuperou muito bem na Suíça. Ele está dando aulas de alemão num internato e se preparando para os seus exames. Ele entregou um trabalho que não só foi impresso num jornal jurídico como também foi lido por um dos professores. Ótimo, não? Hansel e o marido e a irmã de Just também vão para o Brasil. Por hoje, é isso.

Muitas lembranças, escreva em breve,

Sua Mãe

P.S.: Acabei de receber uma foto sua, e ela me é estranha. Isso também vai acontecer quando você me vir de novo. Estou toda grisalha, virei uma velha, mas uma saudável senhora.

Elise queria ter tudo resolvido logo. Se fosse necessário, ela usaria a herança de Ernst também, ele autorizara por carta, faltava o consentimento oficial. Elise acreditava que não precisaria chegar a tanto, ou que estava longe disso, mas precaução era o mínimo que podia ter. Dar o primeiro passo para deixar a Alemanha ainda não lhe parecia urgente, mas preparar esse passo, sim. Imaginava o que sentiria se a emigração fosse a única saída... Durava pouco, o tempo das reticências, ela não gostava de se flagrar em pensamentos assim, e, na verdade, isso nem aconteceu tantas vezes naquele começo de 1936. Muitos judeus, Elise entre eles, podem ter tido novamente a ilusão de que o terror nazista não perduraria. Naquele mês de fevereiro, a cidade de Garmisch-Partenkirchen, na Baviera, recebeu os Jogos Olímpicos de Inverno. Em agosto, seria a vez de Berlim sediar os Jogos Olímpicos de Verão. Para evitar críticas internacionais ao seu governo, para não abalar o prestígio da Alemanha, para não perder a renda com o turismo, em ano de Jogos Olímpicos, os nazistas suavizaram seu discurso e deram uma trégua aos judeus. As atividades antissemitas diminuíram, os vestígios da segregação e perseguição aos judeus foram escondidos. O governo mandou, por exemplo, remover dos locais públicos os cartazes que avisavam que judeus não eram bem-vindos. Uma trégua, sim, mas que seria curta.

Elise ainda tentava se organizar para, um dia, se necessário, deixar a Alemanha de vez. Mas já havia muita gente indo embora do país, com a certeza de que os ventos olímpicos eram mesmo passageiros. Frau Schlesinger desembarcaria no Brasil, com peso extra na bagagem: os discos de Ernst, concertos e óperas, basicamente.

    Partir para o Brasil não em visita, mas para morar perto do filho, da nora, dos netos. Elise pensava cada vez mais nisso, ainda que não demonstrasse tanto esse desejo. Em seus sonhos secretos, acompanhava o crescimento dos descendentes, ensinava-lhes o alemão, um pouco da cultura alemã, as canções, contava histórias para os netos, falava de livros, oferecia os sabores da comida da Alemanha. Nesses sonhos, deixar seu país não lhe parecia tão difícil. Mas, mesmo que o nazismo batesse à sua porta e ela tivesse que fugir para o Brasil, não trocaria sua nacionalidade. Por isso, Elise não entendia por que Ernst insistia naquela história sobre o irmão de um conhecido, um alemão que também tentava a sorte no Brasil e acabara de se naturalizar brasileiro. Ernst e ela seriam sempre alemães, Elise não admitiria que fosse diferente.

    Dos primos de Ernst, filhos das duas irmãs de Elise, uma notícia boa e uma notícia bem ruim. Heinz, filho mais novo de Trude, irmã caçula de Elise, aos 23 anos, já começava a se destacar em seus estudos jurídicos. O brilhantismo de Heinz, mais tarde, iria salvá-lo do nazismo e permitir que ele pudesse salvar sua mãe e sua irmã, Hanni. Infelizmente, o nazismo já tinha alcançado Ruth, de 40 anos, filha de Rosa, irmã mais velha de Elise. Ela estava presa, acusada de crime político, provavelmente alguma atividade ligada aos comunistas.

    Elise procurava dar apoio a Rosa, mas não havia muito o que pudesse fazer. Sua irmã estava arrasada, seu abatimento era indisfarçável. Elise e Trude tentavam não deixá-la sozinha, precisavam fazê-la acreditar que Ruth, em breve, seria solta e que sua inocência haveria de ser provada.

    Sentimentos tão distintos tomavam conta de Elise, o receio pela sobrinha presa, aquela tristeza por testemunhar o abatimento da irmã, a vontade de poder fazer mais, o sonho de encontrar uma solução mágica, um benfeitor, um justiceiro. Tudo isso a poucos dias do casamento de Ernst, o oceano Atlântico como distância, uma vontade louca de romper os dez mil quilômetros para estar com o filho em Copacabana, com a força do pensamento, ou com a magia que sobrasse depois de libertar Ruth da cadeia.

***

NOIVADO E CASAMENTO

Ernst e Lisette casaram-se no dia 7 de março de 1936, na casa dos pais da noiva, na rua Paula Freitas, número 16. Cerimônia civil e religiosa. Ernst era judeu, mas seu casamento foi celebrado por um bispo católico. Lisette queria estar mais afiada no alemão para descrever em detalhes para a sogra a mais bela festa, exatamente como tinha imaginado por tanto tempo. Uma alegria em centenas de sorrisos, entrando pela noite, a madrugada, brindes ao amanhecer, taças erguidas à felicidade eterna do casal, que um cachimbo que teimava em não acender unira, a felicidade no primeiro sol de Ernst e Lisette feitos um só... Infelizmente, seria preciso inventar, mentir, imaginar, para que Elise imaginasse, imaginação a partir de imaginação, porque o casamento não foi como nos sonhos.

Faltava um mês para a cerimônia, quando Jeanne-Rose, mãe de Lisette, começou a ter problemas de saúde. Ela acabou sendo submetida a uma cirurgia delicada nos olhos, isso a quinze dias do casamento da filha. Recebeu alta, e tudo ia bem, mas Jeanne-Rose não queria saber de festança em sua casa enquanto convalescia. Não importava o sonho da filha, se faltava tão pouco tempo, se tudo já estava organizado. Reduzir uma festa era coisa simples, dizia Jeanne-Rose. Lisette se desesperou, mas sabia que era inútil, não haveria ninguém para interceder por ela, nem o pai, que jamais se opunha à mulher. Desejo de Jeanne-Rose era uma ordem: o casamento foi remarcado para a tarde, às três e meia. Em pouco tempo, Ernst e Lisette eram declarados marido e mulher. Tudo foi discreto, pequeno, curto, naquele dia no casarão da Paula Freitas. Lisette jamais perdoaria sua mãe.

ENFIM, COPACABANA

Das cartas que seguiram para Elise, temos pouquíssimas, pois Ernst não costumava fazer cópias. As cartas enviadas por Elise nos dois primeiros anos de Ernst no Rio não foram guardadas. Foi Lisette quem, a partir de seu noivado com Ernst, começou a guardar as correspondências que chegavam da Alemanha, mas, me arrisco a dizer, não todas. Não há, por exemplo, uma carta sequer falando da frustrante festa de casamento na Paula Freitas. O trauma foi tão grande para Lisette que é quase certo que ela tenha jogado no lixo tudo o que lembrava o sonho não realizado, inclusive possíveis cartas da sogra tratando do assunto.

Pelo menos um sonho Lisette realizara… Não, nada a ver com a noite de núpcias, a lua de mel. Tinha a ver com o seu prenome composto: Elizabeth Maria. Lisette não gostava, menos ainda de Elizabeth escrito daquele jeito, com "z". O casamento foi sua chance. Está lá, no fim da certidão: "A nubente passará a assinar: Elisabeth B. Heilborn". O Bahiana reduzido a um "B." é muito estranho, a troca de uma letra do nome também, mas o Registro Civil aceitou, não aceitou? E ai de quem escrevesse seu nome com "z". Não! Não podia, de jeito nenhum. Lisette (que deveria ser escrito assim, com "s" e duas letras "t") era tão paranoica com isso que, muitos anos antes de morrer, mandou colocar seu nome no jazigo da família, em letras douradas, e nada de "B.": Elisabeth Bahiana Heilborn. Eu sempre achei tão estranho, ela, vivinha da Silva, e o nome lá, grafia perfeita, indicando que não:

— E se um conhecido seu, um amigo passa e vê seu nome aí, vó? Vai achar que você morreu. Isso não é legal.

— Bobagem. Não tem a menor importância. Tenho certeza de que, se eu deixasse pros outros colocarem meu nome, ia sair errado. Assim, pelo menos, eu morro tranquila.

Um nome novo, do jeito que ela queria, o casamento lhe dera! E uma vida nova, uma vida a dois, que Lisette não sabia bem como seria. Ernst alugara um apartamento de dois quartos na rua Santa Clara, número 214, não muito longe do casarão dos Bahiana. Grande parte dos móveis do novo casal, aliás, tinha vindo da casa da rua Paula Freitas, bom mobiliário, que Gastão Bahiana e a mulher já estavam pensando em trocar: um sofá, uma poltrona, mesinhas de canto, um pequeno móvel-bar inglês, mesa de jantar, cadeiras, uma arca. Não cabia muito mais. O quadro de Lisette premiado na Escola Nacional de Belas-Artes foi colocado na parede. Lisette não demorou a ajeitar o apartamento, que ficou um brinco, mas, no início, ela ainda passava muito tempo na casa dos pais.

Ernst seguia sempre cedo para o Centro, fazia mais de um ano que trabalhava na E. M. Janowitzer, firma de importação e exportação. Gostava do dono da empresa, Envin Marcus Janowitzer, que foi, inclusive, testemunha de seu casamento. Mas Ernst tinha a impressão de que ganharia mais se conseguisse trabalhar como autônomo, como representante comercial independente. Seu salário fixo e suas comissões eram baixos, e, agora casado, não podia mais aceitar passivamente aquilo. Elise ainda conseguia mandar algum dinheiro da Alemanha; tinha o sogro, Gastão Bahiana, mas Ernst se convencia de que não podia depender da ajuda de ninguém e estava sempre atento a novas possibilidades profissionais.

Foi esse clima que Elise encontrou no apartamento da Santa Clara, quando desembarcou no Rio apenas dois meses depois do casamento do filho: Ernst, insatisfeito com seu trabalho, procurando uma maneira de ganhar mais. Lisette, ainda tentando esquecer a frustrante festa de casamento, tentando encontrar seu espaço num dois quartos, num orçamento mais apertado. Agora, era a vida dos dois, e que eles não contassem com seus berços esplêndidos.

Como há um vazio de cartas entre fevereiro e junho de 1936, não temos quase informações sobre os preparativos para a tão esperada viagem de Elise ao Brasil. Ela chegou em maio, acreditando que deixara bem encaminhada na Alemanha a venda de suas propriedades. Foi a primeira, e talvez única, hóspede de Ernst e Lisette no apartamento da Santa Clara. Surpreendeu todo mundo ao conseguir se desembaraçar e organizar a viagem para o Rio com tanta rapidez. Embarcou, tentando controlar a ansiedade. Havia tanto mar a vencer. Se pelo menos a saudade do filho e a vontade de conhecer a nora fossem o combustível do navio, a viagem seria rápida... Do deque do transatlântico, Elise olhava para trás e via o nazismo cada vez mais longe, mas via também a si própria ainda lá, no lugar de onde partira.

Elise ficou pouco mais de um mês no Rio, conheceu todos os Bahiana, mas teve dificuldade de se comunicar. Seu francês não dava mesmo para muito, e Ernst precisou estar sempre por perto para ajudar nas traduções. Como seria bom saber os programas, os passeios que Elise fez nas semanas em que esteve na Cidade Maravilhosa. O que viu? O que sentiu? Do que gostou? Do que não gostou? O que experimentou? O que provou? Pode não ter conseguido se imaginar vivendo ali, nos trópicos, naquela beleza deslumbrante de Copacabana, tão diferente de Bentschen, de Oppeln. Pode ter tido a certeza de que ali, perto do seu filho, da família que crescia, era seu lugar. Desistir de voltar para a Alemanha, ficar, ficar de vez. Isso, com certeza, não passou pela cabeça de Elise: seria ficar pela metade.

Lisette conquistou a sogra em pouco tempo. Era educada, elegante, simpática, atenciosa, prendada, cuidava bem de Ernst, cuidava bem da casa. O apartamento da Santa Clara estava sempre impecável, limpo e arrumado. Lisette ainda não cozinhava tão bem, mas se esforçava. Sua companhia era muito agradável, e seu bom humor e sua animação eram contagiantes. Elise, mãe judia, não tinha nada o que reclamar da nora, de família católica, ligada aos valores e princípios cristãos. Elise tinha a mente aberta, nunca fora de proibir, de vetar, era sempre pelo bom senso. Não importava se seus netos não seriam judeus, seriam seus netos, isso bastava. Proibir a mistura era uma bobagem nazista, sua família nunca fora fechada. Por sorte, Ernst encontrara uma moça cuja família pensava da mesma forma.

É verdade que Ernst teve que provar a Gastão Bahiana e Jeanne-Rose sua origem, que vinha de boa família, que tinha posses na Alemanha e que teria condições de sustentar Lisette e os filhos que viriam da união dos dois. Mas ser judeu nunca foi impedimento para nada. Se Jeanne-Rose sempre me passou uma imagem de mulher seca, fria (quando eu era criança, suas fotos chegavam a me assustar…), Gastão Bahiana era bondoso, justo. Mais de uma vez, Lisette, orgulhosa, me mostrou, num velho caderno seu, uma frase escrita pelo pai: "A verdadeira aristocracia não deve ser a do sangue, do dinheiro ou da espada, nem mesmo simplesmente a da inteligência, do talento, ou do saber, mas, sim, a do caráter, do valor moral, desinteressada de honras e proveitos, ambiciosa de servir e não de gozar, e pronta para o bem, a todos os devotamentos, a todas as generosidades, a todos os sacrifícios, no mais puro espírito de caridade cristã, única força capaz de salvar o mundo do ódio, da anarquia e da ruína".

Certa de que Ernst fora acolhido como um filho pelos Bahiana, Elise embarcou de volta para a Alemanha. Ernst e Lisette foram levá-la ao porto, chegaram a entrar no navio *Antônio Delfino*, mas ficaram pouco a bordo. Ernst estava mais animado, negociava uma mudança de emprego, poderia ganhar o dobro na nova firma, também de exportação e importação. Isso se aceitasse a proposta, claro, porque ainda pensava em trabalhar como autônomo. Elise preferia o emprego fixo, e deixava isso claro, mas o filho saberia decidir.

O oceano Atlântico aguardava, em breve estaria separando Elise e Ernst de novo. Último abraço, último beijo, último olhar nos olhos, último mesmo. Sozinha no navio, Elise queria encontrar logo sua cabine. Havia muitos alemães no *Antônio Delfino*, quase todos usando a suástica nazista...

(A bordo do navio *Antônio Delfino*)

19/06/1936

Meus queridos filhos!

Até agora, a viagem está muito agradável, mesmo estando muito quente. Espero que vocês tenham percebido que me senti muito bem com vocês e fiquei muito feliz de vê-los saudáveis e felizes. Querida Lisette, você conquistou um lugar no meu coração, você agora é para mim como uma filha. Aprendi a gostar de você, a valorizá-la. Ao contrário de vocês, não acho uma infelicidade que vocês tenham que se arranjar financeiramente. É melhor começar bem de baixo do que ao contrário. Você, querida Lisette, é, graças a Deus, ótima dona de casa e muito prendada, o que é uma grande vantagem. Achei uma pena vocês terem ido embora tão rápido do navio. Nós poderíamos ter tomado um café juntos, e eu teria mostrado a minha cabine, que dessa vez é bem maior e mais ventilada. Se você, querido Ernst, abrir bem os olhos, vai achar com certeza alguma coisa vantajosa. Você vai ter que trabalhar como empregado, mas como comerciante autônomo trabalharia muito mais. Pelo seu aniversário, querida Lisette, desejo, de todo o coração, tudo de bom, muita saúde e continue feliz. Assim, fico feliz também. Hoje à tarde, eu pensei, agora a Lisette pode ir de novo tomar café da manhã com os pais e retomar a sua bela vida caseira. Eu perdi a minha pena de escrever. Se eu não tiver esquecido aí com vocês, ela deve estar no carro que nos levou até o navio, pode ter caído junto com o meu pó de arroz. Até agora, só comi peixe, sopas frias, salada, compotas e frutas. Nenhuma carne vermelha ainda. Espero encontrar todos saudáveis em Berlim e espero que tia Rosa tenha visitado o Walterle na minha ausência. Espero que o seu irmão esteja melhor, querida Lisette. Infelizmente, a minha falta de conhecimento da língua francesa dificultou a comunicação com a sua querida família. Espero que eu ainda possa me fazer entender melhor. Bem, meus queridos, saúde para vocês.

Lembranças para todos e para vocês,

Sua Mãe

01/07/1936[1]

Meus queridos filhos!

Imagino, querida Lisette, que você esteja no meio dos preparativos para o seu aniversário. Mais uma vez, tudo, tudo de bom. Escreva-me contando o que ganhou de presente e como comemorou. Nós vamos chegar a Hamburgo com um dia de atraso, por causa do tempo ruim. A viagem de volta não está sendo tão agradável, mesmo não estando tão quente e a minha cabine sendo melhor do que na ida para o Rio. Apesar do tempo tempestuoso, não fiquei enjoada, às vezes o meu estômago ficava meio esquisito.

---

1 Parte da carta foi escrita ainda a bordo do navio *Antônio Delfino*, e outra parte já em Berlim.

Mas o que me enerva são os passageiros muito barulhentos. Nós somos, mais ou menos, um quarto de alemães, os outros são argentinos e um pouco de brasileiros. Quase todos os alemães usam distintivos, mas se comportam educadamente. Não ouvi nenhuma vez a palavra judeu, ou alguém falar algo contra. Acho que sou a única judia a bordo. Mesmo assim, não me sinto muito bem e prefiro ficar no meu canto. Às 21 horas, já vou para a minha cabine. Hoje está muita neblina. Ao meio-dia, deveríamos estar em Boulogne. Agora, 15 horas, e ainda não dá para ver nada. Isso tudo eu escrevi no navio. A minha recepção foi muito triste, pois na sexta-feira foi enterrado o tio Paul. Fiquei muito nervosa. Mas, quando ouvi o que o pobre sofreu, parece que foi horrível, fiquei um pouco mais calma.

Segunda grande viagem que faço e, de novo, morre alguém da família.

Lembranças afetuosas,

Mamãe

1936

O *Antônio Delfino* atracou em Hamburgo, onde Elise pegou o trem até Berlim. Chegou à capital e encontrou um clima agradável, com sol e temperatura não muito alta. A poucos dias da abertura dos Jogos Olímpicos, o terror nazista continuava recolhido, o antissemitismo não rosnava, com os caninos expostos. Elise achou lindíssima a decoração das ruas e teve certeza de que seu amor pela Alemanha era de novo correspondido. A tempestade sempre passa. Um dia, Ernst poderia voltar ao seu país, com Lisette, os filhos nascidos nos trópicos. A Alemanha faria tão bem a eles... Elise chegara cansada, mas com bons pressentimentos.

Foram Rosa e Trude que deram a Elise a notícia sobre a morte de Paul, aos 57 anos de idade. "Pelo menos, ele não sofria mais", disse Hanna, a viúva. Elise custou a se conformar. Aquele era um ano de muita dor, 1936 já tinha levado dois irmãos dela, agora mais um. Siegfried, que morava em Cottbus — e Elise visitara em dezembro de 1935, a caminho de Oppeln, — morreu em 25 de fevereiro de 1936, aos 59 anos, antes da viagem ao Rio. Alfred se foi enquanto ela estava no navio, a caminho do Brasil. Ele tinha 58 anos. Georg foi o primeiro dos filhos de Jacobi e Thekla Bornstein a morrer, aos 49 anos, em 1924 (ruim perceber que nenhum deles conseguiu chegar aos 60 anos...). Dos oito irmãos, restavam quatro. As mulheres, Rosa, Trude e Elise, moravam na capital alemã. Alex Bornstein continuava em Bruxelas, com a mulher e a filha.

Aquela não era uma dor com a qual alguém pudesse se acostumar. Morte na família é sempre um pouco a nossa morte também, o andar da fila, talvez. Três mortes na família no mesmo ano significavam a fatalidade na sala de visitas de casa. Elise estava abalada. Já perdera os pais, dois maridos, quatro irmãos, um cunhado... Perdera sua cidade, Bentschen, e tentava encontrar suas lembranças – que talvez corressem no rio Obra. Nelas via oito irmãos, alegria e sorrisos. Elise intensificou suas orações, precisava se conformar, olhar em frente, como sempre fizera. Paul descansara, ela queria acreditar, como queria acreditar também na linda decoração olímpica pela cidade. Queria acreditar que a Alemanha de sua infância e adolescência não se perdera, que em algum momento tudo estaria em ordem de novo.

E vinham as lembranças das semanas que passara no Rio de Janeiro, imaginava-se morando em Copacabana, uma praia, um país, um mundo completamente diferente. Com as gargalhadas dos irmãos ainda meninos, voltava à Alemanha, voltava ao seu país. Lá e cá, esperança titubeante. Elise queria sempre acreditar no melhor, mas, em volta dela, muitos já não conseguiam.

A visita era de despedida. Nenhuma das duas queria pensar que elas nunca mais se veriam. Tia Lina, viúva de Alfred Bornstein, chegou ao apartamento de Elise mais para o fim da tarde. Fazia apenas dois meses que o marido morrera, e ela não queria ter receio de se arrepender. A decisão fora tomada em família: ela, seu filho, Kurt, e sua filha, Ruth, com o marido, estavam partindo de vez para a Palestina.

— Querida Lina, você sabe que eu desejo tudo o de melhor para vocês, meus votos são de que tenham toda a sorte do mundo nessa mudança.

— Um recomeço, Liese. Na minha idade, é preciso ser forte. Mas eu acho que não há mesmo outra saída, e acho que você deveria também considerar essa possibilidade.

— Querida Lina, meu Alex, você sabe, está trabalhando para dar a chance a muitas pessoas de seguirem para a Palestina. Ele já falou comigo algumas vezes, e...

— Aceite a ajuda, Liese! Aqui tudo tende a piorar. Venha conosco. Você não vê o que está acontecendo?

— Vejo, vejo algumas pessoas se precipitando. Não que seja o seu caso, por favor, principalmente depois da morte de Alfred, mas eu prefiro aguardar mais um pouco.

— É arriscado, Liese. Vai piorar, você não vê?

— Vejo e não vejo. Por isso, vou tentar deixar tudo encaminhado para que, se for realmente necessário emigrar, eu não encontre obstáculos e amarras.

— E como estão as negociações para a venda das suas propriedades em Oppeln?

1936

— Tudo é muito complicado, mas eu mantenho a esperança. Frau Orgler, por exemplo, conseguiu vender o terreno dela e também está indo para a Palestina, você sabia?

— Sim, há muita gente com muita disposição indo para lá.

— Muitas máquinas agrícolas daqui também. Tenho um conhecido, com quem Ernst fez negócios em Paris, que está levando muitas máquinas para a Palestina, para o trabalho no campo.

— Aliás, como está Ernst? E o casamento?

— Está tudo bem, tão bem que me chegam poucas cartas.

— São recém-casados, Liese...

— Eu sei, estou só brincando.

— Mas, me diga, Ernst não fala em levar você para o Brasil, para o Rio? Acho que esse seria o melhor destino para você, bem longe disso aqui.

— Já falamos sobre isso, sim, mas superficialmente. Como eu disse, emigrar ainda é, para mim, uma ideia a ser amadurecida.

— Liese, eu estarei na Palestina, com meus pensamentos em você, rezando por você.

— Obrigada, minha querida. Que vocês tenham sempre saúde e paz, eu lhes desejo toda a sorte do mundo.

Os nazistas não se opunham, muito pelo contrário, ainda incentivavam a emigração dos judeus. Muitos deixavam a Alemanha e seguiam para a Palestina, na época um território administrado pela Grã-Bretanha. Na carta em que conta ao filho que a amiga Frau Orgler estava se mudando para lá, Elise é bem sucinta, uma frase apenas, fato: vendeu seu terreno e partiu para a Palestina. Elise cita, passa, nenhum detalhe, não aprofunda. Nada sobre a dor de ter que deixar seu país, nada sobre ter que liquidar, sob pressão, em condições complicadíssimas, negócios e propriedades, conquistas de uma vida, de gerações. Nada sobre as famílias se partindo, se separando, nada. Assim, como se fosse fácil se desfazer da sua vida e se reinventar em outro lugar, a Terra Santa, a Terra Prometida, ou qualquer outro canto do mundo. Um registro, Elise fazia registros. Tanta gente indo.

Alex Besser, enteado de Elise, continuava empenhado em ajudar os judeus da Europa a seguir para a Palestina. Tentava desembaraçar a vida de quem queria emigrar, de quem já havia percebido o tamanho do risco que corria, exposto ao nazismo. Para cada vez mais judeus, emigrar parecia menos arriscado e doloroso. Alex deve ter conversado dezenas de vezes com Elise sobre isso.

***

No Rio, Ernst tinha um novo emprego, ganhando quinhentos mil réis fixos, em vez dos trezentos mil na Janowitzer, além de comissão. O escritório da nova empresa era também na avenida Rio Branco, quase ao lado do prédio da antiga firma, de modo que seu trajeto diário e seus horários não se alteraram. Mas a vida não era tão fácil quanto Ernst gostaria. A inflação, que naquele ano chegaria perto de 15%, atrapalhava. De vez em quando, vinha certo desânimo com aquela história de comprar, vender, importar, exportar, fosse ferro, aço, estanho, chumbo, zinco, potássio, cimento, batata, alho, farinha, biscoito, café, cacau, arroz, banana, pera, maçã, noz-moscada, cominho, canela, pimenta, algodão, mamona. Tantos parentes envolvidos com aquele tipo de negócio – tio Siegfried, tio Alex, tio Fritz –, como poderia ter tomado outro caminho? A influência de Elise e tio Alex tinha sido decisiva, mas por que Ernst não resistiu? Por que não expôs suas verdadeiras aptidões? Talvez porque não as conhecesse verdadeiramente. Podia ter feito uma faculdade, se tornado arquiteto, artista plástico, crítico musical, escritor, dramaturgo. Na idade em que estava, 31 anos, casado, talvez não fosse mais hora para experiências, para o incerto. Mas era preciso encontrar um jeito, alguma alegria profissional. Se pelo menos seu trabalho fosse altamente rentável, se ele tivesse conseguido se estabelecer como imaginara ao chegar ao Rio, aquele esforço todo não lhe custaria tanto. Ainda acreditava que conseguiria, claro, mas estava longe do sonho, longe de ganhar dinheiro. Fechar cada mês era sempre um desafio.

Quando Ernst estava no escritório, Lisette costumava ficar na casa dos pais, mas não descuidava do apartamento na Santa Clara, sempre bem arrumado. No fim da tarde, já de volta, aguardando o marido, ela preparava o jantar. Com o tempo se tornaria ótima cozinheira, posso garantir, mas nessa época ela mesma dizia que fazia "comida de boneca". Ernst não reclamava porque não era do seu feitio e porque era um homem bem-educado. Às vezes, ainda tinham tempo para um cinema, no Americano ou no Atlântico. No fim de semana, um teatro, almoço na casa de Gastão Bahiana e Jeanne-Rose. Praia não era um dos programas preferidos de Ernst, que acompanhava Lisette muito de vez em quando. Ela, sim, nunca abriu mão do banho de mar, e, se o marido preferia ficar em casa, lendo, ou ouvindo seus discos de ópera, Lisette ia sozinha à praia, sempre em Copacabana mesmo.

1936

Talvez Ernst sentisse falta dos mergulhos em água doce no rio Oder, também dos concertos e das óperas em Breslau, em Hamburgo, um tempo distante, um mundo distante. Eu queria saber como era sua saudade da Alemanha... Paisagens, passeios, tradições, costumes, comidas, pessoas, sensações, momentos. Do clima europeu, claro, ele sentia muita falta, nunca escondeu isso de ninguém, mas não se achava no direito de ficar reclamando do calor carioca, seria falta de modos. Tinha notícias da Alemanha pelos jornais brasileiros, pelas revistas e em boletins sobre comércio exterior aos quais tinha acesso. Elise lhe mandava jornais alemães quando podia, às vezes apenas recortes, para não encarecer a correspondência. Era uma época em que as grandes distâncias afastavam de verdade as pessoas. A comunicação era complicada, o envio de encomendas era caro e não muito seguro. Por isso, muitos conhecidos a caminho do Brasil se tornavam portadores de encomendas para Ernst, enviadas por Elise. E ela mandava de tudo, um pouquinho da Alemanha, até uma salsicha!

Berlim, 08/09/1936

Meus queridos filhos!

Herr Levin partiu ontem num navio italiano, Conte Biancamano, e vai chegar ao Rio no dia 22 de setembro. Do Rio ele irá para São Paulo. Mandei por ele bolo, marzipã, chocolate e uma salsicha. Herr Holzmann também passará pelo Rio, antes de seguir para São Paulo. Ele fará contato com você, quer lhe oferecer uma representação. Ele comprou a patente de um aparelho de barbear que não precisa de sabão. Alex foi ontem para Praga. Eu estou escrevendo da janela da casa da Trude, por isso a minha letra não está boa. Por que você não mandou condolências para a tia Hanna? Eu desejo a vocês um feliz ano novo e tudo, tudo de bom.

Muitos abraços,

Mamãe

Ernst não era muito dado a escrever cartas. A preguiça o atrapalhava, mais do que o custo das correspondências. Tia Hanna, viúva de Paul Bornstein, não recebera nenhuma linha dele. Mesmo para Elise, Ernst escrevia pouco, muito menos do que sua mãe gostaria. O trabalho exigia dele muita dedicação, tomava-lhe muito tempo, horas às voltas com listas de produtos, cotações, notas fiscais, alfândegas, aduanas; horas a fio em telefonemas com clientes, fornecedores, despachantes. Quando estava em casa, era bem mais fácil botar para tocar um disco de ópera, servir um uísque e acender o cachimbo do que pegar papel de carta e caneta.

> (SEM DATA, TALVEZ OUTUBRO DE 1936)
>
> MEUS QUERIDOS FILHOS!
>
> Infelizmente, tenho que lhes contar que Walterle não está nada bem. Ele está muito fraco e completamente apático. Quinta-feira vou visitá-lo com um médico. Eu estou bem. Pelo terreno e pelo armazém eu já poderia ter recebido cento e cinquenta mil marcos. Hoje, Ruth foi condenada a quatro anos de prisão. Pobre Rosa. Muitas lembranças,
>
> MAMÃE

Elise costumava escrever com mais frequência. Em alguns momentos, uma carta por semana. Mesmo que fossem poucas linhas. Se havia alguma informação, alguma notícia que ela considerava importante o filho saber, não esperava, na mesma hora enviava uma carta para Ernst.

Nas linhas de Elise, as notícias sobre Walter eram quase sempre ruins. A venda das propriedades da Karlsplatz, em Oppeln, se anunciava um drama sem fim, teria momentos de alguma esperança por um desfecho positivo, teria muita frustração e impotência. Numa carta tão curta, a única informação boa se resumia a uma frase sobre ela própria, Elise, com apenas três palavras: "Eu estou bem".

1936

Berlim, 17/11/1936

Meus queridos!
Estou muito preocupada pois Herr Holzmann mandou um telegrama em que ele pedia que você fosse até o navio, e você não apareceu. Espero que você esteja bem. O endereço é: A. Holzmann – São Paulo – Rua Arthur Racio, 12. Entre em contato com ele bem rápido.
Abraços afetuosos,

Mamãe

P.S.: Estou enviando selos, para que vocês respondam bem rápido.

***

Elise estava sempre preocupada com os negócios do filho. Nunca se sentiu culpada por tê-lo incentivado a seguir a carreira dos tios. Na verdade, nem considerava a possibilidade de Ernst estar infeliz lidando com importação e exportação. Acho que nunca reconheceu nele alguma vocação muito forte para outra área, outra carreira. Talvez só faltasse sorte para que o filho desse a "tacada de mestre", uma boa oportunidade, só faltava isso. Elise tentava, do seu jeito, ajudar. Mas pelo aparelho de barbear revolucionário Ernst não se interessara. Herr Holzmann ficou no porto, "a ver navios".

No Rio, Lisette andava estranha, dormindo além da conta, sempre cansada e enjoando a toda hora. Ernst não conteve a alegria, Lisette pedia calma, mas ele tinha certeza, mais um Heilborn estava a caminho:

— Eu queria muito que meu velho pai estivesse aqui para ver isso, um Heilborn está para nascer.

— Está para nascer daqui a muitos meses, se eu estiver mesmo grávida, né, Ernesto – Lisette só chamava o marido assim, nada de Ernst.

— Não há condicional, não, você nunca teve tanto sono, você nunca reclamou de cansaço, você nunca teve indisposição... Enjoo, todo dia, Lisette?

— Ué, você pode fingir que gosta da minha comida, não reclamar, mas o meu organismo pode ter chegado ao seu limite e estar reclamando.

— Da sua própria comida? É gravidez, tenho certeza. A *Oma* não vai caber em si de tanta alegria!

> Berlim, 29/12/1936
>
> Meus queridos filhos!
> A notícia de vocês de que vou ser avó me deixou muito feliz. Espero que você, querida Lisette, esteja bem. Você tem que dizer a si mesma que todas as mulheres têm que sofrer por isso, e que é passageiro. Peço que me diga tudo o que você deseja, querida Lisette. Ontem, estive com Grete Breslauer, depois de muito tempo. Os filhos não dão sossego, exigem que ela vá encontrá-los. Grete me disse que, enquanto conseguir se alimentar aqui, pretende ficar. Mas, ao mesmo tempo, está botando em ordem todos os papéis, para, quando não quiser mais ficar, poder ir embora. Alex tirou um visto de turista para a Palestina que tem um ano de validade. Eu não estou de acordo que ele vá para lá. Walterle está melhor, mas ainda não completamente bem. Eu tenho a intenção de vender o jardim e o armazém. No meu aniversário, não fiz nenhuma comemoração, só o Alex veio. Ele foi imensamente generoso e me deu uma ducha de mão de presente. Desejo a vocês um feliz ano novo. No domingo, estive nos Heilborn para tomar chá.
> Muitos abraços afetuosos e tudo de bom,
>
> **Mamãe**

O ano terminava, e os assuntos não mudavam. Muitos judeus planejando deixar a Alemanha, ou se preparando para isso, se a perseguição nazista voltasse a ganhar força. Os Jogos Olímpicos, que fizeram com que o antissemitismo não fosse tão explícito, tão declarado, tão oficial, durante quase todo o ano de 1936,

1936

tinham acabado. O Partido Nazista, que vencera com quase cem por cento dos votos a eleição para o parlamento, em março, voltaria ainda mais feroz. Elise não enxergava o perigo, ou tinha uma imagem desfocada, distorcida, talvez pela sua origem aristocrática. Não, ela não seria afetada, a solução definitiva viria. Não precisava correr para liquidar todos os seus negócios, vender tudo o que tinha. Seria com calma, precipitação era para os outros. Tudo em sua vida tinha sido bem pensado.

Grete Breslauer, amiga de muitos anos, irmã do marido de Trude, Fritz Koeppler, também insistia em ficar na Alemanha. Era uma mulher muito rica, com propriedades e investimentos em outros países. Os filhos já tinham emigrado, também para o Brasil: Johanna e Just, que recebeu Ernst em sua chegada ao Rio. Os dois insistiam para que a mãe fizesse o mesmo, mas Grete resistiria até o último instante, acreditando que sempre haveria uma chance de escapar, se a fuga se tornasse inevitável.

Alex Besser, enteado de Elise, teve também seus momentos de ilusão, quando os nazistas começaram a ganhar força. Ele era jovem, fazia doutorado em Berlim, estava mais atento à sua carreira, e também a tudo o que a capital alemã oferecia: teatros, concertos, cabarés. Queria aproveitar a vida, da política era mais um observador. Concluído o doutorado, abriu um escritório de advocacia e se especializou em divórcios, até que sua licença foi cassada e ele foi banido das instituições jurídicas alemãs. Empenhado em facilitar a emigração de judeus da Europa para a Palestina, Alex Besser preparava também a sua fuga, Elise precisaria entender.

Tinha sido um ano de muitas emoções, boas e ruins. O casamento de Lisette e Ernst, a viagem ao Brasil. O ano olímpico abafando um pouco o antissemitismo. Mas 1936 levara Siegfried, Alfred, Paul. Três irmãos, três mortes num espaço de meses. Elise carregava ainda essa dor quando recebeu a notícia de que seria avó. Deve ter virado o ano pensando nisso, no neto que nasceria no Brasil, que continuaria a história da família. Queria, mais do que nunca, estar perto de Lisette, ajudá-la, orientá-la. Os primeiros conselhos seguiram já na carta que Elise escreveu a dois dias do fim de 1936. Depois, um vazio... A correspondência seguinte mais próxima é do fim de fevereiro de 1937. Elise, claro, não ficou tanto tempo assim sem escrever. Quantas palavras, quantas linhas chegaram da Alemanha, tentando dar força a Ernst e sua mulher? Lisette sofrera um aborto e, com certeza, não guardou nenhuma dessas cartas.

1937

Para Ernst, o ano de 1937 não começou bem. Ele perdeu seu emprego, e não havia nada em vista. Talvez fosse o momento certo para, finalmente, passar a trabalhar como autônomo. Precisava decidir logo, não tinha reservas financeiras, e a ajuda eventual que vinha da Alemanha não lhe garantia absolutamente o sustento. Lisette estava ao seu lado, disposta a ajudar, poderia dar aulas de francês para brasileiros, de português para estrangeiros, talvez um trabalho como secretária de alguma empresa. Com as amizades que seu pai tinha, não seria difícil conseguir uma colocação. Ernst não gostava muito da ideia, ele daria um jeito, sondaria o mercado para entender as possibilidades que teria, trabalhando por conta própria, ou falaria com seus conhecidos. Havia boas firmas de comércio exterior estabelecidas no Rio, grupos europeus poderosos, grandes multinacionais. Seu currículo era ótimo, ele só precisaria fazer alguns contatos. Se optasse pela segurança do emprego fixo, uma vaga haveria de surgir. Ernst perdera o emprego, mas não a confiança em si. Ainda assim, faltava-lhe a coragem para contar a Elise o que estava acontecendo. Ficou mais de um mês sem escrever para a mãe.

BERLIM, 22/02/1937

Meus queridos filhos!
Só hoje chegou a carta de vocês do dia 13/02. A carta anterior era do dia 10/01. Eu estava muito preocupada, e não era à toa. Liguei para Grete, que me explicou, depois que exigi que ela me dissesse o que está acontecendo. Ela me disse que você está desempregado. Escreva-me bem rápido contando o que está acontecendo

realmente. Estou muito orgulhosa da minha nora, que mostrou muita confiança e ficou ao lado do seu marido nesse momento difícil. Vocês já estão há quase um ano casados, e desejo a vocês, de coração, tudo de bom. Continuem com saúde e felizes. Nós esperamos poder ajudá-los, comprando um terreno aí, que será pago por aqui. Dr. Charles também está negociando um terreno perto de São Paulo, para quem eu não sei. Em breve, vocês receberão a visita de um Herr Heinz Nathan. Um homem muito fino e capacitado. Ele foi para o Brasil com uma novidade (revestimento para assoalhos). Walterle está melhor, engordou quatro quilos, mas ainda está muito apático. Alex já está na Palestina, e está entusiasmado. Espero que ele tenha sucesso. Peço a vocês que escrevam bem rápido e com mais frequência. Seria maravilhoso, querida Lisette, se você pudesse vir para cá.

Escrevam bem rápido.

Mamãe

Como não recebia notícias do Rio, Elise procurou sua amiga Grete Breslaeur, cujos filhos estavam no Brasil. Grete poderia saber de alguma coisa, já que Janny e Just mantinham contato eventual com Ernst. A amiga não teve como não contar a Elise o que estava acontecendo, o desespero dela pela falta de informações parecia bem pior do que o desemprego momentâneo de Ernst. Elise queria muito poder ajudar o filho e a nora. Não sei se a estranha ideia de comprar um terreno no Rio tinha sido dela, provavelmente sim. Como quase toda mãe judia, devia achar que sabia exatamente o que Ernst sentia, do que precisava... Mães judias também costumam acreditar na competência, na inteligência, no talento dos filhos. Por isso, a notícia sobre o desemprego de Ernst não pareceu assim tão ameaçadora. Logo, logo, surgiriam boas possibilidades profissionais, Elise acreditava. Seu filho poderia escolher: emprego fixo, trabalho como autônomo, como representante de produtos que o Brasil não conhecia. Aparelho de barbear, não? Que tal revestimento para pisos?

Na Alemanha, apesar do quase absoluto silêncio de Elise sobre o assunto, a segregação aos judeus ganhava força. Eles continuavam sendo levados a se desfazer de seus negócios, normalmente por muito menos do que valiam, já não havia mais judeus no funcionalismo público alemão, nos hospitais, nos tribunais. Frequentar lugares públicos também nem sempre era permitido, ou seguro, as placas diante de estabelecimentos comerciais que diziam "Proibido para judeus" estavam de volta. Para muitos, não havia mais tempo a perder, era preciso deixar a Alemanha, mas sair do país podia custar muito, havia sempre um jeito de extorquir dinheiro dos judeus que entendiam que não podiam mais permanecer. Fugir, fugir do terror, do que estava previsto desde 1920, quando o programa do Partido Nazista foi publicado. Não havia dissimulação, disfarces: era abertamente declarada a intenção de segregar os judeus da sociedade "ariana" e de revogar seus direitos, todos eles. Mesmo assim, Elise planejava receber Lisette na Alemanha, queria tanto que ela conhecesse o país e a família do marido, achava importante. No Brasil, não haveria oposição à viagem.

— Você acha que ela vem realmente, Liese? – perguntou Trude, em visita à irmã.

— Ela disse que gostaria muito de vir. Então, vou cuidar de tudo. Já sei que as passagens de navio podem ser mandadas daqui. Quando eu melhorar da gripe, vou até a agência verificar como devo fazer.

— E Ernst? Ele não se importa que Lisette venha sozinha?

— Não, claro que não.

— Mas ele não poderia vir junto?

— Não sei se eu poderia mandar daqui passagem para ele também... Mas Ernst acabou de trocar de emprego, acho que ele não pode tirar férias nesse momento.

— Novo emprego?

— Sim, numa firma que lhe dará, ao que tudo indica, boas oportunidades. Ernst saberá construir um futuro seguro. Como um rapaz chamado Nathan, do qual não sei se já lhe falei, Trude...

— Não, não me lembro.

— Ele é filho de uma conhecida minha que morava em Breslau. Ele está no Brasil há pouco tempo, negociando revestimento para pisos, e já tem muito trabalho. Uma universidade está a ponto de fechar negócio com ele, imagine. Parece que está ganhando tanto dinheiro que vem à Alemanha buscar os pais e vai levá-los para o Brasil.

— Isso era o que Ernst deveria fazer com você, Liese.

— Ernst precisa, primeiro, ter sucesso nos negócios. É uma questão de tempo.

— Sim, eu também acredito nisso.

— Tenho certeza de que Nathan não fez suas conquistas no Brasil com facilidade, de uma hora para outra. Aliás, Nathan daria um ótimo marido. Lisette devia apresentar suas irmãs a ele. Vou escrever para ela sobre isso.

Ainda não seria dessa vez que Ernst trabalharia por conta própria. Surgiu uma oportunidade em outra firma de importação e exportação, e ele, de novo, decidiu pelo emprego fixo. Elise achava melhor que fosse assim e, sempre otimista, acreditava que dessa vez seu filho teria sucesso. Ela conseguia pensar longe e via um futuro seguro para Ernst. Mas Elise tinha o sangue de negociantes e não se cansava de apresentar possibilidades ao filho, que poderia, nas horas vagas, também trabalhar por conta própria, por que não? Holzmann, o do barbeador, Nathan, o do revestimento para piso, havia muitos alemães tentando abrir mercado no Brasil, e Ernst parecia disposto a fazer algumas sondagens, mas precisava ser cuidadoso.

BERLIM, 30/03/1937

Meus queridos,
Era urgente que eu escrevesse para vocês. Holzmann é um negociante capacitado, mas muito esperto. Por isso, estejam atentos ao fazer um contrato com ele. Comprar uma passagem por aqui para você, querido Ernst, vai ser muito difícil. Eu preciso da autorização do Escritório de Câmbio e uma declaração sua de que você não está em condições de comprar uma passagem você mesmo. Para Lisette, não tem problema nenhum, já que será uma viagem de lazer. Estou muito triste, querida Lisette. Só vou receber uma resposta mais detalhada nos próximos dias. Divisas cambiais devem chegar. Se não, estou bem.
Abraços afetuosos,

MAMÃE

1937

***

Lembro-me até hoje quando, estudando sobre o nazismo na escola, sobre a Segunda Guerra, descobri que minha avó Lisette tinha visitado a Alemanha, com Hitler no poder:

— Vó, você teve coragem de ir?
— Sim.
— E você viu os nazistas, as suásticas?
— Sim.
— E você não teve medo?
— Não.

Brasileira, católica, mesmo casada com um judeu, Lisette não estaria exposta a tantos riscos assim na Alemanha, era o que parecia. Mas cogitar uma viagem de Ernst a seu país naquele momento talvez pudesse ser considerado uma irresponsabilidade. Não temos as cartas enviadas do Brasil para Elise, mas duvido que Ernst tenha demonstrado algum interesse em acompanhar a mulher. Para sorte dele, Elise não conseguiria comprar as passagens para o filho, apenas para a nora, e se fosse possível vencer os obstáculos impostos pelos nazistas.

No começo de abril de 1937, alguma coisa mudou em Elise. Não temos como saber o que provocou a mudança, uma hostilidade que ela sofreu na rua apenas por ser judia, a proibição de acesso a algum estabelecimento comercial, conhecidos "arianos" que não mais a cumprimentavam, que se esquivavam dela, as constantes tentativas dos nazistas de vincular os judeus ao comunismo, a crimes comuns, a emigração cada vez maior de amigos e conhecidos, o quase total desamparo, a força, finalmente, dos alertas do irmão, tio Alex, e do enteado, Alex Besser. Impossível saber, mas Elise estava mudada, já não conseguia manter a calma e o otimismo diante de todas as restrições que os nazistas impunham aos judeus. A vida estava ficando cada vez mais complicada. Ela já não tinha liberdade, olhares a condenavam, às vezes parecia faltar ar. A venda de suas propriedades continuava emperrada, suas receitas e reservas financeiras diminuíam. Numa Alemanha que se preparava para a guerra, havia grande preocupação com o controle das divisas, o marco não podia perder mais valor. Judeus que queriam deixar o país não encontravam as facilidades do início. Podiam ir, mas suas riquezas, se dependesse dos nazistas, não. O objetivo era evitar a fuga de divisas do país. Tudo ficava mais e mais complicado, os judeus estavam sendo encurralados. Elise não aguentou, teve uma crise nervosa e buscou refúgio na casa do irmão, Alex Bornstein, em Bruxelas. E, na primeira carta enviada da capital belga para o filho e a nora, surgiu outra Elise, que, envergonhada, admitiu um pouco do que estava passando.

BRUXELAS, 18/04/1937

Meus queridos filhos!
Pelo seu aniversário, querido Ernst, meus parabéns, de todo o coração. Continue com saúde e bem. Mando por esse mesmo correio um relógio de pulso, tecido para fazer um terno, três pijamas e dois livros muito bons. Vocês devem estar surpresos de receber notícias minhas daqui. Eu não estava bem e por isso resolvi vir. A carta de vocês me foi enviada para cá. Eu ficaria muito, muito feliz, querida Lisette, se a sua viagem para a Alemanha realmente acontecesse. Também recebi aqui a resposta da Companhia Marítima Sul-Americana de Hamburgo. Eles acreditam que eu não terei dificuldades para comprar as passagens. Aqui existem determinações muito complicadas. Quando são necessárias divisas para ir ao estrangeiro, é feita, na maioria das vezes, uma hipoteca de um terreno que lhe pertence. A hipoteca é feita com juros de 3,5%, mas o terreno fica difícil de ser vendido. Se a pessoa não tiver nenhum terreno, então é confiscado dinheiro vivo. Conhecidos meus muito ricos se mudaram de um apartamento de cinco aposentos para um de três e venderam móveis que estavam sobrando. Por causa disso, acharam que eles estavam querendo fugir e confiscaram papéis no valor de cinquenta e três mil marcos. Corre um boato de que se algum judeu morrer os filhos só podem herdar uma pequena parte da herança, e não é uma lei provisória. Naturalmente, não estou planejando uma viagem para a qual eu precise de divisas. Para cá eu só trouxe dez marcos. Tio Alex e tia Hedi estão sendo uns amores comigo. Como os meus nervos estão muito acabados, eles chamaram um médico rapidamente. Vera é bem grande, uma menina forte, lindíssima. Os negócios dão frutos. Com meu Alex combinei o seguinte:

eu possibilito sua ida para a Palestina. Já paguei a ele uns cem marcos, para que ele consiga um número. Na Palestina é onde se recebe mais dinheiro. Preciso naturalmente vender o jardim e o armazém. O dinheiro tem que ficar dois anos na Palestina. Aí, deixo passar para o meu nome. Acho o Alex tão correto que, com certeza, vai dar tudo certo. Os setecentos marcos que já paguei nesse negócio pus nos meus papéis no banco. Agora, exijo de você, querido Ernst, que tome tempo e me escreva contando como estão os seus negócios. Fico envergonhada se alguém me pergunta. Eu ficaria muito feliz, querida Lisette, se você viesse me visitar em junho. Escreva o que vocês decidiram, e resolverei tudo por aqui. Vou ficar o mês de maio em Bruxelas, pois ainda preciso de curas termais. Na Alemanha, judeus não podem mais ir a todas as termas, e existem várias restrições a que temos que nos submeter. E isso eu não mereço. Por favor, não contem a ninguém.
Abraços afetuosos,

MAMÃE

Alex Bornstein, que partira para Bruxelas em 1933, já fugindo do nazismo, levava mais jeito para os negócios do que o sobrinho Ernst. Ele comercializava vários produtos com vários países. Trabalhava por conta própria, com o apoio eventual da mulher, Hedwig, a Hedi. Estava se reerguendo, como fizera depois da Primeira Guerra Mundial, quando teve que deixar Bentschen, devolvida à Polônia, e recomeçar sua vida em Berlim. A filha de Alex Bornstein e Hedi, Vera, completara 13 anos em janeiro. Era uma menina linda, que, quando mais nova, tivera sua foto usada numa campanha nazista em jornais para incentivar os alemães a ter mais filhos. Ironicamente, Vera, uma judia, era descrita como representante legítima da "raça ariana"...

Tio Alex e tia Hedi, claro, não sentiam saudade nenhuma da Alemanha nazista e jamais se arrependeram da mudança para Bruxelas. Aliás, volta e meia, acreditavam que a sensação de segurança seria maior, se mais distantes da Alemanha estivessem. A visita de Elise os deixava realmente felizes. Dispostos a ajudá-la, trataram de tentar convencê-la a também emigrar, antes que fosse tarde demais.

— Liese, nós vamos tentar uma autorização para que você fique mais tempo aqui em Bruxelas conosco. A chance de conseguir prorrogar seu visto existe, vamos fazer logo o pedido – disse Alex Bornstein.

— Nós vamos tentar que você fique o máximo de tempo possível aqui, para ter a certeza de que não dá mais para viver na Alemanha – completou Hedi.

— Eu ainda tenho alguma dificuldade de me imaginar fora da Alemanha, Hedi.

— No início, sempre é difícil, Liese. Mas veja só Alex e eu, nós já nos aclimatamos aqui e não estamos com saudade do nosso "doce lar".

— Estamos felizes de estar aqui, minha irmã, você mesma pode perceber. E ainda lhe digo: às vezes acho que poderíamos estar ainda mais longe.

— Eu estou vendendo o terreno e o armazém em Oppeln, vocês sabem. Talvez, com as vendas concretizadas, eu possa fazer algum plano. Por enquanto, ainda tenho muitos vínculos com a Alemanha.

— Vínculos que você deve cortar, Liese – disse Alex. — Veja seu filho, já faz três anos que ele partiu, e não sei de nenhuma dificuldade maior de adaptação que ele tenha enfrentado.

— Ernst precisa levar você para perto dele – disse Hedi.

— Ernst está tendo dificuldade para se estabelecer. Tento ajudar, como sempre, mas ainda não deu certo. Não posso ser mais um peso para ele, principalmente nesse momento em que ele começa sua vida de casado.

— Então, acho que nós podemos ajudar o Ernst, não é, Hedi?

— Sim, claro, existem várias oportunidades, na Tchecoslováquia, França. Até de amigos de Hamburgo que estão nos Estados Unidos recebemos várias propostas.

— Ernst, mesmo num emprego fixo, pode fazer importações por conta própria. Eu posso conseguir bons produtos para ele. Tenho, por exemplo, bons fabricantes no setor de trabalhos manuais, bordados de almofadas, quadros, tecidos estampados, linhas de algodão, seda artificial, um fabricante de veludo e cetim. Talvez eu também receba artigos para casa, espremedor de limão, grelhas para carnes.

— Por que não escrevemos, então, uma carta para Ernst? – propôs Hedi, o que foi logo aceito por Alex e Elise.

1937

As notícias eram um pouco melhores, mas não tranquilizadoras. Ernst e Lisette estavam preocupados com Elise. A crise nervosa, que a levara para uma temporada de algumas semanas em Bruxelas, estava controlada. Mas e quando chegasse a hora de voltar para a Alemanha nazista? Elise escrevera sobre isso, e Ernst não conseguia tirar aquela frase da cabeça: "Eu não paro de pensar com horror em voltar para toda aquela situação". Mesmo brigando com esse sentimento, Elise sonhava com a viagem da nora à Alemanha e, para receber Lisette, faria alguns sacrifícios.

Bruxelas, 06/05/1937

Meus queridos!
Hoje recebi a carta de vocês. Eu queria ficar aqui até Pentecostes, mas vou embora dia 13 para poder comprar passagens para o navio para você, querida Lisette. Você pode imaginar o quanto estou feliz com a sua vinda. Preciso avisar a vocês que nunca estive tão mal financeiramente quanto agora. Tive que dar muito dinheiro vivo para o Alex por causa da oportunidade na Palestina. Eu não estava contando com isso. Então, não será possível fazer grandes compras aqui. Para as passagens, já tive que pedir dinheiro emprestado para Trude. Fiquei muito feliz com a chegada da carta de vocês, pelo menos estou sabendo como estão os negócios.
Abraços afetuosos,

Mamãe

Berlim, 18/05/1937

Meus queridos filhos!
Cheguei na quinta-feira, e minha primeira saída foi para a agência de viagens. Lá, tive que assinar um documento de doação. Eles

me disseram para voltar hoje, mas o papel ainda não tinha chegado, talvez por causa dos feriados. Pode demorar, me disseram, de oito a dez dias até tudo estar resolvido. Então é difícil, querida Lisette, que você consiga passagens para o Cap Norte. Na agência, me sugeriram que você saia com o Cap Arcona no dia 12/06. Se você vier de segunda classe, será uma economia de cento e cinquenta marcos. Eu pego você em Hamburgo. Conhecidos meus viajaram de Santos com o Cap Arcona na segunda classe e ficaram muito satisfeitos. Já estou feliz com a sua vinda e mostrarei todas as coisas mais interessantes da nossa bela região. Querido Ernst, tio Alex disse que você precisa comunicá-lo mais especificamente sobre os tecidos de que precisa. Aí, ele quer ir à Câmara de Comércio atrás de indicações de firmas. Falei com a filha dos Stiebel, de Oppeln, e ela me disse que tem um tio, Ucko, que mora em Buenos Aires e é um grande comerciante. Você pode procurá-lo e falar que conhece a família. Bom, meus queridos, escrevam bem rápido para eu saber o que fazer.
Muitas lembranças,

Mamãe.

Era realmente uma família de negociantes. Difícil encontrar uma carta enviada para Ernst da Alemanha que não trate de uma oportunidade de negócio, a oferta de artigos para importação, a representação de um novo produto, o contato de alguém que poderia abrir portas. Elise parecia pensar prioritariamente nisso, sem falar no tio Alex, na tia Hedi. Ernst embarcara naquilo, já devia estar acostumado.

Sem a oposição de Ernst e dos pais, e com tudo financiado por Elise, Lisette embarcou para a Alemanha. Tomou mesmo o *Cap Arcona* no dia 12 de junho e, logo no começo da viagem, já estava passando mal. O balanço do navio incomodava, assim como o barulho das máquinas. Lisette tentou caminhar pelo deque, mas, depois de lançar ao mar o café da manhã e o almoço, voltou para a cabine. Essas são as únicas informações sobre a ida, de navio, no diário que Lisette escreveu em francês durante sua viagem de dois meses e meio à Europa.

1937

Esse diário, em parte, explica por que Lisette foi tão econômica e seca comigo, quando, ainda menino, lhe perguntei sobre a visita à Alemanha nazista. Não há nenhuma referência ao nazismo, à perseguição aos judeus, nada. Parece mesmo um diário de férias, com relatos breves de idas a museus, igrejas, zoológico, praia, jardim botânico, restaurantes, cinema, parque de diversões.

Em algumas fotos que Lisette fez de Berlim, veem-se muitos militares pelas ruas, com suas suásticas, que estavam por toda parte. No prédio do parlamento, havia enormes faixas presas no ponto mais alto da fachada, descendo até quase tocar o chão; o principal símbolo nazista era ostensivo. Essas talvez sejam fotos tiradas no dia 15 de agosto de 1937, um domingo, dia da festa pelos setecentos anos de Berlim. As comemorações tinham começado a ser planejadas logo depois da Primeira Guerra. A ideia inicial era promover o sentimento de identidade comum entre os berlinenses, já que grande parte da população da cidade era formada por imigrantes. É claro que os nazistas mudaram tudo e promoveram uma enorme comemoração militar, ordenada por Hitler, que queria reconstruir a cidade, para mostrar a força e o brilho da Alemanha. Naquele domingo, Lisette não foi à missa, como em todos os outros domingos; foi para a rua e acompanhou de perto o desfile militar dos nazistas. Em seu diário, não diz se foi com alguém, não era exatamente um "programa" para judeus... O que Lisette achou? "Interessante".

Elise estava muito feliz com a visita da nora. Toda orgulhosa, apresentou Lisette a várias amigas, Frau Barschall, companheira de *bridge*, Frau Lachmann, que levou Lisette ao zoológico de Berlim, Frau Nathan, que levou Lisette à praia no lago Stölpchensee, Grete Breslauer, cujos filhos estavam no Brasil – para onde a própria Grete seguiria em breve. Da família Heilborn, parentes do pai de Ernst, Lisette só conheceu o tio Lutz, irmão de Joseph Heilborn. Esteve também com as irmãs de Julius Besser, segundo marido de Elise. Com os Bornstein, ela fez vários programas: almoços, jantares, chás, lanches. Esteve com tia Rosa, irmã mais velha de Elise, com tia Hanna, viúva de Paul Bornstein, e sua filha, Toni, casada com um romeno. Conviveu diariamente com tia Trude, que na época morava no mesmo prédio de Elise, com seu filho, Heinz, e sua filha, Hanni. Tia Rosalie, viúva de Siegfried Bornstein, e sua filha, Rosemarie, vieram de Cottbus para conhecer Lisette.

O diário fala de vários momentos agradáveis passados ao lado de Alex Besser, enteado de Elise, que chegara recentemente da Palestina. Alex era um homem baixo, franzino, mas muito inteligente, espirituoso, carismático. Jantaram e almoçaram juntos, foram ao cinema, caminharam pela cidade. Num jantar no apartamento da tia Trude, Alex foi para o piano. Segundo Lisette, ele tocava muito bem, está no diário, mas ela não cita nenhuma conversa com Alex sobre terror nazista, Palestina, caminhos para o futuro.

Lisette não tinha apenas atividades como turista, ou compromissos "oficiais" como a nora brasileira de Elise que todos queriam conhecer. Ela passava muito tempo com a sogra no apartamento da Fritschestrasse, costurando, tricotando. Fez também várias aulas de alemão, com um professor particular pago por Elise. Aos domingos, Lisette ia à missa, mas achava cansativo o sermão todo em alemão. Aos sábados, era a vez de Elise ir à sinagoga, e Lisette nunca a acompanhou. Quando a nora quis conhecer seu cunhado, Walter, irmão de Ernst que tinha Síndrome de Down, Elise não permitiu e sempre foi sozinha às visitas, como de costume. Lisette simplesmente não conheceu seu cunhado.

Já no fim da viagem de Lisette a Berlim, Elise convidou Frau Rubbin para jantar em sua casa. A amiga era ótima lendo cartas, prevendo o futuro. Para Lisette viu muita sorte e amor. Ernst, sem dúvida, era fiel. Para Elise, Frau Rubbin chegou a prever um novo casamento… Lisette e a sogra deram boas risadas, sentiriam saudades daqueles dias.

Elise tinha dado muitos presentes para Lisette, coisas que já possuía, como parte do famoso faqueiro de prata dos Heilborn, com um "H" em relevo, e coisas que haviam comprado juntas. Era muita bagagem, as taxas não seriam baixas. No sábado, 21 de agosto, um empacotador foi até o apartamento de Elise preparar as malas, que foram recolhidas pelo expedidor na segunda-feira seguinte, véspera do embarque de Lisette para Bruxelas. No dia 24 de agosto, Alex Besser levou Lisette até a estação de trem.

Em Bruxelas, foram apenas três dias. Lisette foi à cidade exclusivamente para conhecer tio Alex, sua mulher, Hedi, e sua filha, Vera. Deram-se muito bem, a comunicação, em francês, foi natural, e o clima em Bruxelas, longe do nazismo, era com certeza mais leve. A viagem terminaria em Paris, onde Lisette se encontrou com suas irmãs, Antoinette e Lilice. Fizeram muitos passeios, visitaram a casa onde o pai, Gastão Bahiana, havia morado, no bulevar Montparnasse, e a igreja onde fizera sua primeira comunhão. No dia 2 de setembro, Lisette tomou, em Hamburgo, o navio de volta para o Brasil.

Elise escreveu imediatamente ao filho. Tentou acalmá-lo sobre os problemas de saúde que Lisette tivera em Berlim. No diário de viagem, há apenas a citação de uma ida ao médico, além de uma frase que dá pistas de um problema emocional: "Estou triste, enervada e cansada". Elise não achava realmente que houvesse algo mais sério com a saúde da nora, mas temia que fosse grave o problema descoberto pela alfândega de Hamburgo na bagagem de Lisette, que apenas começava sua viagem de volta ao Rio.

BERLIM, 03/09/1937

Meu querido menino
Você não precisa ficar preocupado por causa de Lisette. Falei detalhadamente com o médico. Ela é muito anêmica (acho que os brasileiros têm uma composição de sangue diferente da nossa) e nervosa. Por causa dessa fraqueza, provocada pela anemia, o útero dela tem uma posição errada. Isso passará por si mesmo ou com uma pequena cirurgia. Espero que ela tenha uma boa travessia de volta. Imagine você que me telefonaram para dizer que nas malas de Lisette foram encontrados dez marcos em moedas. As malas foram revistadas pela alfândega em Hamburgo. Lisette nunca tinha dinheiro alemão, pois, sempre que eu lhe dava dinheiro para sair, ela me trazia o troco. Espero que a mala não tenha sido confundida e que Lisette me escreva do navio. Talvez ela seja interrogada pelo capitão. Alex está em Oppeln, não pude ir porque tive problemas no coração, de tão nervosa. Ainda não tive notícias dele. Assim que Lisette chegar, me escreva. Ela se sentiu muito bem aqui e me disse que ficaria feliz se você conseguisse um emprego aqui.
Com muito afeto, e esperando uma resposta rápida,

MAMÃE

A história das moedas encontradas na mala de Lisette deixara Elise realmente muito nervosa, ela falaria daquilo por um bom tempo. A única explicação era que a nora não lhe devolvia integralmente o troco depois de seus passeios custeados por Elise, ficava com uma pequena parte. No total, teria juntado dez marcos. Era difícil acreditar que Lisette tivesse feito aquilo deliberadamente, sabendo do rígido controle da alfândega alemã, talvez fossem moedas esquecidas em bolsos de roupas, talvez a mala não fosse realmente de Lisette. Elise estava ansiosa por notícias.

***

O enteado de Elise continuava tentando desembaraçar a venda das propriedades da Karlsplatz, em Oppeln. Na verdade, até essa altura, Elise falava em vender apenas o jardim nos fundos do casarão dos Heilborn, no número 4, e o armazém da fábrica de cerveja. Ainda demoraria algum tempo para que ela percebesse que precisava cortar todos os seus vínculos com a Alemanha e partir. Num sonho, tendo Lisette como cúmplice, Elise ainda falava de uma volta do filho ao país, o que Ernst, a dez mil quilômetros do nazismo, poderia considerar um delírio.

A situação financeira de Elise só piorava. Suas propriedades, com todas as artimanhas dos nazistas, tinham perdido muito valor, investimentos bancários, a essa altura, já não havia. Para conseguir sobreviver, Elise foi obrigada a alugar dois dos três cômodos de seu apartamento. É possível que o proprietário do imóvel, senhor Bochnik, também judeu, tenha autorizado a sublocação. Elise passou a dividir seu espaço com três inquilinos. Num dos quartos passou a morar Jenny Wollenberg. Um pouco mais velha que Elise, ela trabalhava como acompanhante de senhoras idosas da comunidade judaica. O movimento em casa fez bem a Elise e, mais do que isso, a nova renda lhe permitia pelo menos respirar.

> BERLIM, 26/10/1937
>
> Meus queridos filhos!
> Fico muito feliz que vocês estejam com saúde e que os negócios estejam indo bem. Passei dias difíceis e emocionantes em Oppeln.

1937

> Ainda não está nada resolvido. Fiz um contrato com um senhor que, logicamente, entrará em vigor apenas depois da autorização de concessão. Espero, Deus, que seja autorizada. Eles só darão a autorização depois de algumas obras. Quarenta e uma destilarias fecharam na Alta Silésia. A situação não está nada boa. Precisei novamente da ajuda do Alex em Oppeln. As três viagens, com tudo incluído, me custaram trezentos marcos. Nossos amigos de Oppeln ainda estão todos lá. Ida Wiener, que está muito bem, acabou de fazer 60 anos. Lutz ficou ao meu lado, me ajudando com conselhos. Alex gostou muito de Oppeln. Os meus inquilinos continuam muito agradáveis. Uma das minhas inquilinas vai para o Rio em dezembro, para o casamento da irmã, vou mandar, então, várias coisas para vocês.
>
> Muitas lembranças também aos seus queridos,
>
> **MAMÃE**

Elise vivia sozinha desde a morte de Julius, quase nove anos antes, mas estava acostumada com casa cheia. Assim vivera seus dias em Bentschen, ao lado dos sete irmãos, e no casarão da Karlsplatz, em Oppeln, sempre movimentado pela presença de amigos e parentes, além dos empregados. Dessa forma, a companhia dos inquilinos lhe fazia realmente bem, não apenas financeiramente.

A venda das propriedades de Oppeln se arrastava havia dois anos; Elise demonstrava algum desânimo. Alex Besser se esforçava para ajudar, mas não dependia dele, claro, a concretização do negócio. Quando se achava que algum avanço tinha sido feito, logo surgia uma nova pendência. Estava nas mãos do governo, dos nazistas, era preciso esperar.

Elise tinha que controlar a ansiedade, mas alguns dias em Oppeln não haviam ajudado muito. Reencontrar parentes de Joseph, amigos de tantos anos, andar pelos lugares onde tinha sido tão feliz, lembranças tão boas que, de repente, tinham se transformado em melancolia. Não era para ser assim, era?

1938

Em 1938, a perseguição aos judeus entraria em sua terceira etapa. Nos dois primeiros anos de Hitler no poder, até 1935, a discriminação ganhou força, os judeus começaram a ser excluídos da vida pública alemã. Já não podiam exercer várias profissões, quase não tinham acesso a escolas e universidades, não eram bem-vindos em diversos locais públicos, os estabelecimentos comerciais de judeus sofriam boicotes.

Na segunda etapa, entre 1935 e 1938, isolamento e degradação. Com as Leis de Nuremberg, os judeus deixaram de ser considerados cidadãos e foram proibidos de casarem-se ou manterem algum tipo de relacionamento afetivo com "arianos", o que poderia ser punido com a pena de morte.

Na terceira fase, que começou em 1938, os judeus perderam todos os seus direitos, e sobre suas riquezas os nazistas trataram de avançar com apetite. Os que tinham negócios enfrentavam dificuldades porque a maioria dos clientes boicotava produtos e serviços que eles ofereciam. Os fornecedores também criavam transtornos porque relutavam em negociar com judeus. Alguns podiam até não concordar com os nazistas, mas tinham medo de ser denunciados. Além disso, fábricas e indústrias de judeus já não conseguiam renovar suas licenças e concessões. Com tantos problemas, muitos judeus eram levados a desistir de seus negócios e de suas propriedades também, que só conseguiam passar a um "ariano", sempre por um valor muito, muito baixo. Na metade de 1938, o cálculo era que em torno de 80% de todos os negócios de judeus que existiam em 1933 já tinham sido liquidados.

Em 1938, Elise já não tinha ilusões, já não fingia que não via, sabia que estava vulnerável, que o terror não sumiria de uma hora para outra, como num passe de mágica. Tudo em volta parecia se voltar contra ela, que nunca fizera mal a ninguém, que sempre fora justa e caridosa. Momentaneamente, estava sem inquilinos em seus apartamentos em Oppeln. Sua receita mal cobria as despesas. Vender suas propriedades era um teste de nervos, ofertas ruins, o controle nazista emperrando as negociações. Elise não tinha opção, resolveu trabalhar como acompanhante de senhoras idosas, como Jenny Wollenberg. Era o que podia fazer, sendo judia e tendo já, ela própria, certa idade. Complicado entender aquele absurdo. Aceitar, impossível. Seu "futuro garantido" tinha se desintegrado.

Para piorar, a Alemanha continuava se armando, preparando-se para a guerra. Em fevereiro, Hitler afastou o ministro da Guerra e o comandante do Exército. Ele próprio assumiu o comando da *Wehrmacht*, as Forças Armadas alemãs. Essa notícia Elise, com certeza, lera nos jornais que davam amplo apoio aos nazistas. O que lhe faltava eram notícias do Brasil, que, quando finalmente chegaram, encontraram uma Elise já bem mudada.

> Berlim, 03/03/1938
>
> Meus queridos filhos!
> Já que só recebi, depois de sete semanas, o primeiro sinal de vida de vocês, não me apressei para lhes escrever! Sobre a grande novidade, que vocês vão aumentar a família, fico muito feliz e desejo tudo, tudo de bom. Você, querida Lisette, é jovem e saudável e vai conseguir passar por tudo muito bem. Vocês só escolheram um momento ruim, pois, desde o dia 01/01/1938, estou sem inquilinos nos imóveis de Oppeln. Tenho muito pouca renda. Preciso vender o terreno para um ariano, que então receberá uma nova concessão. Nessa situação estão muitas famílias. Já que há uma grande oferta de imóveis, os preços, logicamente, estão baixíssimos. Por isso, é quase impossível conseguir vender. Kassel e Nebel já venderam. Prager e eu precisamos vender. Os impostos tenho que continuar pagando. É muito triste, muito difícil me acostumar com a ideia. Vivo como uma eremita. Infelizmente, tenho muito pouco para ajudá-los. Estou devendo quinhentos e cinquenta marcos para a tia Trude, e ela já me cobrou o pagamento. Tia

1938

> Hanna me disse que investiu seu dinheiro e não dispõe de nada agora. O único que me deu crédito foi Alex. Ele trabalha de 9h às 21h, e o domingo todo. Acabei de receber a notícia de que Walterle está com difteria. Tia Trude já está há quatorze dias com o Heinz em Londres.
> Muitas lembranças para vocês dois,
>
> DE SUA MÃE.

Já não era realmente a mesma Elise. Nem a nova gravidez de Lisette, que dessa vez vingaria, a animou a escrever para Ernst e a nora. Se eles não escreviam com frequência, ela também não precisava ter pressa para responder, qualquer que fosse a notícia recebida. É claro que ela ficou feliz com a gravidez, mas, no meio de toda a confusão em que se encontrava, sendo engolida por problemas que só se multiplicavam, não teve pudor em escrever que aquela não era a melhor hora para aumentar a família... Sabia das dificuldades de Ernst no Brasil, e não poder ajudá-lo a deixava extremamente triste e amargurada. Pelo menos, as notícias de tia Trude eram boas, exceto pela dívida que ela cobrava. Heinz, seu filho, apadrinhado por um "ariano" sabedor de seu brilhantismo, tinha conseguido uma vaga na Universidade de Oxford, em que continuava seus estudos. Trude estava com ele, longe de tudo o que Elise durante tanto tempo tinha se esforçado para não ver, não sentir, e que agora ocupava, inapelavelmente, todos os espaços.

***

Ernst não precisou de muito tempo no novo emprego para começar a demonstrar insatisfação e inquietude. Eventualmente, tinha sonhos que a realidade apresentava bem distantes, como abrir uma indústria têxtil. Pensava em possíveis sócios, sondava a possibilidade de um empréstimo, mas sempre acreditando, no fundo, num milagre, que as propriedades na Alemanha seriam vendidas e que, de alguma forma, seria possível trazer o dinheiro para investir no Brasil.

Tinha o pressentimento de que poderia realmente alcançar sucesso com a produção e o comércio de tecidos, afinal, de roupas todo mundo precisa.

Alguns conhecidos seus falavam de boas possibilidades em Petrópolis, na Região Serrana do Rio, a apenas sessenta e oito quilômetros da capital. A cidade, que recebeu muitos imigrantes alemães, tinha duas grandes indústrias têxteis e, estando a oitocentos metros de altitude, seu clima era mais ameno. Com o verão carioca ainda queimando, tudo o que Ernst queria era uma temperatura abaixo dos trinta graus, além de um horizonte de oportunidades. De repente, seguir para a serra passou a ser um pensamento constante, querendo se impor, mas, com Lisette grávida, seria necessário ter muita calma.

Na Alemanha, em março de 1938 – com mais um inverno gelado querendo ficar –, os judeus foram proibidos de frequentar bibliotecas públicas. E o terror contra eles já não se limitava às fronteiras alemãs. Naquele mês, Hitler anexou a Áustria, e todos os decretos antissemitas passaram, imediatamente, a ser aplicados também no país. Elise, mesmo que tenha se trancado em casa, fechado os olhos, tapado os ouvidos, deve ter sabido da recepção a Hitler, quando ele voltou a Berlim, depois de incorporar a Áustria à Alemanha nazista. Foi um desfile triunfal, com as ruas tomadas pelo povo, do aeroporto até a chancelaria.

No fim do mês de abril, mais um decreto especial nazista tornou obrigatório que todos os judeus registrassem seus bens materiais na Alemanha e no exterior. Os nazistas pretendiam "desfazer a influência judaica na economia em pouco tempo". A expropriação gradual de tudo o que os judeus tinham estava em curso. Não havia como resistir, eles estavam sendo impedidos de ganhar a vida. Seus negócios deveriam ser "arianizados", com a demissão de trabalhadores e administradores judeus e a transferência de propriedade para um "ariano", por um preço sempre muito baixo.

Elise não escapou de mais esse decreto. Teve que fazer outra viagem até Oppeln por causa disso e para cuidar da venda de suas propriedades. Seu enteado, mais uma vez, a ajudou. Alex Besser também ficou de dar uma olhada no contrato de arrendamento da fábrica de cerveja e da taberna. Quando se mudou para Berlim, em 1924, Elise arrendou as duas propriedades para o grupo Schultheiss & Kochmann. Schultheiss até hoje é uma cervejaria conhecida na Alemanha. É provável que os arrendatários, prejudicados pelos nazistas, tenham deixado de pagar a Elise o que previa o contrato. Orientada por um advogado, e, acredito, sem o aval de Alex Besser, ela decidiu entrar na Justiça contra o grupo, o que, àquela altura, parecia mais um de seus antigos delírios.

1938

> Oppeln, 30/05/1938
>
> Meus queridos filhos!
> Fiquei muito feliz com a carta de vocês, finalmente um sinal de vida. Principalmente, fico feliz, querida Lisette, que você esteja bem. O que os seus pais acham do neto que está chegando? Para você, querido Ernst, desejo muita sorte em seu novo empreendimento. Eu tenho, infelizmente, que ficar em Oppeln, pois nada se modificou. Há vários compradores, mas todos querem pagar muito pouco. Estou precisando de dinheiro, tenho muitas dívidas. Mas me orgulho de mim mesma por continuar sendo normal. Estou processando Schultheiss e Kochmann. Aqui, a maioria dos terrenos de judeus já foi vendida. Lutz também quer vender. Mandei para você, para o seu endereço atual, dez marcos. Estou tentando achar uma ocupação fixa para mim aqui para ganhar dinheiro. Mas, para a minha idade, é muito difícil. Só há trabalhos domésticos mesmo. O que seria bom para uma senhora aprender para conseguir sobreviver, que possa ser útil aí? Eu dei a ideia de produzir bombons.
> Meus queridos, saúde, tudo de bom,
>
> Mamãe.

***

Elise lembrava as semanas que passara no Rio de Janeiro, não fora capaz de entender completamente a cidade, da língua portuguesa quase nada sabia, tinha sido impossível compreender o que falavam à sua volta, a alma do carioca nem passara perto dela e, se tivesse passado, Elise não a teria decifrado. Fazia um esforço para voltar àqueles dias no Rio, os lugares em que estivera, os passeios que fizera, as pessoas que tinha visto, que tinha conhecido, com as quais, de alguma forma, conseguira se comunicar. Fechava os olhos, como se pudesse, em pensamento, olhar em volta e dentro das coisas e das pessoas. Quantas possibilidades haveria naquela cidade? Quantos negócios estavam ali, acenando, ideias prontas para ser tocadas? Elise tentava se imaginar no Brasil, ao lado do filho. Ela se dera bem com a nora, não seria um estorvo para ninguém. Poderia trabalhar; tinha que haver alguma coisa que ela pudesse fazer, fosse onde fosse, poderia se preparar antes da viagem, mesmo que já considerasse a possibilidade de partir imediatamente se lhe fosse possível.

Quanto valiam os dez marcos que Elise enviara para Ernst? Quanto de esforço, de amor, de espírito materno? O sacrifício pelo filho, acima de tudo, o filho, que tentava acertar, descobrir uma vocação que não tinha. Sorte, era só isso que lhe faltava, e, em Petrópolis, Ernst acreditava que ela finalmente surgiria, já estava surgindo. Quando a oportunidade apareceu, ele não demorou a decidir, mudou-se com a mulher, grávida, para a cidade. Só não tinham seguido antes porque a ideia inicial era que Lisette permanecesse no Rio, na casa dos pais, pelo menos até o filho nascer. Ernst teria que descer a serra várias vezes por semana, para visitar clientes no Rio. Nessas ocasiões estaria, sempre que pudesse, com a mulher. Mas Gastão Bahiana e Jeanne-Rose não aceitaram aquela separação: marido numa cidade, mulher em outra, vendo-se de vez em quando. Não, na casa deles Lisette não ficaria, ela devia acompanhar o marido. Petrópolis não era uma cidadezinha, lá ela teria todo o apoio médico, durante a gravidez, no parto, depois do nascimento da criança. Lisette teria que se conformar. Preferia ficar no casarão da Paula Freitas, onde, imaginava, teria maior amparo, mas isso era argumento vencido, não valia de nada, apenas uma cara fechada por alguns dias.

Com esse quadro, Ernst precisou encontrar logo um lugar maior do que tinha sido pensado no planejamento inicial da mudança para Petrópolis. Uma casa para receber imediatamente ele e sua mulher e, em breve, seu filho brasileiro. A aposta seria grande, mas Ernst estava confiante. Encontraram uma casa geminada, com dois quartos no primeiro andar e mais um no segundo, uma varanda aconchegante, protegida por toldo, uma casa bem arrumada, em estilo enxaimel, jardineira na janela da frente. Uma casa que lembrava a Alemanha, onde o estilo enxaimel mais se desenvolveu. Em volta, montanhas não muito altas, muito verde. Alugaram imediatamente, já tinham endereço em Petrópolis, Elise seria informada em breve: rua Coronel Veiga, número 471, bairro Valparaíso.

Ernst fechou acordos para ser representante da Petrópolis Têxtil Ltda. e da Fábrica de Veludos Petrópolis Ltda. Dessa vez, comércio exterior não era

1938

prioridade, a ideia era que ele vendesse os produtos das fábricas para clientes no Rio de Janeiro. Com o tempo, ele estabeleceria um "comércio de mão dupla", tornando-se também representante de produtos fabricados no Rio que vendia a clientes na Região Serrana. A vida em Petrópolis seria mais tranquila, longe da pressa e dos preços mais altos da cidade grande, longe do calor de matar, numa casa maior. Ernst teria que subir e descer a serra constantemente, mas isso não era problema. Havia o trem, que só foi desativado em 1964. Ernst sabia que Elise ficaria encantada com a casa da rua Coronel Veiga, com aquele jeito alemão. Mais de uma vez, passeando pela avenida Köeller, com seus casarões do século XIX, pensou na mãe ali com ele, caminhando ao seu lado.

***

Emigrar, esse era o pensamento da grande maioria dos judeus alemães na metade de 1938. Ainda em Oppeln, Elise acompanhava muitos conhecidos e parentes se preparando para partir. Os destinos eram variados: América do Norte, do Sul, Caribe, Oceania, outros países da Europa, Palestina. O terror tinha se estabelecido na Alemanha e só aumentava. Em junho, os nazistas resolveram levar de volta à prisão mil e quinhentos judeus que, considerados antissociais, já tinham cumprido sentença. A noção de antissocial nunca foi clara, podia não ter havido crime na época da condenação, e de novo podia não haver nada; muitos detidos estavam, inclusive, empregados, mas não importava. Se eles concordassem em sair da Alemanha, os nazistas estavam dispostos a soltá-los. Mas como sair, se já não conseguiam nem garantir seu sustento, se, cada vez mais, encontravam obstáculos à emigração? A essa altura, endividada, Elise com certeza queria já ter ido embora.

> Oppeln, 14/06/1938
>
> Meus queridos filhos,
> Desejo, de todo coração, querida Lisette, todos os melhores votos de felicidade pelo seu aniversário. Acima de tudo, continue com saúde. Fico muito feliz que você esteja passando bem e não tenha nenhuma reclamação. Agora, olho todos os carrinhos de bebê.

> Infelizmente, não posso dar nada de presente, a não ser um par de luvas, que estou mandando nessa correspondência. Vou ficar até começo de julho aqui em Oppeln. A venda ainda não funcionou. O meu advogado recebeu uma resposta das autoridades: a concessão será autorizada, se o terreno for vendido a arianos. Mas, antes, é preciso fazer grandes reformas, e isso dificulta qualquer um. Por isso, sou obrigada a vender o armazém. Não tenho mais nada, a não ser dívidas. Tenho que pagar por mês entre trezentos e cinquenta e quatrocentos marcos de impostos. Assim que eu vender, volto para casa. Os Gurassas também querem vender. Winers, Hartmann, Engel e Prinz já venderam. Prager e Nebel também foram bem-sucedidos na venda. Friedländer e Kassel estão como eu. Como estão os negócios? Hans Heilborn vai se casar no dia 21/06 com uma menina de 17 anos, e eles vão embora para Cuba. Fritz vai para Montevidéu, e Hanna Heilborn para a Bolívia. O Schwarz vai com a família para Paris, ele conseguiu um emprego lá. Passe um aniversário tranquilo, escreva rápido.
> Muitas lembranças,
>
> **Mamãe.**

Elise estava nervosa, em Oppeln as coisas não andavam e sua presença na cidade já lhe parecia inútil. Resolveu retornar a Berlim, para conseguir logo um novo trabalho como acompanhante, era o que lhe restava. Felizmente, a procura não demorou, e, a partir da segunda semana de julho, Elise passou a se ocupar de uma senhora doente que vivia numa pensão e era muito amável. Tudo livre de impostos, e três marcos por dia. Ainda teve que voltar a Oppeln em dois fins de semana, para, finalmente, assinar o contrato de venda do armazém para Maly. Mas o governo ainda precisava autorizar o negócio.

No dia em que Elise assinou o contrato, primeiro de agosto de 1938, foi criado pelos nazistas o Departamento de Emigração Judaica, para forçar os judeus a sair da Alemanha e da Áustria. O problema eram as condições adversas que acabavam se estabelecendo para que a emigração fosse alcançada. Também

1938

em agosto, os nazistas decretaram que, a partir do primeiro dia de 1939, os judeus que tivessem prenomes de origem "não judaica", casos de Elise e Ernst, teriam todos seus registros alterados. As mulheres deveriam adicionar "Sara" a seu nome, e os homens, "Israel". As carteiras de identidade seriam confiscadas, e todos os judeus seriam obrigados a ter sempre com eles cartões de identificação específicos. No outono, os passaportes dos judeus passaram a ser marcados com a letra "J". E ainda ficaria pior, e ainda havia uma guerra para a conquista da Europa sendo preparada pelos nazistas.

O trabalho de acompanhante estava garantido até 1º de setembro, era o que Elise tinha acertado com a senhora doente. Impossível saber o que aconteceria depois. Elise ainda tinha delírios eventuais e falava em fabricar chocolate, quando o trabalho como acompanhante terminasse. Se tivesse o talento de sua irmã, Rosa, que a essa altura ganhava a vida costurando para fora, fazendo tricô e crochê para vender, não estaria em situação tão complicada.

Quando setembro chegasse Elise não perderia apenas o emprego com a senhora doente, perderia também a companhia de seu enteado, Alex Besser. A perseguição a ele tinha aumentado. Em 15 de julho, foi convocado para dar explicações aos nazistas sobre suas atividades. O recado era muito claro: ele deveria abandonar imediatamente seu trabalho na organização que os nazistas chamaram de "Escritório Palestina". Alex sabia que não tinha escolha; para ele chegara a hora de partir. Ficou escondido no campo por algumas semanas até conseguir, com a ajuda de amigos, juntar todos os documentos necessários para voltar à Palestina. Dessa vez, ficaria por lá um período mais longo. Alex faria falta. Elise tentava disfarçar a tristeza. Para se sentir melhor, lembrava do neto que em breve nasceria.

***

Era uma quinta-feira. Por sorte, Ernst subira do Rio na véspera e só teria que descer a serra de novo na segunda-feira seguinte. Ele estava em casa, conferindo uma série de pedidos, preparando notas, recibos, quando Lisette o chamou, já aflita. Conseguiram um táxi e seguiram para o hospital. O parto, normal, não foi tranquilo nem rápido. Lisette teve que se esforçar, aguentar a dor. Gilberto Luiz José Heilborn nasceu em 6 de outubro de 1938, um petropolitano. O nome Gilberto era uma homenagem ao irmão de Lisette que morrera ainda criança; Luiz, um nome comum na família de que todos gostavam; José, para homenagear o avô alemão, Joseph, ou Josef como Elise preferia. Ernst, dessa vez, não demorou a escrever para a mãe, ela precisava tanto daquela notícia!

> Berlim, 14/10/1938
>
> Meus queridos filhos!
> Tive hoje uma alegria imensa quando recebi a notícia do nascimento do menino robusto. Você foi muito bem, querida Lisette. Eu lhe dou os parabéns, de todo o coração, pelo nascimento do meu neto e desejo a vocês e ao pequeno tudo, tudo de bom. Que ele cresça bem, para a nossa alegria. Pensei em vocês dia e noite e esperei, na segunda e na quinta, uma carta de vocês. No próximo, vou ficar mais tranquila. Não poderia imaginar que eu ainda seria tão feliz. Antes de tudo, querida Lisette, recobre as suas forças bem rápido e seja como antes. Você está conseguindo dar de mamar? Quero muito fazer alguma coisa para o pequeno. Lisette, me escreva dizendo do que você precisa. Você, querido Ernst, levou treze horas para nascer e berrou muito nas primeiras seis semanas. Agora, escreva mais, quero saber tudo de vocês. Como estão os negócios? Eu não posso mais mandar dinheiro, pois não tenho mais identidade. Ainda não pude vender o terreno, pois as ofertas continuam muito baixas. Recebi agora o dinheiro do armazém, mas, se continuar assim, vai tudo embora bem rapidamente. Agora, chega, escrevam, escrevam.
> Muitos abraços e, para o pequeno Josef, um grande beijo da sua Avó

Elise tratou de avisar todo mundo sobre o nascimento do neto, os Bornstein, os Heilborn, amigos, conhecidos, ela estava tão feliz... Mas o que poderia aquela felicidade de avó? Que poder redentor teria? Quais suas chances contra

1938

todo o horror dos nazistas? Gilberto era um menino forte e, ainda tão pequenino, já tinha sido capaz de fazer sua avó voltar a sorrir. Mas seu nascimento, em contrapartida, parecia ter tornado ainda maior a distância entre a Alemanha e o Brasil. Elise desejava, mais do que nunca, estar com o neto, com o filho, com a nora. Queria mesmo de longe poder ajudá-los. Tinha recebido o dinheiro pela venda do armazém, que finalmente fora autorizada, mas, sem carteira de identidade, não tinha como enviar nada para o Brasil. E o valor pago por Maly não daria para muito. Pelo menos, Elise tinha liquidado suas dívidas.

A ocupação como acompanhante de idosos continuava lhe trazendo uma renda mínima. Trocara a senhora doente por duas senhoras aposentadas, que tinham saúde melhor, mas lhe davam mais trabalho. O terreno em Oppeln continuava à venda. O ferreiro Pletz estava interessado, mas queria pagar muito pouco, e Elise se recusava a aceitar oferta tão baixa. Achava que podia esperar. Grete Breslauer, sua amiga, pensava de forma diferente, ela conseguira avançar e tinha já quase tudo organizado para sua emigração. Seguiria para o Rio, ao encontro dos filhos.

Quem podia ia embora, deixando muito para trás, precisando encontrar algum desprendimento, guiado por um espírito de aventura, que, não havendo, tinha que ser criado. Não dá para dizer que era opção. Também não tiveram escolha os dezessete mil judeus poloneses que, em outubro, foram expulsos da Alemanha pelos nazistas, seguindo para a Polônia.

No começo de novembro, revoltado, querendo chamar a atenção para o que acontecia na Alemanha nazista, o filho de um casal que estava entre os deportados para a Polônia atirou em um funcionário da embaixada alemã em Paris, que acabou morrendo. Esse atentado provocou reações antissemitas em algumas regiões da Alemanha, como Hessen e Kassel, no centro do país, e Dessau, mais a nordeste. A reação continuou e, no dia 9 de novembro de 1938, houve ataques em toda a Alemanha, no que ficou conhecida como *Kristallnacht*, a Noite dos Cristais. O nome surgiu porque vidros de janelas de sinagogas e vitrines de lojas pertencentes a judeus foram quebrados pelos nazistas. Os tumultos tomaram as ruas, numa onda de selvageria. Duzentas sinagogas foram atacadas, mais de sete mil lojas de judeus foram saqueadas, suas casas também foram danificadas, dezenas de mortos e feridos e milhares de judeus detidos. Historiadores dizem que foram trinta mil presos e mais de cem mortos. As grandes perseguições começaram: milhares de judeus foram enviados para três campos de concentração, Dachau, Buchenwald e Sachsenhalsen, e os boatos sobre execuções em câmaras de gás ganharam força.

Depois da *Kristallnacht*, os judeus tiveram certeza de que a emigração era sua única chance. Estava muito claro que os nazistas procurariam eliminá-los. E não havia mais a quem recorrer. Até aquele ponto, ainda era possível a judeus pedir a ajuda de policiais uniformizados ou de outras autoridades locais, se fossem, por exemplo, incomodados por desordeiros. A partir de novembro de 1938, eles quase sempre seriam deixados à própria sorte. Para piorar, falava-se muito sobre a estrela amarela nas roupas que os nazistas queriam obrigar os judeus a usar, para "controlá-los por meio do olhar atento de toda a população". Isso ainda estava em discussão, mas uma nova proibição já era real: os judeus não podiam mais frequentar cinemas e teatros.

Como todos os outros, Elise queria emigrar. Um destino natural, claro, seria o Brasil, mas havia um enorme receio de atrapalhar a vida do filho, da nora, de se tornar um peso para eles. A língua seria um obstáculo, a idade com que estava também não ajudava. Mas ela queria tanto que Ernst e Lisette fossem objetivos, que a convidassem para morar com eles. Tinha insinuado esse seu desejo em algumas cartas e não se sentira bem com isso. Chegava tão pouca correspondência do Brasil que era difícil para Elise acreditar que Ernst e Lisette tivessem verdadeiramente interesse por ela e estivessem prontos para recebê-la.

BERLIM, 12/12/1938

Queridos filhos!
Tenho que pedir a vocês que consigam urgentemente a minha entrada no Brasil, pois nós estamos querendo emigrar para o Canadá, e eu talvez tenha que mostrar a autorização de viagem para o Brasil. Eu não sei se é mesmo necessário. Vocês não precisam ficar preocupados, não vou ser um peso para vocês, existe também o gás. Meu cunhado está fazendo todo o possível para me levar junto. Eu ainda posso trabalhar, graças a Deus. Nós precisamos de duzentos e cinquenta dólares, o que corresponde a dez mil marcos. Já que eu não tenho dinheiro, escrevi para seus primos, Heinz e Hanni, e para os Heilborn, de Londres. Eles precisam

1938

> tentar conseguir algum dinheiro para mim. Fico muito triste que nós não vamos mais nos ver, e que eu nunca vou conhecer a criança. Isso é o destino.
> Com os melhores votos,
>
> **Mamãe.**
>
> P.S.: Você ainda não pode realizar o meu maior desejo? É uma pena que você não possa me dar o dinheiro.

Um plano estranho de fuga para o Canadá, acompanhando a família de uma das irmãs de Julius Besser, seu segundo marido. É óbvio que um visto de entrada no Brasil não seria necessário. Elise errou no tom, mas deixou claro que, sem a ajuda do filho, teria poucas chances. Ernst não tinha dinheiro para enviar à mãe, seria preciso pedir emprestado. Talvez o sogro pudesse ajudá-lo, quando fosse necessário. Quanto ao visto de entrada no Brasil, Ernst acreditava que não teria problema para conseguir. Rapidamente, enviou uma carta para a mãe, da qual fez uma cópia, que Lisette também guardaria, junto com as cartas da sogra. Texto datilografado na máquina que Elise comprara na Alemanha de presente para o filho e que Lisette trouxera para o Brasil.

> (Sem data, resposta de Ernst)
>
> Querida mamãe,
>
> Nesse meio-tempo, você já deve ter recebido o cartão que enviei na semana passada. Sobre sua questão, até aqui está tudo em ordem, só preciso da sua certidão de casamento em que está escrito que agora seu sobrenome é Besser.
> A sua carta nos deixou muito tristes e zangados, principalmente porque você não tem nenhum motivo para usar esse tom. Nenhuma das nossas cartas dá a entender que nós não queremos ter você aqui. Nós não alugamos o nosso quarto extra, no andar de cima,

pois nós estamos contando com a sua vinda e temos alguns projetos para o futuro com você. Apenas a sua ideia com o gás você não vai poder realizar, não aqui em Petrópolis, que não tem isso. Mas vamos deixar as piadas de lado. Por favor, não faça mais esse tipo de comentário de mau gosto! Sobre a sua intenção de ir para o Canadá, sou energicamente contra. Não apenas porque nós esperamos você aqui, mas porque isso é uma besteira. Como você pode pensar em ir para um país que você não tem a menor ideia de como seja, com uma língua que você não sabe falar? Se seu cunhado quer ir, por que não? Mas se desfazer de terras na Alemanha e começar do zero lá é jogar dinheiro fora! Como você já pediu ajuda aos parentes de Londres, para comprar a passagem para cá, por favor, responda essas perguntas: você pode comprar a passagem aí? Como estão as coisas em Oppeln, existe a possibilidade de trazer alguma coisa para cá? O que vai acontecer com Walterle, como ele estará seguro? Bem sério: não admito que você persiga esse projeto no Canadá e vou impedi-la de fazer isso. Acho que você precisa de um adulto aí para orientar você seriamente, já foram feitas besteiras suficientes.

Abraços afetuosos,

Ernst

O ano terminava assim, Ernst tentando fazer Elise entender que, sim, ela era bem-vinda ao Brasil. Estava bem claro na carta dele, não estava? Obviamente, ele queria ter certeza sobre o que poderiam salvar ainda dos bens da família em Oppeln. Não dava para simplesmente aceitar que a emigração de Elise implicasse, inevitavelmente, no abandono de todas as propriedades que estavam na família havia cento e nove anos. Mas Elise tinha dificuldade em acreditar que o filho e a nora realmente a quisessem por perto, morando com eles no Brasil. A mágoa vinha do silêncio, as notícias do Brasil eram sempre tão poucas, tão raras. Nem uma foto de seu neto, Gilberto, Elise tinha recebido, e o menino completaria em breve três meses de vida.

1939

— Ernesto, eu não consigo entender sua mãe. Você leu o que eu escrevi para ela. Por que *Mutti* ainda acha que nós não a queremos aqui? Eu não entendo...

— Minha mãe não está bem, Lisette. Imagine toda a situação que ela está passando.

— Mas nós não podemos ser mais claros do que fomos, podemos? Eu guardei uma cópia da carta que enviei para *Mutter*. Veja se existe alguma chance de ela achar que não é bem-vinda aqui, vou ler para você um pequeno trecho: "Eu não sei por que você pensou no Canadá e nas outras coisas estranhas! Agora, você sabe que precisa vir logo para cá e que nós três estamos à sua espera, cheios de felicidade!". Olha, eu ainda usei pontos de exclamação.

— Lisette, ela sabe que pode vir para cá, mas ainda há algumas coisas a resolver, antes disso, lá e aqui. Temos que acelerar esses processos, é isso.

— Claro, a situação na Alemanha só piora... *Mutti* vai entender que ela faz parte dos nossos planos, que nós a queremos aqui. Eu falei para ela do nosso projeto de montar uma pensão, acho que isso pode animá-la.

— Tenho certeza de que sim, Lisette, tenho certeza.

Abrir uma pensão em Petrópolis fazia mesmo parte dos planos de Ernst e Lisette. Se Elise conseguisse vender suas propriedades na Alemanha, para investir o dinheiro no Brasil, tudo ficaria mais fácil, mas, àquela altura, era difícil acreditar nisso. Se nada fosse possível salvar, dariam um jeito, um empréstimo bancário resolveria, e, numa pensão, haveria muito trabalho para todos: Elise, Ernst e Lisette.

Para abrir a pensão, Lisette sonhava com tudo o que Elise tinha em seu apartamento em Berlim: utensílios de cozinha, louças, talheres, roupas de cama, cortinas, tapetes. Tentava eliminar da lista todos os móveis, cadeiras, mesas, sofás, poltronas, até o grande relógio antigo, que ficava na sala. Ernst já tinha avisado que ficaria muito caro trazer tudo para o Brasil. Era melhor vender os móveis na Alemanha.

O desejo de receber Elise era real, mas Lisette demonstrava mais otimismo e animação do que Ernst. Num sábado, ela arrastou o marido para uma loja de móveis no Centro de Petrópolis. Queria ter uma ideia de quanto lhes custaria mobiliar o quarto que, em breve, seria ocupado por Elise. Acharam tudo muito caro, talvez pudessem ir direto às fábricas, talvez achassem bons móveis usados...

Ernst e Lisette estavam bem adaptados a Petrópolis, adoravam o clima mais ameno da cidade. Ernst já não precisava descer toda semana para o Rio, mas o ritmo de trabalho era intenso, ele saía de casa às seis da manhã e voltava sempre depois das sete da noite. Mesmo assim, não sobrava dinheiro. Em alguns meses, fechava ótimos negócios, mas tinha que se planejar, porque a "maré" mudava sempre.

Antes de Gilberto nascer, Lisette ainda conseguia ajudar no orçamento da casa. Aproveitava seu talento para a costura e fazia roupas sob encomenda. Tricô e crochê ela também dominava. Mas, auxiliada por uma empregada que praticamente só lavava e passava as roupas e fraldas do bebê, Lisette tinha muito trabalho com a casa: faxina, arrumação, fora toda a preparação das refeições (a essa altura, aliás, ela já cozinhava bem melhor). Sobravam pouco tempo e pouca disposição para a costura, o que era uma pena, porque Lisette continuava recebendo muitas encomendas.

Pelo menos, Gilberto já estava dormindo a noite inteira. Durante o dia, também não incomodava: mamava e dormia, mamava e dormia. Chorava muito raramente, estava forte e bonito, e seus primeiros sorrisos enchiam os pais de orgulho. Era preciso providenciar uma foto dele e enviar com urgência para Elise. Três tentativas já tinham sido feitas, mas nenhuma foto tinha ficado realmente boa, ou Ernst achava que não... Queria que sua mãe visse um neto forte, saudável, bonito. Em breve, haveria pelo menos uma foto de Gilberto que lhe agradasse.

Ernst estava tendo muito trabalho para providenciar os papéis que permitiriam a entrada de Elise no Brasil. Na primeira certidão de casamento que ela enviara da Alemanha, havia um erro: "Bernstein", em vez de "Bornstein". Mesmo com as dificuldades, um atraso ou outro, Ernst tinha esperança de que tudo estivesse resolvido até a primeira semana de fevereiro.

1939

Elise aguardava ansiosamente. Desde a Noite dos Cristais, em novembro do ano anterior, ela não conseguia dormir. Às vezes, algumas poucas horas apenas. Noites em claro, noites de sono picotado, noites de tanto temor e suor, mesmo no frio do inverno. Para piorar, o começo de 1939 ainda apresentava um momento muito delicado. Se realmente emigrasse, Elise não poderia levar seu filho Walter, que tinha Síndrome de Down. Aquela seria uma culpa, um peso que teria que carregar, se quisesse salvar sua própria vida. Tentava acreditar que Walter teria sempre o amparo de seu tutor e estaria bem assistido. Os rendimentos com os imóveis que ele herdara do pai garantiriam suas despesas. Elise estava ainda mais tensa, a reunião com o tutor do filho tinha sido marcada.

Da parte que lhe coubera na herança, Ernst já tinha aberto mão em favor de Elise havia muito tempo. Antes de partir para o Brasil, em 1934, ele deixou uma procuração assinada, que Alex Besser, enteado de Elise, deveria saber quando usar. Agora, passado tanto tempo, não temos dúvida de que não havia nada a fazer, apenas vender, vender tudo, e emigrar. Desde o primeiro instante, desde o primeiro discurso de Hitler como chanceler alemão, no dia 30 de janeiro de 1933. Seis anos tinham se passado, e, no aniversário de sua nomeação, Hitler fazia sempre um discurso... Em 1939, disse que se os "judeus do capital internacional" tivessem êxito de novo em provocar um conflito armado, como supostamente teriam feito na Primeira Guerra Mundial, então dessa vez o resultado não seria "a 'bolchevização' da Terra e, portanto, a vitória do judaísmo, mas a destruição da raça judaica na Europa".

Naquele ano, 1939, a comunidade judaica alemã já tinha sido reduzida em mais da metade, com deportação e emigração. Quem emigrava se sentia também um deportado. Ninguém deixava a Alemanha naquele momento porque queria, mas porque não via outra saída. Elise perdera a conta de quantos conhecidos, amigos e parentes já tinham emigrado. Trude, sua irmã, estava em Londres, abrigada por um casal de amigos do filho dela, Heinz, que tinha se estabelecido em Oxford. Charles Heilborn mudara-se para a Austrália. Fritz Heilborn seguira para Montevidéu. Hanna Heilborn, Hanna Lewinski, Herr Lachmann e Edit Schlessinger, com o marido, partiam para a Bolívia. Irma, para a África. Rose, amiga de Alex, queria ir para o Brasil, Lutz também.

Lewin, cunhado de Elise, casado com uma das irmãs de Julius Besser, não pensava mais no Canadá. Ele chegou no meio da tarde para uma visita, acomodou no sofá as pastas e envelopes que trazia, bem ao seu lado. Elise sentou-se na poltrona. Fazia tempo que ela ia menos à rua e recebia poucas visitas em casa. A presença de Lewin lhe dava algum conforto, mesmo que não fosse uma visita, digamos, social. Naqueles papéis que ele trouxera estava o novo destino que se apresentava:

— Blumenau!

— Mas onde fica exatamente, Lewin?

— No estado de Santa Catarina, no Sul do Brasil. É uma região de colonização alemã, você sabia?

— É mesmo?

— Sim, há cidades lá em que todo mundo só fala alemão.

— Ah, isso é ótimo, porque não sei se eu conseguiria aprender o português. Parece mesmo perfeito: um lugar no Brasil em que falam a minha língua, perto do meu Ernst...

— Bem, não é tão perto assim do Rio de Janeiro, pelo que verifiquei, é bem mais ao Sul. Por isso, boa notícia: não precisaríamos enfrentar o calor infernal que tanto atormenta o Ernst.

— Ernst, agora, está nas montanhas, em Petrópolis.

— Blumenau é melhor que Petrópolis. Na verdade, deixe-me mostrar a você o mapa, as plantas, os prospectos e, o principal, os documentos com a proposta de compra – Lewin começou a tirar os papéis das pastas e envelopes. Liese achou melhor que passassem à sala de jantar, para que fosse possível organizar os papéis sobre a mesa e observá-los com atenção.

— Pronto, agora me explique tudo com muita calma, Lewin.

— Veja aqui no mapa. Blumenau é, na verdade, a maior cidade da região, fica a cem quilômetros da fazenda. Mas Rio do Sul está a apenas vinte quilômetros, e tenho a informação de que é uma cidade com boa estrutura.

— E qual é o tamanho da fazenda?

— São trinta e três hectares, campos cercados, com plantações de milho, mandioca, cana-de-açúcar, tem floresta, muita lenha. Ah, e são terras irrigadas, cortadas por um ribeirão. Imagina, Liese, água em abundância o ano inteiro.

— É, isso é ótimo...

— Calma, eu não acabei. A fazenda inclui uma fábrica de tijolos, tudo funcionando, produzindo. E eu não falei do estábulo, do galinheiro, há também uma casinha para lavar roupa, um forno para assar pão... Você pode matar a saudade e fazer o pão à moda de Posen lá em Blumenau.

1939

— É, Lewin, eu acho uma ideia interessante, mas você precisa me explicar melhor como pagaríamos, como seria a administração da fazenda, a participação de cada um nas tarefas...

— Claro, vou explicar tudo direitinho, para que você converse com Ernst.

— Sim, vou escrever imediatamente para ele.

— Fale também do enorme pomar, com macieiras, pereiras, ameixeiras e parreiras, eu não podia esquecer. A casa que já existe é modesta, mas tem quatro aposentos, dois no sótão. Com o tempo, construímos o que for necessário.

— Vou escrever para o Ernst.

— Faça isso, diga a ele que podemos pagar aqui, que a fazenda é livre de dívidas, mas que ele não demore a responder, porque há muita gente interessada.

Assim que Lewin deixou o apartamento, Elise sentou-se para escrever ao filho. Blumenau era o nome da cidade, um nome alemão, uma nova possibilidade... Ela acreditava que ainda tinha forças para trabalhar numa fazenda, por que não? Não seria mais cansativo do que os dias que estava passando, ocupada com dois novos inquilinos, bem menos educados, organizados, prestativos e amáveis que os anteriores. Seu dia começava às seis e meia da manhã, e, até cinco da tarde, com apenas um breve descanso depois do almoço, ela se dedicava aos trabalhos domésticos. Depois do jantar, não demorava muito a ir para a cama, por volta de nove da noite. Pelo menos, já estava dormindo um pouco melhor. A foto de seu neto, Gilberto, na mesa de cabeceira era capaz de acalentar bons sonhos e lhe garantir algum descanso. Sim, quando o menino estava prestes a completar cinco meses de vida, Elise, enfim, recebeu fotos dele. Achou o neto "um amor, saudável, forte, lindo". A todo instante, principalmente antes de dormir, olhava as fotografias e se imaginava cobrindo o neto de beijos.

Gilberto, com certeza, foi o estímulo, e Elise resolveu fazer aulas de português. Não lhe sobrava muito tempo durante o dia, mas daria um jeito. Conseguiu um professor carioca, que ia ao seu apartamento e se tornou um bom amigo por um curto período. Apesar disso, Elise tinha dúvidas de que conseguiria aprender o idioma, tudo lhe parecia tão difícil naquela língua que seu neto falaria... À noite, mesmo exausta, ela olhava continuamente as fotos de Gilberto e tentava se dedicar ao estudo. Precisava vencer o cansaço, e o sorriso do neto era o combustível. Além de todo o trabalho doméstico, que não era pouco por causa dos inquilinos, Elise ainda tinha se comprometido a fazer passeios diários com uma idosa. Não percorriam uma grande distância, mas a senhora andava tão devagar que a tarefa se prolongava, atrapalhando os trabalhos domésticos.

A ideia de abrir uma pensão em Petrópolis dava a Elise alguma força. Queria acreditar que poderiam realizar o projeto em breve, mas ela própria não estava atenta a tudo o que devia preparar para deixar a Alemanha, como descobriria quando finalmente saísse seu visto de entrada no Brasil. Em carta ao filho e à nora, tratava sua ida para perto deles como certa: "Preciso saber depressa o que devo levar para aí, aparelhos de cozinha, cristais, sofá, poltrona, uma pequena mesa de jogos, mesa de chá, mesa de costura, talvez uma cristaleira, lustres, os meus bons quadros? Seria possível também leiloar os móveis. Vocês precisam da máquina de costura, geladeira? Máquina de escrever?". Elise pensava na mudança, apesar de todas as pendências, o que levar, o que não levar para o Brasil... Acreditava que não demoraria, parecia mesmo que tudo, finalmente, se encaminhava, mas, na mesma carta, a Palestina surgiu de novo como possível destino para Elise.

Assim como desconfiava da disposição de Ernst e Lisette para recebê-la no Brasil, Elise também não acreditou quando chegou o convite de seu enteado, Alex Besser. Para o filho, escreveu o seguinte: "Alex quer me levar para a Palestina (conversa)". Não, não era conversa, o convite estava feito, mas Alex queria a autorização de Ernst e escreveu para ele: "Você deve ter tomado conhecimento pela sua mãe de que eu deixei a Alemanha e estou na Palestina. Não pude transferir nada para cá e tenho que viver com o que eu ganho. No momento está tudo bem, mas você pode imaginar como está apertado. Neste momento de crise, a situação aqui é naturalmente muito difícil. Ofereci à sua mãe fazer um requerimento para que ela venha para cá. Estou imaginando que haja todos os documentos e que meu pedido será atendido rapidamente, já que a procura é enorme. Do que ela viverá aqui eu não sei. Não vejo uma possibilidade de trabalho remunerado aqui para *Mutter*, mas ela terá o que comer quando eu também tiver. Entretanto, escrevi para sua mãe, explicando que a solução ideal seria ela ir para aí. Pelas cartas de vocês, percebo que aí ela poderia ajudar Lisette, teria mais tarefas. Por favor, me escreva, com toda a sinceridade, se eu tenho razão e o que você acha disso. De qualquer maneira, vou fazer o pedido para que ela venha para cá".

1939

Todos sabiam, Trude, Rosa, Alex Bornstein, Alex Besser, que para Elise só havia um destino: o Brasil, perto do filho, da nora, do neto. Lisette tinha escrito, queria que a sogra emigrasse logo, mas recomendava que trouxesse tudo o que fosse possível. Ernst escrevera que estavam esperando por ela, cheios de felicidade e planos, mas queria saber o que dava para salvar em Oppeln, quanto em dinheiro Elise conseguiria levar para o Brasil. Faltou dizer, faltou escrever, em letras garrafais, com muitas exclamações: "VENHA IMEDIATAMENTE! VENHA, COM A ROUPA DO CORPO, MAS VENHA!!!!!".

***

Em abril de 1939, o culto a Hitler tinha alcançado proporções gigantescas. Muita gente esperou o primeiro minuto do dia 20 de abril para cumprimentá-lo pelo seu aniversário na porta da chancelaria. Hitler era o novo redentor do povo alemão, enfraquecido pela Primeira Guerra, um novo Cristo. Era assim a propaganda nazista: emotiva, irracional, mística, o louco, o descontrolado orgulho nacional. Era a "vontade divina e de direito"... O veneno tomando conta de todos, massas, palavras, expressões, numa repetição sem fim.

Quando maio chegou, Elise nem soube, surgiu uma nova ameaça nazista. Hitler, que já tinha confidenciado que era a favor da eutanásia, ordenou a criação do "Comitê do Reich para o Registro Científico de Doenças Sérias com Base Hereditária e Congênita", que era secreto e ficou conhecido apenas como Comitê do Reich. A eutanásia não era legal na Alemanha, mas isso não significava proteção para pessoas como Walter, filho de Elise. Hitler era a lei e, para ele, doentes físicos e mentais tinham "vidas que não valiam ser vividas".

A notícia boa de maio era que Ernst tinha obtido no Brasil a autorização para a entrada de Elise no país! Ele e Lisette estavam animados e aliviados, tinha sido um processo longo, mas agora acreditavam que tudo, em breve, estaria resolvido. Trataram logo de mandar para a Alemanha uma carta, que Elise deve ter aberto, esperando ver uma nova foto do neto. Não encontrou. Mas a primeira frase bastou para estabelecer a alegria.

Berlim, 09/06/1939

Meus queridos filhos!
Eu também estou gritando hurra! Finalmente, vai se tornar realidade, e eu devo ver vocês de novo. Vocês não podem imaginar o que isso representa para mim. A incerteza foi horrível. Vocês têm que escrever detalhadamente o que devo levar. Qual a voltagem aí? Estarei na segunda-feira no advogado. Assim que eu tiver os papéis, aviso em Oppeln que preciso que a autenticação da venda do terreno seja acelerada. O desenho da casa de vocês está muito bem feito, querida Lisette, vou me sentir muito bem aí, com certeza.
Muitas lembranças para vocês todos,

Mamãe

P.S.: Tenho dois edredons, devo levá-los?

A venda do terreno em Oppeln ainda não tinha sido autorizada, mas não podia emperrar a emigração de Elise, alguém tinha que lhe dizer, ela tinha que se convencer de vez disso. Nem o terreno nem propriedades que estavam em nome de Ernst e de Walter, naquele momento, nada podia prender Elise na Alemanha... A porta no Brasil estava aberta, era preciso correr, mas, infelizmente, não havia como destrancar a porta de saída. Elise só se deu conta quando foi à embaixada do Brasil em Berlim. O funcionário nada pôde fazer por ela... Os nazistas tinham confiscado o passaporte de todos os judeus, no outono de 1938, depois da Noite dos Cristais. Elise precisava pedir um novo documento.

O carioca que dava aulas de português para Elise se prontificou a ajudá-la. O visto de entrada no Brasil era válido por seis meses, até 20 de novembro. Nesse tempo haviam de conseguir um passaporte para ela. O novo documento seria marcado com a letra "J", e Elise seria Elise Sara... Não importava, o que ela não podia era ficar lamentando aquele descuido. Nada de esmorecer, era preciso correr para providenciar tudo, só que tudo não era pouco, e tudo dependia de sorte. Os nazistas estavam, como sempre, no caminho.

1939

> BERLIM, 18/07/1939
>
> Meus queridos filhos!
> A carta de vocês chegou hoje, e estou muito aliviada que vocês estejam com saúde. Quero esclarecer tudo de novo. Não posso dar entrada no meu visto para o Brasil antes de pedir o meu passaporte, que só receberei quando todas as formalidades forem cumpridas, o que inclui a apresentação de uma lista com tudo o que vou levar comigo. Depois, não é possível acrescentar mais nada. Quero saber de vocês se eu devo levar algum móvel? Só posso levar coisas pessoais, isto é, nada para crianças ou homens. Ouvi dizer que até novembro não haverá mais marcação de viagem. Já está tudo lotado de novo. Não acredito que chegarei aí antes de dezembro ou janeiro, já que a papelada está atrasada. Na quarta-feira, fui visitar Walterle, que, graças a Deus, está bem de novo.
> Muitos beijos,
>
> **MAMÃE**

Walter estava bem, mas a ameaça nazista se aproximava rapidamente dele, Elise não tinha como saber. Naquele mês de julho, secretamente, Hitler deu instruções para o uso da eutanásia para adultos com doenças terminais ou incuráveis, deficiências físicas ou mentais. As execuções estavam para começar.

***

Em Petrópolis, o inverno era agradável. Nas noites mais frias, a temperatura ficava em torno de dez graus. Gilberto estava sempre bem agasalhado. Com dez meses de vida, alcançara dez quilos de peso. Adorava o brasileiríssimo prato de arroz com feijão. Era um menino esperto, vivo. Quando Lisette perguntava a ele onde estava a vovó, Gilberto apontava na mesma hora para a foto de Elise que ficava sobre uma mesinha da sala.

— Você já viu que graça o nosso filho, Ernesto? Ele sabe direitinho quem é a *Oma*.

— Escreva para ela contando isso, como Gilberto já é capaz de reconhecê-la. *Mutter* vai ficar feliz.

— Vou escrever, sim. Preciso contar a ela que não paro de receber encomendas de tricô. Se me sobrasse mais tempo, eu poderia ganhar mais dinheiro...

— Gilberto vai exigir menos de você, em breve. Se tivermos sorte com uma empregada algum dia, também será bom.

— *Mutti* poderia me ajudar.

— Quem costura bem é tia Rosa.

— Com Gilberto, Ernesto, com o menino, cuidando um pouco do neto.

— Ah, sim, ela ajudará, com certeza.

— Como será que está a papelada dela? Será que ela conseguiu um novo passaporte?

— Acho difícil, e estou preocupado. Ela devia ter providenciado tudo com antecedência, não sei o que houve.

— Eu queria muito que ela chegasse antes do Natal. Ela poderia fazer *Stollen*!

— Lisette, só você para me fazer rir. Quer dizer que você gosta do pão alemão de Natal?

— Adoro. Eu mesma posso tentar fazer, mas gostaria que Liese estivesse aqui, e que eu tivesse apenas que ajudá-la...

Elise ainda não tinha conseguido um novo passaporte, e a venda do terreno em Oppeln também continuava emperrada. Mas Ernst já tinha passado instruções para a mãe sobre como empacotar tudo o que ela pretendia trazer para o Brasil, de modo que o custo com a alfândega fosse menor. Nessa carta com orientações sobre a mudança, seguiram novas fotos de Gilberto. Ernst mesmo tinha sido o fotógrafo. Usara a máquina emprestada pelo cunhado francês, Georges, marido de Lilice, irmã de Lisette. No sol do meio-dia, o menino se defendera, apertando os olhinhos. Elise não se importava, era lindo o seu neto.

As fotos de Gilberto traziam, como mágica, um pouco de calma e força, embalavam os sonhos e o sono de Elise. Ela tentava se agarrar a uma esperança que ia e voltava, e podia ver sua felicidade num país realmente distante. Pelo menos, o caminho até lá não era desconhecido, ela já percorrera uma vez... Partir, quando fosse possível, com um medo terrível de não poder voltar nunca mais. Voltar? Para onde? Seu país já não existia, tinha sido tomado pelos nazistas, e seu antissemitismo oficial. Tomavam-lhe tudo, até o último centavo, os impostos de sempre, os impostos que só os judeus pagavam. Elise se desdobrava, os inquilinos davam um enorme trabalho, as senhoras idosas também, mas precisava do aluguel, das diárias de acompanhante, ou não teria mais como sobreviver.

As visitas a Walter, que completaria 28 anos em setembro, tinham se tornado momentos de muita dor e culpa. Elise tentava disfarçar o olhar de despedida, de última vez. Era preciso se conformar, seria impossível levá-lo para o Brasil. Queria acreditar que Walter estaria amparado, mas os nazistas se aproximavam perigosamente de pessoas como ele. Em agosto, o Comitê do Reich buscava em toda a Alemanha informações sobre "bebês nascidos com deformações". As crianças foram localizadas, transferidas para clínicas especiais, e a matança começou. Normalmente, eram usadas injeções letais, mas houve casos em que crianças morreram de fome ou foram assassinadas de algum outro modo. Na primeira fase do programa de eutanásia nazista, cinco mil crianças foram mortas.

Os nazistas tinham a preocupação de esconder das famílias das crianças a verdadeira causa da morte, mas acreditavam que a maioria, no fundo, aceitaria a eutanásia... Com a multiplicação de anúncios fúnebres nos jornais, surgiram suspeitas. Os nazistas chegaram a temer alguma reação, se o programa fosse descoberto. O que fizeram, então? Com a elaboração de um novo código criminal em curso, tentaram tornar a eutanásia legal. A proposta não se transformou em lei, mas alguém acha que a matança parou?

Setembro chegou, trazendo a guerra. No primeiro dia do mês, depois de uma longa preparação, o exército alemão invadiu a Polônia, dando início à Segunda Guerra Mundial. Um efeito imediato foi o aumento do apoio, que já era massivo, à ditadura de Hitler. Pessoas que ainda tinham dúvidas sobre os nazistas acabaram também se posicionando a favor deles, por patriotismo ou seduzidas pelas vitórias nas primeiras batalhas. Muitos judeus se surpreenderam porque não sofreram, imediatamente, atos em massa de violência. Mas todos eles sabiam que não havia calma possível de ser conquistada naquele inferno.

Quatro dias depois do início da guerra, Elise escreveu para Ernst e Lisette uma carta bem curta, quase um bilhete. Estava em seu apartamento, aparentemente segura.

BERLIM, 05/09/1939

Meus queridos filhos!
Espero que seja possível mandar esta carta para vocês. Nós estamos bem aqui, tudo está calmo e temos o suficiente para comer. Espero que vocês três estejam bem. Como está o menino? Pena, pena que eu não tenha recebido mais nenhuma foto dele. Walterle está, graças a Deus, de novo bem. Fiquem com saúde.
Beijos,

MAMÃE

Poucas frases, poucas informações, apenas um aviso de que estavam todos bem, apesar do início da guerra. Achou que era necessário, mesmo que Ernst não demonstrasse se preocupar. Era um sentimento recorrente aquele. Elise, de novo, duvidava do interesse do filho por ela, sentia-se abandonada. Difícil entender que Ernst ficasse tantas semanas sem mandar sequer uma correspondência... Respondendo a uma carta de seu irmão Alex Bornstein e sua cunhada Hedi, Elise não escondeu o que sentia.

BERLIM, 19/09/1939

Meus queridos!
Muito obrigada pela carta de vocês. Nós estamos, Rosa e eu, graças a Deus, bem e com saúde. Ernst, pelo jeito, tem trabalhado muito. Não recebo notícias dele há várias semanas. Pelas fotos, me parece que a criança está se desenvolvendo muito bem. Infelizmente, ainda não recebi a autorização para a venda do terreno, mesmo o negócio tendo sido fechado em 20/12/38. Se vocês mandarem uma carta para Ernst, digam a ele que estou muito chateada e não quero escrever. Como vocês estão? Espero que os negócios tenham melhorado. Fiquem com saúde.
Muitos abraços,

LIESE

— Hedi, não sei o que está havendo com Ernst — disse Alex Bornstein para sua mulher, logo depois de ler a carta de Elise. — Ele não pode simplesmente abandonar a mãe, só porque está do outro lado do oceano.

— É difícil falar, Alex. Não sabemos como é a vida de Ernst e Lisette, não me parece que as coisas sejam fáceis para eles.

— Mas faz várias semanas que ele não escreve para a mãe. A guerra estourou, e Ernst não escreveu nem uma linha para ela...

— Elise já me disse que ele trabalha doze, treze horas por dia, tem um filho pequeno, precisa fazer viagens de vez em quando... Eu concordo que ele não deveria ficar tanto tempo sem escrever, mas deve haver uma explicação.

— Eu vou escrever para ele, Ernst não pode deixar Elise tanto tempo sem notícias.

— Bom, pelo menos as notícias de Elise e Rosa serviram para nos tranquilizar um pouco.

— É, parece que as duas estão bem. Pelo menos, não escreveram nada sobre estarem sofrendo de alguma forma.

— E nós, Alex? Aqui, nós estamos perto da guerra e das inquietações. Isso me assusta.

— Hedi, a gente precisa torcer para que a Bélgica continue neutra, mas nunca se sabe.

— Você não confia na garantia que nos deram?

— Num momento assim, ninguém pode garantir nada a ninguém... E os negócios, com essa guerra? Tenho que ver como vou me virar.

— Ernst não tinha se interessado por alguns tecidos que você ofereceu? Insista nisso, na carta que vai enviar a ele.

— Claro, falarei sobre isso. Mas o principal é fazer com que ele escreva urgentemente para Elise. O Brasil estando neutro na guerra, não há nenhum impedimento, de um lado ou de outro...

— Sua carta vai ajudar, Alex, tenho certeza... Ah, e não esqueça que Gilberto completou um ano no começo do mês. Imagine, deve estar um rapazinho. Será que fizeram uma festinha de aniversário para ele?

— Vou mandar no envelope uma nota de cinquenta francos, para que Ernst e Lisette comprem um presente para Gilberto. Espero que o menino nunca esqueça que tem parentes do outro lado do Atlântico que pensam nele.

A carta que tio Alex não demorou a enviar para Petrópolis, dando um pequeno "puxão de orelha" em Ernst, funcionou. Logo, Elise recebeu notícias do filho, da nora e do neto. Infelizmente, não temos como saber o que Ernst e Lisette escreveram porque não foi feita uma cópia da carta. Mas, se nenhuma correspondência dos dois se extraviou, o que acontecia de vez em quando, foram três meses inteiros sem enviar uma linha sequer para Elise...

> Berlim, 21/10/1939
>
> Meus queridos filhos!
> Graças a Deus, chegou um sinal de vida. Desde o dia 20 de julho, eu não ouvia nada de vocês. Todos os meus conhecidos receberam notícias diretas do Brasil. Eu estou bem e não tenho nenhuma dificuldade maior, apenas o meu café está em falta. Pensei muito em vocês no aniversário do pequeno. Tudo de bom é o que desejo para o menininho. Agora ele já deve estar um meninão. Eu não vou receber uma foto dele? Ainda não recebi a autorização da venda do terreno. Só há poucos dias descobriram que a papelada tinha ficado parada aqui no Escritório de Finanças em Berlim. Agora, tenho esperanças de que vá correr rapidamente. Como tenho que pagar taxas e impostos pelo terreno, já fiz muitas dívidas. Fiquem todos com saúde.
> Muitos beijos,
>
> **Mamãe**

Até o fim daquele ano, nada mudaria muito na vida de Elise e Rosa. A guerra, claro, aumentou as dificuldades, mas as duas irmãs não podiam se entregar. Teriam, em vários momentos, a ajuda da cunhada delas Rosalie, viúva de Siegfried Bornstein. Cristã, ela tinha mais facilidades e acesso a vários produtos, inclusive alimentos, e, muitas vezes, viajou de Cottbus, onde morava, até Berlim, para socorrer Elise e Rosa.

1939

O tempo correu depressa nos últimos meses do ano, e, encurralada, Elise viu sua emigração tornar-se ainda mais improvável. Além de ainda não ter conseguido um novo passaporte, seu visto de entrada no Brasil tinha expirado, e um novo pedido teria que ser feito. Mas a venda do terreno em Oppeln, ela acreditava, em breve seria autorizada. Um pouco de otimismo, um fio de esperança. Elise já não falava da mudança para o Brasil, mas sonhava com isso, cada dia mais. Havia também o convite de Alex Besser, a Palestina... Nada era concreto, a guerra tinha trazido mais incerteza e insegurança. Assim, até a cidade de Londres parecia uma possibilidade, ainda que igualmente remota. Trude, abrigada na capital inglesa por um casal de amigos de seu filho, tentava, de alguma forma, conseguir alguém que se dispusesse a também socorrer Elise e Rosa.

Não havia outra saída para os judeus, só a emigração. Obviamente, a essa altura, ninguém esperava que os nazistas fossem perder seu poder de uma hora para outra. Mas havia tantos obstáculos para sair da Alemanha... Até judeus que tinham sido soltos dos campos de concentração com a condição de que abandonassem o país foram levados de volta para a prisão. Àquela altura, um judeu podia ser preso por vários motivos: por ouvir uma rádio estrangeira (depois, seriam proibidos de ouvir rádio, qualquer que fosse a estação), por não usar os obrigatórios nomes "Sara" ou "Israel", por manter um relacionamento com alguém que não fosse judeu... Havia olhos e ouvidos por toda a parte, cada vez mais era essa a sensação. Ninguém se escondia dos nazistas. Eles, sim, podiam esconder de todos mais uma série de eutanásias. Havia, de novo, muitos anúncios fúnebres nos jornais, judeus e "arianos" entre os mortos. Em outubro, os nazistas tinham permitido a certos médicos que dessem uma "morte piedosa" àqueles que considerassem doentes incuráveis. Os nazistas calculavam que até setenta mil pessoas seriam mortas no secreto programa de eutanásias. Walter estava correndo grande perigo.

1940

Um ano que quase não existiu em cartas. Ernst e Lisette, mesmo depois do início da guerra, continuaram escrevendo muito pouco para Elise. Ernst trabalhava muito, não parava em casa, estava sempre na estrada. O tempo livre dedicava ao filho, mas a mãe estava sendo esquecida. Lisette tinha todos os afazeres da casa, o filho pequeno e as encomendas de costura, além da dificuldade para escrever em alemão. Ela continuava estudando a língua por conta própria esporadicamente, mas precisava de Ernst para fazer a revisão dos rascunhos de suas cartas. Elise esperava, esperava, e nada. As notícias não chegavam, semanas, meses, um silêncio que doía muito, que aumentava ainda mais a terrível sensação de abandono e desamparo que Elise não sabia bem como enfrentar. Ela, simplesmente, decidiu também não escrever mais para o filho e a nora. Havia mais do que um oceano entre eles.

Logo no começo do ano, Elise ainda mandou uma carta para Petrópolis. Ela recebia em seu apartamento a visita de Rose, viúva de um dos irmãos de Joseph Heilborn, pai de Ernst, e da filha dela Lotte Heilborn. As duas estavam a caminho da Bolívia, embarcariam em breve no navio italiano *Orazio*, em direção às Américas. A outra filha de Rose, Hanna, já estava instalada na Bolívia e esperava ansiosamente a chegada da mãe e da irmã. Lotte, vendo as fotos de Gilberto, resolveu escrever algumas linhas para o primo Ernst. Elise completaria a carta com informações sem grande importância.

Berlim, 14/01/1940

Querido Ernst,
Como estou aqui na sua mãe, fazendo uma visita de despedida, preciso dizer que você tem um filho que é uma graça. Talvez eu possa ver o menino pessoalmente pelo menos uma vez. Em breve, mamãe e eu vamos para a Bolívia ficar com Hanna.
Muitas lembranças para sua mulher e para você da sua prima,

Lotte Heilborn

Procuro a fatalidade nesta carta, entre as letras, na pontuação. Mas a fatalidade não se acha assim, ela surge, numa trama terrível do acaso, num impacto, e transforma quase tudo. Lotte, prima em primeiro grau de Ernst, talvez tivesse trinta anos, um pouco menos; sua mãe, Rose, uma senhora já chegando aos sessenta. Hanna tinha aberto caminho, e então a família se reuniria de novo na Bolívia, mãe e duas filhas, o nazismo longe, bem longe.

Mal as amarras do navio foram soltas, e Lotte e a mãe já passaram a respirar melhor. A Europa ainda estava ali, a poucas braçadas, a guerra, o antissemitismo, mas a costa ia ficando cada vez mais distante, diminuindo, diminuindo, sumindo. Lotte e Rose devem ter se abraçado, fazia sete anos que não tinham aquela sensação de liberdade, a amplidão, um horizonte, a direção correta, salvadora. Hanna as esperava na Bolívia, seriam felizes de novo. Foi assim o começo da viagem, um sorriso atrás do outro, o alívio, a leveza, mas durou muito pouco, porque tudo pode ser massacrado pela fatalidade, até a esperança. Ainda no mar Mediterrâneo, setenta e quatro quilômetros a Sudoeste de Toulon, o *Orazio* teve uma falha mecânica, e um incêndio começou. O navio acabou afundando nas primeiras horas de 21 de janeiro de 1940. Rose, uma das pessoas resgatadas por onze navios da Itália e da França, escapou depois de ficar algum tempo no hospital. Mas entre os cento e sessenta mortos no naufrágio estava Lotte, que acabou não conhecendo Gilberto. Ela morreu afogada... Relendo a carta que Lotte enviou a Ernst, agora encontro a fatalidade agarrada para sempre às palavras, às sílabas. A vida é assim. Alguns acham que é destino, alguns acham é acaso, uma mistura dos dois. No dia em que o *Orazio*

1940

naufragou, outros cinco navios afundaram, três foram torpedeados pelos nazistas e dois atingiram minas. Naquele mês de janeiro, cento e setenta e três navios foram a pique, a maioria atingida por torpedo ou bombardeada. O *Orazio* feneceu por causa de um problema mecânico... E levou toda a sorte de Lotte, Rose e Hanna.

***

Elise tentava manter um mínimo de esperança. Ernst, em sua última carta, anunciava que pediria um empréstimo bancário para financiar a viagem da mãe para o Brasil. Elise achou aquilo um absurdo: "Não quero nem autorizo que vocês façam dívidas por minha causa". Ela ainda acreditava que conseguiria vender o terreno e não gostava de se imaginar prejudicando, de alguma forma, um filho que estava longe de ser rico. De qualquer maneira, mesmo que surgisse dinheiro para as despesas da viagem, Elise ainda não tinha conseguido um novo passaporte. Visto de entrada no Brasil também já não tinha, mas, mesmo assim, ela foi à embaixada brasileira... Ouviu o óbvio. Enquanto não conseguisse um passaporte, nada poderiam fazer por ela. E o caso era confuso, a emissão do documento também dependia da venda do terreno em Oppeln, os nazistas não davam chance, como Elise contou em carta ao filho: "Enquanto a questão da venda do terreno não estiver resolvida, não receberei nenhum passaporte. Tudo pode demorar muito para mim".

Elise parecia esmorecer, lutava contra tudo com suas poucas forças, mas, em março, não houve jeito: ela foi ao chão, em pedaços. No dia 22 daquele mês, Walter morreu, ou foi executado... Ele tinha Síndrome de Down, era judeu... Se pudessem, os nazistas o teriam matado duas vezes. Não temos a carta enviada a Petrópolis com as informações sobre a morte. Acredito que Elise, por mais que os nazistas tentassem esconder o programa de eutanásias, tenha sabido de tudo. Mesmo que na certidão de óbito constasse uma "morte natural" qualquer, mesmo que breves testemunhos confirmassem o documento, ela tinha motivos para ter dúvidas sobre a morte do filho caçula, o que só aumentava seu sofrimento. Pastores e padres já tinham denunciado a existência de uma política sistemática de assassinatos de crianças que viviam em clínicas e casas de repouso. Depois, os adultos passaram a ser o alvo. Não havia limites para os nazistas, que se outorgavam o direito de matar. Elise não tinha a quem pedir socorro.

Para ela não havia polícia, não havia justiça, tudo era contra ela. Restava-lhe guardar a revolta, enfrentar toda a tristeza. Rosa estava ao seu lado.

As convenções da época tinham separado Elise de seu filho caçula, mas ela sempre esteve com Walter, fazia visitas constantes. Tinha a verdadeira ternura de mãe, mas era um sentimento – tenho que tentar entender – limitado pela ignorância da medicina, da ciência... Pelo preconceito, pela ignorância e desumanidade geral! Quem poderia dar um grito assim em 1940? Elise aceitou a separação, aquela dor, porque devia aceitar, não tinha escolha. Tudo o que sempre quis, o que lhe restou talvez, foi proteger seu caçula... Não conseguiu. E guardou suas dores e revoltas, mais uma vez. Fico pensando nas cartas que não foram escritas, no período da morte de Walter, as cartas que talvez tenham sido escritas e que se perderam... Nas linhas que temos, o que dá para encontrar, o que se esconde? E nas linhas que já não existem? Como decifrar tantos sentimentos?

Não dá para saber de que maneira Elise acompanhou a guerra, ela já não tinha tanto acesso a jornais, revistas, ouvir rádio era perigoso. Saía pouco de casa, praticamente só deixava seu apartamento para o trabalho de acompanhante de idosas. No resto do tempo, se recolhia. Depois, tinha muitas tarefas domésticas, não podia descuidar. Se tivera empregados boa parte da vida, não era porque não soubesse cuidar de uma casa. Elise recebia uma ou outra informação sobre a guerra, dos inquilinos e das poucas visitas que apareciam. As notícias sobre as vitórias da Alemanha eram amplamente divulgadas, e delas ninguém escapava. Em abril, as tropas nazistas invadiram a Dinamarca e a Noruega. Em maio, os nazistas começaram uma série de ataques contra a parte ocidental da Europa, invadiram Bélgica, Holanda e Luxemburgo, que tinham se declarado neutros na guerra, e também tomaram a França.

A notícia sobre a invasão da Bélgica chegou rapidamente ao apartamento de Elise. Tio Alex, Hedi e Vera, então com 17 anos, estavam em grandes apuros. De nada adiantara mesmo a garantia que um alto oficial belga, pai de um amigo de Vera, tinha dado: "Os nazistas não terão como quebrar nosso sistema de defesa". Os ataques vieram com força, e uma fuga às pressas foi necessária. Conseguiram chegar à França, mas foram capturados pelos franceses. Todos os cidadãos alemães tinham se tornado inimigos. Os três foram levados para campos de concentração no Sul da França. As mulheres para o Camp de Gurs e Alex Bornstein para Saint-Cyprien, campos construídos para abrigar refugiados da guerra civil espanhola. O primeiro grupo de cidadãos de países inimigos da França chegou ao Camp de Gurs em 21 de maio de 1940, apenas onze dias depois do início da ofensiva nazista na parte ocidental da Europa.

Logo no terceiro dia de junho, os nazistas bombardearam Paris, que foi ocupada menos de duas semanas depois. Em 18 de junho, saiu uma ordem dos nazistas para que todos os judeus mantidos em campos de concentração que não pudessem emigrar permanecessem detidos onde estavam. Em 25 de agosto, um domingo, Berlim sofreu o primeiro ataque aéreo britânico. Elise tinha motivos para cada vez acreditar menos em soluções, mas estava longe de se entregar. Trabalhava, fazia mágica com o pouco que ganhava, porém, o que doía mais era a ausência de notícias do Brasil. Rosa já não podia fingir que não via aquele sofrimento todo e enviou, escondida de Elise, uma carta para Ernst e Lisette.

BERLIM, 08/09/1940

Meus queridos,
Espero que vocês estejam com saúde, que os negócios estejam andando bem e que o pequeno esteja se desenvolvendo. Nós estamos com saúde. A mãe de vocês tem trabalhado muito duro, faz todo o serviço da casa sem ajuda, além do trabalho com as senhoras idosas, que lhe toma muito tempo. Para piorar, ainda há o medo e as preocupações em relação a vocês. Há meses ela está sem notícias daí, duas cartas podem se perder, mas não todas. Por isso, vocês não precisam ficar surpresos de não receber notícias dela. O filho da inquilina da sua mãe, que se encontra no interior do Brasil, já escreveu quatro vezes. Uma conhecida minha, cujos filhos moram em São Paulo, recebe cartas toda semana. Agora, imaginem a dor e a preocupação da sua mãe. Vocês têm um filho e podem imaginar o que ela passa com a indiferença e a falta de amor de vocês. Ainda mais com o que ela sofreu com o falecimento do Walterle, e ainda sofre. Para o silêncio de vocês não existe nenhuma explicação. Para escrever cartas para a sua mãe vocês precisam sempre ter tempo e dinheiro. Eu escrevo essa carta sem o conhecimento dela. Peço a vocês, escrevam! Imaginem serem

tratados assim pelos seus próprios filhos. Desejo a vocês tudo de bom.

Lembranças,

SUA TIA ROSA

Não temos como saber se esse novo "puxão de orelha" também surtiu efeito, se Ernst e Lisette logo se apressaram a enviar algumas linhas para Elise. O silêncio era inexplicável, incompreensível, até hoje é. Mesmo que Ernst tivesse sido obrigado a voltar a subir e descer a serra constantemente, que os negócios lhe tomassem todo o tempo e quase todos seus pensamentos, o mundo estava em guerra. Elise estava no meio disso, respirando perigo, precisava de um amparo, pequeno, mas constante, precisava saber que alguém pensava nela, se preocupava com ela e que faria tudo para salvá-la. Tão pouco Elise pedia: cartas, notícias, zelo, atenção. A distância entre Alemanha e Brasil não precisava ser tanta, e algumas linhas escritas pelo filho e pela nora tinham sempre poder transformador. Se uma foto de Gilberto também viesse no envelope, até o otimismo se arriscava e ressurgia.

BERLIM, 23/12/1940

Meus queridos filhos!
Acabei de receber a foto do menino. Vocês não podem imaginar como fiquei feliz. Ele parece com um menino de quatro anos. Estou orgulhosa dele. Espero que vocês três estejam com saúde, agora também estou bem. O dia do aniversário do menino foi difícil para mim, só pensei nele o dia todo. Pois bem, agora vocês já podem ficar felizes porque devo partir daqui no começo de fevereiro e ir para aí. Devo receber em breve a autorização para a venda do terreno, por quarenta e um mil e trezentos marcos. Dessa quantia, tenho que pagar dezoito mil de impostos sobre bens de judeus, e, mesmo o terreno tendo sido vendido, ainda tenho que investir dinheiro em consertos e reformas. O meu visto

1940

venceu no dia 20/11, e eu tive que ligar da embaixada para o Ministério do Exterior, no Rio. Até hoje não tive nenhuma resposta de lá. Vocês ainda estão com a ideia de abrir uma pensão? Espero que você tenha encontrado uma boa empregada, querida Lisette, e escrevam contando como estão os negócios. Chegaram boas notícias de tia Trude, mas, infelizmente, muito ruins do tio Alex. Tia Hedi fez uma operação no peito, ela está no Hospital Militar. Eles não têm dinheiro nem roupas. Ainda não sei exatamente onde tio Alex se encontra agora. Assim que eu souber, aviso vocês. É muito triste que eu não possa ajudar os Bornstein. Como estão os seus irmãos, querida Lisette? Escrevam, escrevam, detalhadamente.

Muitos abraços e, para o menino, um beijo,

MAMÃE

1941

O trabalho de Ernst exigia dele muita dedicação, muita organização, eram tantos papéis, blocos, pedidos, recibos, notas fiscais, cotações, perfis de clientes, fornecedores, compradores, muita anotação feita à mão, tabelas datilografadas, produtos de todo tipo, números, muitos números. Tudo muito distante do que realmente lhe dava prazer: ópera, música clássica, literatura, cinema. Será que nunca lhe passou pela cabeça trabalhar com artes gráficas? Afinal, era essa sua formação pela Escola Nacional de Artes de Hamburgo. Nunca, em nenhum daqueles 17 anos que dedicara a comprar e vender todo tipo de produto, tinha pensado em dar uma guinada na vida? Sempre tive a impressão de que Ernst vivia um dia a dia muito distante de sua verdadeira vocação, de sua sensibilidade artística. Não sei se por isso, mas, certamente, um pouco por isso, não deslanchava naquele negócio de importação e exportação. Às vezes, se sentia perto de fechar o negócio do século, que lhe garantiria um bom pé-de-meia, mas sempre ficava para depois. Tinha meses em que até concretizava boas transações, e podia comprar presentes para o filho e para Lisette, levar a família para almoçar fora, mas não esbanjava, seguindo a lição que aprendera ainda menino.

Tio Alex, sim, era um grande negociante, tinha vocação realmente para aquilo, para encontrar produtos e compradores para eles. Naquele mundo de importações e exportações, sempre caminhou com muita segurança. Começou em Bentschen, já alcançando sucesso, mas teve que se reerguer duas vezes, depois da Primeira Guerra, em Berlim, e depois da ascensão de Hitler, em Bruxelas. Mesmo num campo de concentração, não deixou de acreditar em mais um recomeço. Foram sete meses em Saint-Cyprien, mas Alex Bornstein não permanecera todo esse tempo naquele lugar por ser alemão, cidadão de uma potência inimiga. A França tinha se rendido, e o governo do país era subordinado aos nazistas. Saint-Cyprien, por orientação dos nazistas, tinha virado um campo quase que exclusivo para judeus, de várias nacionalidades, exceto a francesa. Felizmente, a mulher do tio Alex, Hedi, e sua filha, Vera, ficaram bem menos tempo no Camp de Gurs. Logo foram libertadas e se abrigaram em Perpignan, também no Sul da França, recebendo ajuda de um padre, de um médico e, mais tarde, de uma prima de Hedi que morava em Nice. Tio Alex tinha se juntado à mulher e à filha havia pouco tempo. Fora libertado, com a condição de que deixasse a França rapidamente. Caso contrário, seria capturado de novo. Infelizmente, era uma chance que Alex dificilmente aproveitaria, se não conseguisse ajuda. Ernst recebeu, por carta, um pedido de socorro.

> Perpignan, 10/01/1941
>
> Querida Lisette, querido Ernst,
> Até o dia 10 de maio, vivemos em paz em Bruxelas, onde nossos negócios estavam indo muito bem. Nesses dias, caíram as primeiras bombas na cidade, e acabou a nossa vida pacífica. Tivemos que fugir às pressas, mas fomos capturados pelos franceses. Fomos colocados, como estrangeiros inimigos, em carros de transporte animal e levados para o Sul da França. Foi uma longa e terrível viagem, com bombardeios e outros transtornos. Hedi e Vera foram para um campo de mulheres. Nós, homens, fomos divididos também, fomos levados para dois campos de concentração diferentes. Ficamos meses sem saber notícias uns dos outros. Sobre a vida no campo de concentração, que não desejo nem para meu pior inimigo, não quero contar nada. Fiquem felizes de estar longe da Europa. As mulheres estão livres já há muito tempo. Eu me juntei a elas depois de sete meses. Moramos em Perpignan. A pobre Hedi teve que fazer uma operação complicada e, depois de cinco semanas no hospital, está de novo saudável. Sua prima Vera é uma menina enorme, de 17 anos. Ela está agora no ginásio.
> Nossa situação é muito complicada. Só nos resta a possibilidade de emigrar. Por isso, pergunto: vocês podem conseguir para mim,

1941

Hedi e Vera um visto de entrada no Brasil? Considerando o nosso grau de parentesco, vocês não terão dificuldades em conseguir! Eu me lembro de Elise ter falado que os seus pais, querida Lisette, têm ótimos relacionamentos.

Graças aos meus conhecimentos técnicos e comerciais e à minha experiência, acredito que posso construir uma nova existência, como eu consegui, depois da Primeira Guerra, na Alemanha, e em 1933, na Bélgica.

Tenho esperança de que vocês farão tudo para nos ajudar.

Recebi notícias da tia Trude, de Londres, pela primeira vez: um telegrama, dizendo que ela está bem. De sua mãe só tinha recebido um cartão, de agosto de 1940. Ficamos muito felizes ao receber uma carta de 25/12. Ela está bem. A venda do terreno ainda não está resolvida. Ela falou, entusiasmada, de seu neto, que, com seus cabelos louros e olhos pretos, está causando muita sensação. Mande, por favor, uma foto dele. Ela também escreveu que você, querido Ernst, tem muito trabalho, o que me deixa com inveja. Eu tenho uma lembrança de Lisette como uma mulher muito determinada e estou certo de que ela, querido Ernst, lhe deu muito apoio nesses anos todos.

Escrevam logo!

Muitos abraços afetuosos do seu tio Alex

Ernst ficou pensativo um bom tempo depois de ler a carta do tio. Queria ter superpoderes, ser um mágico, ter as soluções num estalar de dedos: desejar, realizar. Nem um caminhão de dinheiro, o que não tinha, resolveria. O que podia era se esforçar, se empenhar, se comprometer. Nos dias em que descia para o Rio, por conta dos negócios, sempre estava às voltas também com a situação de Elise, tentando conseguir para ela um novo visto de entrada no Brasil. Brigaria também por tio Alex, tia Hedi e Vera. O sogro, Gastão Bahiana, já tinha falado com conhecidos, gente influente que poderia ajudar de alguma forma. Em Petrópolis, o dono de uma das fábricas de tecidos que Ernst representava também ficara de ajudar. Ele tinha amigos na política, faria alguns contatos.

Na Alemanha, Elise não conseguia se conformar com as cartas de Ernst e Lisette que nunca chegavam. Não era possível que quase todas as cartas que eles diziam ter escrito realmente se perdessem daquela maneira. Elise tinha muitos conhecidos com parentes no Brasil, todos recebiam correspondências constantemente, mas ela... Em um ano, de fevereiro de 1940 a fevereiro de 1941, Elise recebeu do Brasil apenas duas cartas e um cartão. Era compreensível que imaginasse não ter mesmo a atenção, o carinho, o amor do filho, e assim tudo ficava pior.

***

Os nazistas estavam cada vez mais ferozes. A manchete de jornal sobre o discurso de Hitler em mais um aniversário de sua nomeação como chanceler parecia definitiva: "O judeu será exterminado". Segundo a matéria, a profecia de Hitler se cumpriria no fim da guerra. Para ele, os judeus eram o grande e verdadeiro inimigo de todos os países envolvidos na Segunda Guerra. Essas nações precisavam reconhecer isso, parar de lutar entre si, se juntar e combater na mesma frente.

Elise sabia que corria sério perigo, não era ingênua de imaginar uma saída que não fosse fugir da Alemanha. Pensava no risco de morte? Sim, talvez não pelos nazistas, mas principalmente porque faria 60 anos no dia 11 de dezembro. Queria acreditar que não tinha envelhecido além da idade... Achou melhor fazer um testamento. Como seus herdeiros se encontravam no exterior, Elise solicitou um testamenteiro, que foi indicado pela Comunidade Judaica de Berlim, para organizar o espólio. O testamento foi feito no dia 2 de março de 1941, um domingo. Elise nomeou seu único herdeiro o neto, Gilberto Luiz José Heilborn, que ela quase sempre chamava de Josef. Na ausência dele, seu filho Ernst seria o herdeiro. Na ausência de Ernst, tudo o que Elise tinha seria de um primo do filho, Fritz Bornstein, que emigrara para os Estados Unidos, tornando-se médico do Hospital de Illinois.

Elise passara a carregar com ela as fotos do único neto, seu herdeiro. Como doía perder a primeira infância do menino, o tempo de bebê, os primeiros sorrisos, os primeiros passos, as primeiras palavras. Temia não conhecê-lo, já passara da hora de emigrar, a espera não lhe cabia, correr, correr para escapar. Na embaixada brasileira em Berlim, nada conseguia. Numa das muitas vezes em que lá esteve, lhe disseram o óbvio: que ela devia se apressar... Ernst precisava se dedicar integralmente à obtenção do visto, ou colocar alguém para cuidar do caso. O pouco de esperança ainda permitia a Elise sonhar com a pensão em Petrópolis, numa sociedade com o filho e a nora. Café continuava em falta, e Elise sofria com isso.

Ernst estava tentando, mas as dificuldades eram enormes, a guerra tornara tudo mais difícil. O Brasil, com Getúlio Vargas no poder, seu regime ditatorial, simpático ao modelo fascista de Alemanha e Itália, mudava regras, restringia a entrada de estrangeiros. Ernst não podia desistir. Elise precisava deixar a Alemanha. Tio Alex e sua família não podiam mais ficar na França. A administração francesa, um fantoche dos nazistas, exigia que Alex Bornstein, sua mulher, Hedi, e a filha, Vera, deixassem o país, e tinha que ser logo. Ernst e Lisette receberam mais um pedido de ajuda.

CANET-PLAGE, 18/03/1941

Querida Lisette, querido Ernst,
Acabamos de receber uma carta de sua mãe e estamos felizes em saber que vocês estão bem e que os negócios de Ernst estão progredindo. Desejo a vocês que continue sempre assim. Isso me faz pensar nos meus negócios em Bruxelas, que funcionaram tão bem nos últimos anos. Mas são tempos passados, nós estamos aqui, no meio da França, a 45 minutos de Perpignan. Eu sou proibido de fazer qualquer trabalho. Precisamos sair dessa situação horrível, e lhes serei eternamente grato se vocês possibilitarem nossa entrada no Brasil. Nós somos obrigados a emigrar, e a administração francesa está insistindo muito nisso. A nossa permanência aqui é impossível. Espero que vocês consigam nos ajudar, graças às boas relações da sua família, querida Lisette. Também fiz um pedido aos Estados Unidos, mas, não havendo nenhum parente meu lá, será muito difícil. E eu prefiro o Brasil, é uma questão sentimental. Quando deixamos Bruxelas, só conseguimos levar conosco o dinheiro que, por acaso, tínhamos em casa. A conta no banco e os cheques estavam bloqueados, e não há maneira de tocar nesse dinheiro. Estamos

vivendo há dez meses com o dinheiro que tínhamos no momento de nossa partida. O que sobrou será suficiente para alguns meses mais apenas, mas não para que possamos comprar os bilhetes de navio. É uma tristeza. Com um pouco de capital, poderíamos pensar numa nova existência. Apesar de tudo, espero conseguir mais uma vez. Em todo caso, lhe darei os nossos dados:
Alexander Bornstein, nasc. 31/08/1883 em Bentschen;
Vera Bornstein, nasc. 19/01/1924 em Charlottenburg;
Hedwig Bornstein, nasc. Jacobsohn, 31/10/1894 em Berlim.
Nossos passaportes se perderam durante a fuga. Nós requeremos novos, mas não sabemos quando nem se vamos receber. Temos a carteira de identidade belga. De quais papéis e informações vocês ainda precisam? Assim que soubermos que será possível irmos para o Brasil, começaremos a aprender português. Seria ótimo se vocês pudessem nos mandar um telegrama, assim que vocês tiverem novidades sobre a possibilidade da nossa ida para aí. Então, eu poderia mostrar o telegrama às autoridades francesas e correr com o nosso pedido de emigração. Escrevam bem rápido e digam como vocês estão e como está o filho de vocês, que já deve estar enorme.
Mil lembranças afetuosas de nós três,

Alex

Rio de Janeiro, 24/04/1941

Querido tio Alex,
Nós recebemos ontem a sua carta do dia 18 de março, espero que essa resposta chegue um pouco mais rapidamente. Nós já tínhamos recebido outra carta há algumas semanas, que eu já tinha respondido. Pelo menos, é bom saber que vocês três estão em liberdade e, espero, numa situação tolerável.
Eu me informei sobre o desejo de vocês de virem para cá e me esforcei para encontrar uma maneira, mesmo que as dificuldades

1941

façam parecer quase impossível. Uma nova lei sobre emigração no Brasil exige que estrangeiros que queiram vir para cá tenham um atestado, uma garantia de que eles poderão voltar a qualquer hora para o seu país de origem. Ainda é exigido um capital de entrada de, no mínimo, quatrocentos contos de réis (US$ 20.000,00). Exceções são feitas apenas quando se trata de um técnico, um profissional de que o país necessita. Até onde sei, você é engenheiro, especialista em pequenas ferrovias... Com isso, tentarei conseguir alguma coisa, só não posso dizer a vocês que sejam otimistas.

Eu já estou lutando incessantemente por mamãe. Ela chegou a obter o visto, que acabou perdendo a validade. Agora, é muito difícil conseguir um novo.

Para cobrir os custos da viagem, vocês podem apelar para um comitê de ajuda, pois apenas a travessia de navio para vocês três custaria mais do que eu ganho em um ano e meio.

De uma maneira geral, acho que, aí na Europa, a vida no Brasil e as possibilidades de ganhar dinheiro nesse país aqui estejam sendo imaginadas como num conto de fadas. É certamente mais fácil para as pessoas que chegam aqui com muito dinheiro, mas para pessoas como eu, que chegaram aqui sem um centavo, é muito difícil ir para frente, mesmo se pensarmos numa vida sem luxos.

Os meus negócios vão mais ou menos, não são constantes por vários motivos e não me deram a chance de pagar antigas dívidas. Fora isso, há o fato de que tenho que sustentar uma família, além de estar sofrendo com pedras nos rins há vários meses. Graças a Deus que, pelo menos, nós moramos nas montanhas, onde não é tão quente. Mas eu preciso ir ao Rio umas duas, três vezes por semana, para resolver os meus negócios, o que não é nada agradável numa temperatura de 35 graus, 40 graus à sombra. São quatro horas de viagem de trem, ida e volta. Eu trabalho também aos domingos e não sei o que é feriado.

Lisette está bem, o pequeno está se desenvolvendo maravilhosamente, ele já tem dois anos e meio. Vou mandar logo uma foto para vocês, nesta carta custaria o dobro em selos. Nós só temos notícias de mamãe muito esporadicamente.

Espero poder dar notícias positivas para vocês em breve.

Abraços afetuosos de nós três,

Lisette, Gilberto Luiz José e Ernst

Tio Alex, Hedi e Vera viviam com medo. Os *gendarmes* franceses tinham ordens para prender os judeus, mas se recusavam. Vera ouviu algumas vezes dos policiais: "Nós só prendemos ladrões..." De um médico, Vera e seus pais conseguiram falsos atestados de que tinham tifo e precisavam ficar em quarentena, não podiam ser presos. Escapavam, sempre por um triz, mas escapavam.

***

Elise pensava na viagem que fizera ao Rio em 1936. Havia exatamente cinco anos que ela tinha cruzado o Atlântico para rever o filho e conhecer a nora... Naquela época, nem lhe passou pela cabeça ficar, ficar de vez, abandonar tudo na Alemanha, propriedades, dinheiro, bens pessoais... Seu filho Walter precisava dela, e havia a ilusão de que a mudança para o Brasil, se realmente necessária, poderia ser planejada com calma. A urgência ainda não se tinha apresentado.

Uma nova foto de Gilberto chegara, o menino era lindo, e já falava quase tudo, mas só em português. Elise não gostava de imaginar que seu neto não conseguiria entendê-la. Talvez ela pudesse lhe ensinar o alemão... Sonhava estar perto dele, imaginava que, em dois ou três meses, poderia emigrar... Mas como? A venda do terreno em Oppeln ainda não tinha sido autorizada, ela não tinha dinheiro para a passagem de navio, e o novo visto de entrada no Brasil ainda não saíra. Seu otimismo se alimentava de algo invisível, imperceptível. Um abalo definitivo não veio nem na segunda semana de maio, quando Elise recebeu uma ordem dos nazistas que ela deveria cumprir em oito dias. Não havia tempo para chorar, se desesperar, se atirar na tristeza, na raiva, era preciso se mexer. Rosalie veio correndo de Cottbus e foi fundamental nesse momento. Com a ajuda da viúva de seu irmão Siegfried, que era cristã, Elise conseguiu mandar para um armazém de Hamburgo uma parte do que ela tinha no apartamento, e não era pouca coisa: quadros, tapetes, prataria, louças, cristais, lustres, eletrodomésticos, sem falar em todos os móveis, na cristaleira de família, uma vida inteira, mais de uma vida. Não sabemos o que foi despachado, o que teve que ser abandonado... Elise só poderia levar com ela o mínimo indispensável. As fotos do neto já estavam bem guardadas, delas não se separaria. Rosalie levaria para Cottbus parte do enorme faqueiro dos Heilborn, com o "H" em relevo. Quando fosse possível, devolveria para Elise. Eram peças do mesmo faqueiro que Lisette tinha levado para o Brasil, em 1937, como presente de casamento de Elise... Um prazo de apenas oito dias, uma semana, e mais um dia, para desmanchar a sua vida, se desfazer de tudo e partir. Era ordem dos nazistas: Elise tinha que se mudar para uma *Judenhaus*, uma casa coletiva para judeus, ela não tinha mais nenhum direito.

Elise começara uma carta para o filho, uma semana antes de ser avisada de que teria que sair de seu apartamento. Como demorou a enviar a correspondência, escreveu mais um pouco, logo nos seus primeiros dias dividindo um quarto numa casa coletiva, os judeus amontoados, como os nazistas queriam. Elise acreditava que a emigração para o Brasil estava próxima e imaginava uma contagem regressiva. Seu destino, desde o início, não podia ser outro.

BERLIM, 07/05/1941

Meus queridos filhos! Há cinco anos, fui visitá-los. Oh, que tempo feliz, que tempo de paz. Muito obrigada pela foto do meu pequeno querido. Como vou conseguir me comunicar com ele? O que eu tinha aprendido de português o vento levou. Agora, não tenho tempo para praticar. Querida Lisette, você escreveu que está muito nervosa. Quando eu estiver aí, vou cuidar de você de um modo que você vai ganhar nervos de aço. A minha emigração está progredindo, e tenho esperança de que, em julho, ou agosto, eu esteja aí com vocês.

23/05/1941

Nesse meio tempo, muita coisa mudou para mim. Tive que deixar o meu apartamento, me deram apenas oito dias para sair. Achei, graças a Deus, com a minha inquilina, um quarto mobiliado. Só espero que eu possa continuar morando aqui até a minha emigração. Tenho esperança de poder partir, o mais tardar, em agosto. O dinheiro do terreno eu ainda não recebi. Você escreveu para o tio Alex? Você pode ajudá-lo? Não tive mais nenhuma notícia do meu Alex, que continua na Palestina. Recebi, de Londres, boas notícias de Trude. Escrevam bem, bem rápido.

Muitos abraços e um beijo para o menino,

DE SUA MÃE

Numa carta de junho, Elise dá a entender que já tinha o dinheiro para comprar o bilhete de navio para o Rio, mesmo que a venda do terreno em Oppeln ainda não tivesse sido autorizada pelos nazistas. Mas e o passaporte? E o visto de entrada no Brasil? Por que o empenho de Ernst não dava resultado? Por que nem a ajuda de seu sogro, Gastão Bahiana, arquiteto conhecido, respeitado, amigo de gente influente, facilitava a obtenção do visto? No quarto da *"Judenhaus"* que dividia com sua ex-inquilina Jenny Wollenberg, Elise escreveu sua penúltima carta para o filho e a nora, um pedido de ajuda, uma súplica.

BERLIM, 15/06/1941

Meus queridos filhos!

Vocês vão ficar surpresos de receber de novo notícias minhas. Eu quero, querida Lisette, lhe dar os parabéns, de todo o coração, pelo seu aniversário, e desejar tudo de melhor. Acima de tudo, fique com saúde, isso é o mais valioso. Como está o menino?

1941

> Espero que ele continue crescendo bem. Ele já deve estar um homenzinho. Ele recitará um poema pelo seu aniversário? Hoje, eu tenho um grande pedido. Vocês devem ter ouvido que o Brasil fez um bloqueio de visto de entrada no país. Agora, eu teria o dinheiro para a viagem, mas não consigo partir. Será que não seria possível, com as boas relações dos seus pais, querida Lisette, conseguir um visto para mim? Se isso depender de dinheiro, peçam à Grete, ela irá ajudá-los. Eu também a ajudei quando ela não estava bem. Não vou, com certeza, ser um peso para vocês. Se vocês não quiserem abrir uma pensão comigo, irei procurar um trabalho e vou, com certeza, conseguir bancar os meus gastos. Eu posso trabalhar. Tenho também os meus diplomas, que mostrei aqui na embaixada brasileira, fora a minha experiência como assistente de enfermaria da Comunidade Judaica, onde trabalhei por seis meses. Então, peço a vocês, suplicantemente... Você, querida Lisette, não vai se arrepender se me ajudar. Façam o que for possível.
>
> Fiquem com saúde, isso é o que deseja
>
> SUA MÃE

Passara da hora de partir. E o tempo não volta.

Elise não teria mais sossego, os nazistas estavam perto demais, em todos os cantos. Os judeus estavam expostos ao perigo como nunca, não havia como se esconder. A lei começou a valer em 19 de setembro: todo judeu com mais de sete anos de idade passava a ser obrigado a usar, costurada à roupa, do lado esquerdo do peito, a estrela amarela de seis pontas. Sobre a jaqueta, o casaco, o uniforme de trabalho... Dentro da estrela de Davi, a palavra "*Jude*", judeu, escrita em preto, imitando caracteres hebraicos. A estrela tinha que estar sempre à vista, não podia ser encoberta por uma pasta carregada junto ao peito, por uma echarpe, mesmo que por poucos segundos. O uso era obrigatório em qualquer lugar onde existisse a possibilidade de contato com "arianos". Quem usava a estrela era proibido de adquirir ou pegar emprestado qualquer tipo de livro, revista ou jornal. Também não podia frequentar restaurantes e só podia embarcar na parte da frente do bonde, longe da parte principal, reservada a "arianos". Se um judeu fosse flagrado sem a estrela à vista na roupa era mandado para um campo de concentração.

    A quarta e última fase da perseguição aos judeus começara a ser planejada em julho daquele ano. Os nazistas trabalhavam num plano geral para dar uma "solução final" à questão judaica. Tudo precisava ser muito pensado, organizado: estruturas necessárias, materiais, pessoal envolvido, logística, organogramas, cronogramas, orçamentos. Deportar, colocar os judeus em campos de concentração, explorar, matar, exterminar. No outono, as deportações começaram. No início, eram seis campos de concentração na Polônia ocupada. Os judeus eram levados de trem, em caminhões, ou obrigados a fazer longas caminhadas. As deportações tornaram-se sistemáticas, era impossível não saber delas. Elise não escreveria para o filho sobre isso, falava tão pouco sobre os horrores nazistas, tinha vergonha da situação, do seu sofrimento. Ainda achava que conseguiria emigrar para o Brasil, tentava imaginar a vida em Petrópolis, a pensão que queria montar com Ernst e Lisette. Fechou o envelope. Daria um jeito de enviar a carta sem muita demora, a sua última carta.

(Sem data)

Meus queridos filhos!
No aniversário do menino, enfeitei a foto de vocês com flores e bebi e comi muito bem à saúde de vocês. A autorização para o meu visto chegou à embaixada. Mas os vistos só são liberados aos poucos, em cotas, e a procura é grande. Antes de mandar essa carta, vou ligar de novo para a embaixada. Agora, tenho a autorização para a venda do terreno. São 41 mil e 300 marcos, mas ainda não recebi o dinheiro. Assim que isso estiver em ordem, posso partir. Fiz um testamento e coloquei Josef Heilborn como herdeiro. É uma pena, querida Lisette, que você não tenha feito um diário sobre o pequeno. Seria muito bom para mim. Estou muito, muito triste de estar tão longe de vocês. Já tem um ano que meu Walterle faleceu. Agora há pouco, consegui falar com a

1941

> embaixada, mas a nova cota de vistos ainda não saiu. E eles não podem me dar uma data específica.
>
> Fiquem com saúde, e muitas lembranças para vocês três,
>
> **Mamãe**
>
> P.S.: Como estão as coisas? Vocês ainda querem abrir uma pensão?

Elise nada escreveu sobre os nazistas no seu encalço. *Gestapo* batendo à porta; o tempo se esvaía. Ela não autorizara uma associação judaica de ajuda a fazer contato com seu filho no Brasil. Havia uma chance de emigrar para o Equador, ou para Cuba, mas Elise não tinha o dinheiro para a viagem. Sem que ela soubesse, a associação de ajuda enviou um telegrama para Ernst. Poucos dias depois, ele recebeu uma carta da tia Rosa.

> Berlim, 23/10/1941
>
> Meus queridos
> Espero e desejo, de todo coração, que vocês estejam bem. Vejo com interesse e felicidade todas as fotos do seu filho. Ele deve ser um menino esplendoroso. Hoje, quero pedir a vocês que depositem, com toda urgência, o dinheiro necessário para sua mãe poder entrar no Equador. Vocês sabem da gravidade da situação e não podem ficar com as mãos atadas. Sua mãe, querido Ernst, que só para você viveu e trabalhou, que é um exemplo de caridade, não pode ter esse destino. Você, querida Lisette, como devota católica, não pode deixar isso acontecer. Vocês não podem querer ser responsáveis por isso e precisam agir. Liese está tão altruísta que ficou muito nervosa porque a associação de ajuda mandou um telegrama para vocês, sem a autorização dela. Vocês precisam, se não existir outra possibilidade, vender todos os bens que possuem. Vocês sabem que ela não quer se tornar um peso para vocês. Corram, corram para que a ajuda de vocês não chegue tarde

demais. Liese não sabe sobre essa carta. O pensamento de ter filhos que não a amem é insuportável para qualquer mãe. Desejo a vocês e ao seu filho tudo de bom, felicidades e um futuro tranquilo.
Fiquem com saúde.
Afetuosamente,

SUA TIA ROSA

Tia Rosa enxergava assim: a omissão de Ernst e Lisette condenaria Elise à morte. Se fosse uma questão de dinheiro, mesmo já endividado, Ernst podia levantar a quantia. Onde estava o sogro, homem rico, proprietário de um casarão diante da praia de Copacabana? E os amigos importantes de Gastão Bahiana? Um empréstimo bancário (mais um), um empréstimo pessoal, de um amigo, um conhecido, alguém de bom coração, solidário. Como não se comover com aquela situação? Ernst estava transtornado, queria acreditar que aquela culpa não lhe cabia, não sabia mais o que fazer, em nenhum momento desistira. Teve vontade de rasgar a carta da tia... O que mais, o que mais estava ao seu alcance? Nada, nada, ele não demoraria a descobrir.

Depois dessa carta, Ernst nunca mais teria notícias de sua mãe e também da tia Rosa. Seriam anos de muito sofrimento, anos em busca de informações, qualquer uma, por menor que fosse. A primeira tentativa de descobrir o paradeiro de Elise foi feita por carta. Ernst escreveu para um representante da associação judaica de ajuda que tentara levar Elise para o Equador ou Cuba. Ignatz Rosenak trabalhava no escritório em Nova York.

PETRÓPOLIS, 15/11/1941

Senhor Ignatz Rosenak, 233 Broadway, Woolworth Building, New York.

Ilustríssimo senhor dr. Rosenak,

1941

Minha mãe, senhora Elise Besser, viúva Heilborn, nascida Bornstein, me deu o seu endereço, que ela, por sua vez, recebera da associação de ajuda. Além disso, recebi um telegrama, sinalizado "Italcit": "Negociação urgente por causa de emigração para Equador ou Cuba Elise Besser com Streamlines 507 Fifth Avenue New York muito urgente telefonar de volta".

A seguir, as informações necessárias: estou desde março de 1934 no Brasil, sou casado com uma brasileira e tenho um filho nascido no Brasil. Minha mãe não aproveitou várias tentativas nossas de fazê-la emigrar para cá, até que a situação na Alemanha se tornou insuportável, e ela se convenceu de que tinha que vir, que não podia mais esperar. Em 01/06/1939, então, foi dada a autorização para o seu visto. Mas minha mãe sempre desmarcava a sua vinda, por causa da venda do nosso terreno e a entrega do dinheiro e, principalmente, por causa do meu irmão doente, que, em março de 1940, acabou morrendo. Isso tudo a impedia de partir, e o visto perdeu a validade. Agora parece que está superurgente, imagino que existe a ameaça de deportação para a Polônia.

Fiz naturalmente todo o possível para conseguir um novo visto para ela. Fui pessoalmente ao Chefe da Casa Militar do presidente, levando uma afetuosa e explicativa carta do secretário municipal de Educação de Petrópolis, acompanhado do meu sogro, que é professor da Academia Nacional de Artes. Poucas esperanças me foram dadas, mas a carta seria mostrada ao presidente. Até hoje não recebi uma resposta (apesar de eu ter ido quase todos os dias pessoalmente), o que temo significar uma recusa.

Eu ficaria grato por uma informação sobre o paradeiro de minha mãe, seja do Equador, seja de Cuba.

Atenciosamente,

ERNST HEILBORN

Elise deve ter tido a chance apenas de juntar os poucos pertences que conseguira levar para a *"Judenhaus"* onde dividiu um quarto com sua ex-inquilina. Uma mala, talvez apenas isso, que carregaria com ela quando fosse colocada pelos nazistas num trem superlotado e que nunca mais veria, depois de chegar ao destino. Evito embarcar nesses pensamentos: o quanto ela sofreu, o quanto foi humilhada, quanto tempo sobreviveu ao inferno... Elise e Jenny Wollenberg foram levadas para um lugar de onde, os nazistas diziam, só havia uma saída: pela chaminé dos crematórios.

O Silêncio da Guerra

O silêncio perdurava. Nenhuma notícia, nenhuma carta, nenhum telegrama, nada. Elise sumira. Onde quer que procurasse, Ernst não encontrava respostas. A guerra, que parecia mesmo longe do fim, dificultava tudo. Também já não havia notícia de tia Rosa e tio Alex... Lisette tentava dar alguma esperança ao marido, que passava muito tempo calado, inerte, introspectivo, tentando entender o que estava acontecendo, o que lhe cabia de culpa, o que ainda podia fazer. Nunca tivera uma sensação de solidão tão grande... Ernst não podia aceitar que só lhe restasse esperar. Mas era assim: com os nazistas no poder na Alemanha e o mundo em guerra, nada conseguiria. Aquilo era pertubador, Ernst não podia encontrar conforto, o filho ainda lhe fazia sorrir e trazia a sensação de continuidade, mas não era suficiente. Ele não queria se sentir daquele jeito, tão longe de uma resposta, mas havia realmente uma distância enorme, o Brasil nunca parecera tão longínquo. Mesmo assim, Ernst continuaria sendo atingido pela guerra, não bastava todo o sofrimento pelo sumiço da mãe e dos tios.

O Brasil ainda estava neutro, mas assinara a Carta do Atlântico, um acordo dos países das Américas contra possíveis ataques de uma potência de outro continente. Os nazistas não gostaram e, em fevereiro de 1942, começaram a atacar navios mercantes brasileiros. Depois de meses seguidos de ataques, e de muita pressão popular, somente em agosto o governo brasileiro declararia guerra à Alemanha nazista e à Itália fascista. Mas, bem antes disso, em março, o presidente Getúlio Vargas assinou um decreto-lei que atingia todos os cidadãos dos países do chamado *Eixo*, alemães, italianos e japoneses, que moravam no Brasil.

— Essa lei é um absurdo, Ernesto, você é uma vítima da guerra, não pode ter que pagar pelas besteiras dos nazistas. No fundo, é isso que está acontecendo

– disse Lisette, vendo que o marido perdia um bom tempo de uma rara folga em meio a um monte de papéis.

— Não adianta, Lisette, eu tenho que preparar essa lista, registrar em cartório e mandar para o Banco do Brasil, para a Agência Especial de Defesa Econômica... – Ernst voltou-se de novo para o papel diante dele na mesa, o texto do decreto-lei de Getúlio Vargas. — Bens de raiz eu não tenho... Créditos hipotecários não possuo...

— O governo vai levar dinheiro seu só porque você é alemão? Isso é um absurdo!

— Você não precisa me dizer isso, Lisette. É um absurdo contra o qual, mais uma vez, nada posso fazer. O que me cabe é depositar na conta do governo a porcentagem sobre as minhas receitas.

— Porcentagem?

— No meu caso, vinte por cento, mas quem ganhou mais tem de pagar trinta por cento.

— Por quê? Para quê?

— Está no primeiro artigo do decreto-lei: "Os bens e direitos dos súditos alemães, japoneses e italianos, pessoas físicas ou jurídicas, respondem pelo prejuízo que, para os bens e direitos do Estado Brasileiro, e para a vida, os bens e os direitos das pessoas físicas ou jurídicas brasileiras, domiciliadas ou residentes no Brasil, resultaram, ou resultarem, de atos de agressão praticados pela Alemanha, pelo Japão ou pela Itália".

— Isso é inacreditável...

— E alemães, italianos e japoneses que têm bens imóveis aqui, por exemplo, o que não é o meu caso, ainda podem ter tudo tomado, se o governo cismar que é de interesse estratégico para o Brasil...

— Bom, aqui não há bens que possam nos tomar... Mas na Alemanha...

— Na Alemanha, há muito o que resgatar... O mais importante continua sendo conseguir notícias de *Mutter*. Mas onde? Como? Com quem? O que nós já não tentamos?

Cinco meses tinham se passado desde que Ernst e Lisette receberam a última carta de Elise. Tinham feito contato com muita gente, parentes, conhecidos, representações diplomáticas, associações e comitês de ajuda a judeus. Enviaram cartas e telegramas para vários países. Ainda acreditavam que Elise pudesse ter conseguido, na última hora, emigrar: Cuba, Equador, Bolívia,

Venezuela, Canadá, Palestina, Inglaterra, qualquer lugar onde ela estivesse livre dos nazistas, e de onde enviaria um sinal de vida, quando menos se esperasse.

Com o Brasil se posicionando ao lado dos aliados, a vida de Ernst ficou mesmo mais complicada. Hitler tinha tirado dele a cidadania alemã, os nazistas tinham tornado apátridas todos os judeus nascidos na Alemanha. Mas, para o governo brasileiro, Ernst era alemão, cidadão de uma potência inimiga, contra a qual o Brasil estava em guerra. Suas receitas seriam taxadas, seu dinheiro estaria à disposição do governo do Brasil, caso os nazistas causassem mais prejuízos ao país. E não era só isso. Não importava se Ernst era judeu, a vítima principal dos nazistas, se tinha fugido da Alemanha, se, na guerra, estava com os aliados, ele tinha que provar que não era um espião nazista, ou algo parecido. Numa de suas viagens para o Rio, assim que desceu do trem, foi interpelado por militares. Documentos, perguntas, de onde era, como tinha vindo parar no Brasil, o que fazia... Salvo-conduto? Sim, salvo-conduto, Ernst precisava de um, se quisesse transitar toda hora entre Rio e Petrópolis, ou fazer outras viagens pelo Brasil. Como não tinha, foi encaminhado para uma delegacia de polícia. Averiguação. Só seria liberado no dia seguinte.

Ernst não podia aguentar aquela situação. Mesmo depois de conseguir o salvo-conduto, e com o documento em mãos, tinha receio de parar de novo na cadeia. Imagino o quanto devia ser desagradável para ele acabar confundido com um nazista... As viagens para o Rio e de volta para Petrópolis tinham se tornado tensas, e a conclusão de Ernst foi a seguinte: estava na hora de voltar para perto do mar.

— Mas você não vive elogiando o clima mais ameno de Petrópolis, Ernesto?

— Sim, Lisette, mas o calor pode ser compensado com novos horizontes nos negócios.

— Eu gostaria muito mesmo que os negócios começassem a dar certo de verdade.

— Você prefere ficar em Petrópolis, com todos esses problemas que estou enfrentando?

— Não, tudo bem. Gosto da ideia de ter minha família por perto. E pra Gilberto também seria bom estar perto dos avós, dos tios, dos primos. No Rio também seria mais fácil conseguir um bom colégio pra ele.

— Sim, um bom colégio, quando for hora. Mas, além disso tudo, acho que na capital federal, onde ficam as repartições públicas, os ministérios, as embaixadas, talvez exista alguma possibilidade, mesmo que pequena, de descobrir o paradeiro da minha mãe...

— É possível que sim. Nós não vamos desistir.

— Nunca, Lisette, mesmo com tantas dificuldades...

A mudança de volta ao Rio não demorou. A temporada em Petrópolis durara quatro anos. No inverno de 1942, Ernst, Lisette e Gilberto desceram a serra e se instalaram, temporariamente, na casa da rua Paula Freitas, número 16. Gilberto deve ter adorado estar tão perto do mar, na casa dos avós Gastão Bahiana e Jeanne-Rose. Para ele, desde pequeno, não havia programa melhor do que ir à praia. Primeiro, Copacabana, inevitável, depois Ipanema, conjuntura, e, então, a maior paixão: a praia do Leblon.

Foram poucos meses morando no casarão da Paula Freitas. Ernst continuava trabalhando como autônomo, negociando inúmeros produtos, com um mundo de clientes e fornecedores. Morar com os sogros por muito tempo não lhe passava pela cabeça. Conseguiu se organizar e encontrou um apartamento que serviria perfeitamente à família Heilborn. Não era em Copacabana, como Lisette gostaria, mas num bairro vizinho, na época menos valorizado do que Copa: Ipanema. Em setembro de 1942, Ernst, Lisette e Gilberto se mudaram para um apartamento no segundo andar do prédio número 691 da rua Barão da Torre, a três quadras da praia.

Gilberto ainda era um menino de apenas 4 anos de idade, não sabia direito sobre a guerra, não entendia muito bem aquilo tudo, as conversas dos mais velhos, as notícias no rádio, no jornal que os pais liam. Gilberto nada sabia sobre toda a aflição de Ernst, sobre a avó Elise e os tios desaparecidos, sobre a família espalhada pelo mundo. Novorossisk, ele ouviu no rádio, achou o nome engraçado. Era russo, o pai explicou... A base naval da cidade tinha sido tomada pelas tropas nazistas, que começariam um grande ataque contra Stalingrado. Mas Gilberto se interessava mesmo era por praia, e provavelmente não imaginava que, depois da linha do horizonte, naquele mar que ele não sabia onde acabava, havia tantos submarinos afundando navios. As ondas, as ondas eram a melhor invenção da história, não havia dúvida. Adorava se jogar nelas, na beira da praia. No início, agarrado à mãe, depois, solto, cheio de segurança, Lisette sempre de olho.

Ipanema passou rapidamente pela vida dos Heilborn, eles não chegaram a completar um ano na Barão da Torre. Em agosto de 1943, a praia do Leblon entrou para sempre na vida do filho de Ernst e Lisette. O novo endereço da família era a rua João Lyra, número 38, na quadra da praia, a poucos metros do mar. Ali, Gilberto passaria o resto de sua infância, sua adolescência e o início de sua juventude. Ali, para sempre, seria o seu ponto na praia, em frente à João Lyra, onde se desenvolveu na arte do jacaré, do vôlei de praia e da paquera, um mundo que Elise certamente estranharia.

A guerra que os olhos de menino de Gilberto viram, claro, não foi a guerra que seu pai viveu. Obviamente, Ernst não podia torcer pelos nazistas, mas devia sonhar com uma derrota que, de alguma forma, não fosse desastrosa para a Alemanha. Não seria um decreto de Adolf Hitler que tiraria dele sua nacionalidade; Ernst era alemão, não era das ondas do Leblon, como o filho, era do rio Oder, de Oppeln... E sua cidade lhe vinha muito à cabeça naqueles anos de guerra. Sentia um medo danado de que ela estivesse em ruínas. Os nazistas foram perdendo força, houve pesados bombardeios em várias cidades alemãs. Ernst pensava no casarão da família, no pai, no avô... Quando conseguia notícias, elas eram sempre desencontradas. Uns diziam que Oppeln tinha sido totalmente destruída e que quase nada sobrara do cemitério judaico. Outros garantiam que a cidade fora poupada, nada sofrera.

Ernst não tinha como saber, mas Oppeln escaparia intacta, ainda que pudesse parecer uma cidade deserta já perto do fim da guerra. Os judeus foram os primeiros a partir, antes da primeira batalha, mas já com Hitler no poder e o nazismo ganhando cada vez mais espaço. Quem não demorou a perceber o perigo real, e teve condições, emigrou. Os judeus que ficaram foram, quase todos, deportados. Entre os "arianos", os homens mais jovens dificilmente escaparam do campo de batalha. Quem não teve que pegar em armas bateu em retirada, procurando abrigo longe da região de fronteira, onde o perigo era sempre maior. Por isso, Oppeln, que tinha cinquenta mil habitantes em 1939, antes de a guerra estourar, chegou a ter apenas cerca de duzentos moradores em março de 1945. Somente em 1950, cinco anos depois do fim da guerra, a população da cidade voltou à casa dos cinquenta mil, mas, aí, Oppeln já se chamava Opole e fazia parte da Polônia, não mais da Alemanha.

Quando a Segunda Guerra começou, Gilberto não tinha completado um ano, ainda arriscava os primeiros passos e as primeiras palavras. Quando finalmente as sílabas se juntaram corretamente, nada se ouviu em alemão, o que talvez tivesse cortado o coração de Elise. Mas não podia ser diferente, já que Ernst só falava em português com o filho. Achavam melhor assim, que ninguém soubesse a nacionalidade de Ernst. Os alemães eram inimigos de guerra, melhor não se expor sem necessidade. Gilberto mesmo, já maiorzinho, era orientado a não dizer para os amiguinhos que o pai era alemão. E ser reconhecido como judeu talvez só gerasse para Ernst comiseração. Se soubessem de toda a história, então, da fuga para o Brasil, seu irmão provavelmente executado num programa de eutanásias dos nazistas, sua mãe e seus tios desapareceram... Não sei se Ernst pensou nisso: de que valiam a compaixão, a piedade, a pena?

Até Gilberto completar 3 anos, as forças militares nazistas pareciam mesmo invencíveis: invadiram Polônia, Noruega, Dinamarca, Holanda, Bélgica, Luxemburgo, Iugoslávia, Grécia... A primeira grande derrota nazista na Segunda Guerra só veio no começo de 1943, em Stalingrado, na União Soviética, num momento decisivo. A partir daí, os nazistas foram acumulando derrotas em várias frentes. Primeiro, no Norte da África. Depois, os soviéticos retomaram Kharkov, Kiev... Até outro momento importante da guerra, o chamado Dia D. Em 6 de junho de 1944, ano em que Gilberto foi alfabetizado, os aliados fizeram um gigantesco desembarque de tropas na Normandia, na França ocupada pelos nazistas, abrindo uma nova frente de combate. Em agosto de 1944, Gilberto se divertiu na casa dos avós Gastão Bahiana, que ele só chamava de *grandpapa*, e Jeanne-Rose, que ele só chamava de *grandmaman*. "Vive la France!", todos gritavam. Tinha a ver com a guerra, Gilberto sabia. Os adultos brindaram com champanhe, e brindaram de novo, Paris tinha sido libertada pelos aliados. E veio um intenso ataque aéreo americano contra Berlim. Por terra, os aliados fechavam o cerco aos nazistas. À medida que avançavam, iam libertando prisioneiros de vários campos de concentração: Auschwitz, Gross-Rosen, Ohrdruf, Buchenwald, Belsen, Dachau... A "grande virada", a grande ofensiva para a vitória que muitos nazistas esperavam para o dia 20 de abril, aniversário de Hitler, era somente uma ilusão. No dia 23 de abril, os soviéticos entraram em Berlim. Adolf Hitler estava acuado em seu esconderijo, o *Führerbunker*, um conjunto de salas subterrâneas, a cinco metros de profundidade, tudo protegido por quatro metros de concreto armado e portas de aço. No dia 30 de abril de 1945, nesse lugar, Hitler se matou, com um tiro na cabeça.

Quando chegou em casa naquela segunda-feira, um dia normal de trabalho, Ernst já encontrou Lilice, irmã de Lisette, e seu marido, Georges. Estavam todos à sua espera. Gilberto, animadíssimo, correu para abraçar o pai. Aquela era uma data especial. Lilice, craque na cozinha, tinha levado algumas delícias. Lisette caprichara no bolo. O dia era 30 de abril de 1945. Georges puxou um isqueiro e acendeu as velinhas. Ernst completava 40 anos de idade.

SINAL DE VIDA, SINAL DE MORTE

Em 8 de maio de 1945, a Alemanha finalmente se rendeu. A guerra ainda se estenderia até 2 de setembro, quando os japoneses também se renderiam, depois das bombas atômicas de Hiroshima e Nagasaki. Ernst contava os dias para retomar a busca por notícias da mãe, Elise, e dos tios, Rosa e Alex. Talvez pudesse reclamar também os bens da família em Oppeln, pedir uma indenização por eles, mas tinha pouca esperança. A Europa em ruínas, a Guerra Fria se instalando, ele precisava estar preparado. Nada, como sempre, seria fácil.

Poucos dias depois do fim da guerra na Europa, ainda em maio, Ernst deixou a vida de autônomo e voltou a trabalhar como funcionário de uma empresa. Foi contratado como vendedor da Berkhout & Cia. Ltda., com salário fixo e comissão. Negociava ferro, aço, estanho, chumbo, zinco, potássio, cimento, produtos químicos, produtos alimentícios, batatas, farinha, biscoitos, peras, maçãs, noz-moscada, temperos, cominho, canela, pimenta... Tinha uma enorme carteira de clientes: Chilling Hillier, Cortume Carioca, Cofermat, Oestreich & Cia., Provendas, além de pessoas físicas, como James Magnus, Antônio Braga, Pinto Bastos, Gonçalves Fonseca, Dias Garcia, Octávio Martins, Spiller, Azevedo, Herzog. Mas ficou apenas pouco mais de um ano na empresa. Em agosto de 1946, se tornou chefe do departamento de importação e exportação da Brasil Canadá Comércio e Indústria S.A.

O novo emprego, com salário bem melhor, tinha sido conseguido com a ajuda do sogro, Gastão Bahiana, que procurara dois amigos seus para pedir pelo genro. Os amigos eram San Tiago Dantas, advogado e professor, que se tornaria deputado federal e ministro de Estado, e o poeta Augusto Frederico Schmidt. Os dois indicaram Ernst para o cargo na Brasil Canadá. Gastão Bahiana também tinha feito contato com amigos e conhecidos na Europa, principalmente na França e em Portugal, solicitando ajuda para conseguir alguma notícia da sogra de sua filha. Elise tinha sumido havia quase cinco anos e, até então, tinha sido impossível conseguir alguma informação. Quando finalmente chegou uma correspondência, da Comunidade Judaica de Berlim, com a qual Ernst fizera contato, nada mudou.

> COMUNIDADE JUDAICA DE BERLIM
>
> 09/08/1946
>
> Registro dos judeus
> Elise Besser, viúva Heilborn, nascida Bornstein
> Infelizmente, a pessoa procurada ainda não se comunicou conosco de volta. Nós recomendamos ao senhor, para uma eventual continuação da procura, que faça contato com os serviços de busca:
> 1) Serviço de informação de pessoas desaparecidas
> 2) Comissão principal "Vítimas do Fascismo"
> 3) American Joint Distribution Commitee
> 4) Cartório Central Judeu
>
> Atenciosamente,
> **Comunidade Judaica de Berlim**

Se não havia nem sinal de Elise, pelo menos uma notícia boa chegou no começo de 1947. Ligaram para Lisette da casa dos pais, o carteiro havia acabado de entregar uma correspondência de Bruxelas endereçada a Ernst Heilborn. O remetente era Alex Bornstein, o tio Alex, que também tinha sumido havia quase seis anos.

Alex Bornstein, sua mulher, Hedi, e a filha do casal, Vera, fracassaram nas tentativas de fugir da Europa. Refugiados perto de Perpignan, no Sul da França, corriam sempre o risco de serem capturados novamente. O perigo estava por toda parte, era cada vez maior. Em 1942, Vera, que tinha 18 anos, e seus pais acharam que era mais seguro que eles se separassem. Tio Alex e tia Hedi foram para Saint Gervais, na *Haute Savoie*, perto de Megève, na fronteira da França com a Itália e a Suíça. Depois, seguiriam para a Itália e voltariam para a França, dessa vez à cidade de Nice. A família acredita que eles tenham se envolvido com o movimento secreto organizado por judeus e tenham vivido na clandestinidade. Tio Alex e sua mulher, Hedi, foram sempre ajudados por uma prima dela casada com um americano de origem francesa. Vera permaneceu no Sul da França, foi morar numa pequena cidade perto de Carcassonne. Foi ajudada por um padre, Monsieur Le Curé de Camurac, que lhe conseguiu documentos falsos: certidão de nascimento, de batismo e carteira de identidade. Vera Bornstein, filha de Alexander e Hedwig Bornstein, alemã, judia, virou Viviane Blancart, filha de André Jean Blancart e Anne Marie Chandey, francesa, católica. Monsieur Le Curé de Camurac também ajudou Vera a conseguir emprego. Primeiro, numa fábrica de vassouras. Depois, ela passou a trabalhar para um dentista em Toulouse. Achava que seria assistente dele, mas acabou transformada em empregada doméstica do dentista e da mulher. Logo, se cansou de cozinhar, de limpar a casa, enquanto os dois viviam descansando... Novamente, pediu ajuda ao padre, que lhe arrumou uma vaga no Banco Nacional para o Comércio e a Indústria (*La Banque Nationale pour le Commerce et l'Industrie*). Com seu trabalho, Vera conseguia mandar algum dinheiro para os pais, mas vivia sonhando com um jeito de se afastar da guerra e de toda a perseguição aos judeus. Tinha um plano de cruzar os Pireneus, passando pela Espanha, até chegar a Portugal. Antes que pudesse levar a ideia adiante, foi avisada pelo padre francês de que provavelmente perderia o emprego no banco em Toulouse, pois haveria cortes de funcionários. Seguiu, então, para Nice, com mais uma carta de recomendação do padre, que lhe ajudaria a conseguir um novo emprego. Em Nice, Vera se juntou à Resistência Francesa e ao movimento secreto dos judeus. Começou a entregar para famílias judias escondidas comida, remédios ou algo mais de que precisassem, até documentos falsos se fosse o caso. Fazia as entregas de bicicleta, seguindo o roteiro anotado no papel, com todos os endereços e indicações. Quando a guerra na Europa já estava bem perto do fim, Vera sofreu um acidente de bicicleta, quebrou a clavícula e precisou ser socorrida na rua. Para que ninguém encontrasse as informações sobre as famílias judias escondidas na região, ela engoliu o papel com todas as anotações. No hospital, houve complicações por causa da queda, Vera apresentou um quadro de tétano, que a deixou cega por dois dias, incluindo 8 de maio de 1945, quando os nazistas assinaram a rendição.

Com o fim da guerra na Europa, Alex e Hedi deixaram Saint Gervais e foram ao encontro da filha em Nice, onde resolveram permanecer, inicialmente. Quando alguma calma se estabeleceu, em setembro de 1945, a família voltou para Bruxelas. Como eram cidadãos alemães, Alex, Hedi e Vera tiveram que apresentar papéis, provar que eram pessoas de bem, de boa índole, que não tinham, em momento algum, colaborado com o inimigo da Bélgica. O recomeço não seria fácil, e Vera, que podia ter retomado seus estudos, preferiu trabalhar, para ajudar seus pais. Alex Bornstein e sua mulher, Hedwig, recomeçaram logo seus negócios, importando produtos da Alemanha. A nova firma chamava-se *Novelco*. Primeiro, apostaram em produtos infantis, depois cafeteiras e ainda garrafas, bules e jarras térmicas. Tio Alex tinha realmente o dom para os negócios; erguer-se e reerguer-se quantas vezes fossem necessárias. No começo de 1947, Alex resolveu escrever para o sobrinho no Brasil. Não sabia se Ernst ainda morava em Petrópolis, achou mais seguro mandar a carta para o endereço dos pais de Lisette. Foi uma felicidade! Pelo menos, tio Alex, tia Hedi e Vera tinham escapado e estavam bem. Ernst apressou-se em mandar uma resposta e logo recebeu uma nova carta do tio.

> Bruxelas, 15/02/1947
>
> Meus queridos,
> Fiquei muito feliz de receber notícias de vocês, depois de tanto tempo.
> Ao que parece, os negócios no Brasil estão indo muito bem. Espero que você tenha sucesso na sua firma. Qual é a especialidade dela?
> Eu também tentei todas as possibilidades para descobrir o paradeiro da sua mãe, mas nada adiantou. Tia Trude, que fez contato de Londres, também não sabe nada. Você pode imaginar o quanto o destino da sua mãe mexe comigo, mas não tenho mais nenhuma esperança.
> Outro dia, recebi uma carta da tia Rosalie, de Cottbus. Ela está vivendo não muito bem dos aluguéis de sua pequena casinha, que

foi um pouco destruída, mas ainda é habitável. Do marido de Gisela foi tirada grande parte dos bens, mas parece que, com o que restou, eles conseguem viver. Rosemarie se casou em Westphalen, mas não consegue visitar a mãe. Seu marido, tendo sido soldado, não pode entrar na zona russa.

Você já se informou se poderá receber uma indenização pelos bens que tinha em Oppeln? Será muito difícil, já que Oppeln fica na zona russa.

Você não precisa quebrar a cabeça para mandar coisas para nós, pois aqui conseguimos de tudo. Mesmo assim, agradeço pela sua boa vontade.

Estou curioso para saber como o seu menino está e ficaria feliz de ter uma foto dele, e também de seus pais.

Abraços afetuosos, também da tia Hedi e de Vera, para você e sua família,

SEU **ALEX**

Demoraria muito ainda para que surgisse algum registro da execução de Elise. O destino de tia Rosa também só seria descoberto bem depois do fim da guerra. Primeiro, foi deportada, em 16 de abril de 1942, para Theresienstadt, onde ficou por dois anos! Em 16 de maio de 1944, foi levada para Auschwitz. Aos 67 anos, a irmã mais velha de Elise não tivera nenhuma chance. Sua filha única, Ruth, também não escapou. Foi capturada pelos nazistas e deportada para Warschau em 2 de abril de 1942. Três meses depois, foi executada em Majdanek. No Museu Judeu de Frankfurt, há uma carta enviada por Rosa a Alex Besser, em que ela pede ao enteado de Elise que ajude a filha a emigrar para a Palestina... Outra prima de Ernst, Toni, filha de Paul Bornstein, também foi executada num campo de concentração.

Tia Rosalie, viúva de Siegfried Bornstein, tentava retomar a vida em Cottbus, que, depois da guerra, passou ao controle soviético, tornando-se, mais tarde, em 1949, parte da Alemanha Oriental. Rosemarie, uma de suas filhas, vivia o drama de não poder visitar a mãe e a irmã. Ela se casara em Westphalen, na parte ocidental, com um militar alemão que combatera contra os soviéticos.

Os dois eram proibidos de entrar na zona russa. E aquela divisão do mundo em dois lados também poderia dificultar ainda mais qualquer pedido de indenização de Ernst por tudo o que sua família tinha perdido com o nazismo. Oppeln estava sob controle soviético e, mais tarde, seria entregue à Polônia, tornando-se Opole. Ernst tinha pouquíssimas esperanças.

Devia ser a mais completa solidão. Tinha mulher, tinha filho pequeno, vida refeita num país distante, mas, de repente, não tinha nada. Dor, havia a dor imensa, o desaparecimento, a procura incessante, a morte, a dúvida sobre a morte. Talvez também houvesse culpa... Como havia permitido que Elise ficasse na Alemanha? Nada, nada valia a pena, um terreno, uma casa, móveis, quadros, nada valia o risco. Por que o sogro, rico e bem relacionado, não pudera ajudar mais, resolver tudo de uma vez? E ele próprio, Ernst, por que não tinha sido capaz? Se tivesse feito fortuna no Brasil, como nos sonhos que o embalaram no navio, a caminho do Rio... Sentia-se culpado e sozinho. Sua mãe, Elise, seu pai, Joseph, seu irmão, Walter... Talvez tenham vindo dores represadas, que se juntaram às dores novas e tomaram de Ernst um bom pedaço da alegria da vida.

Lisette tentava animar o marido, às vezes se irritava com ele, aquele silêncio, aquela passividade. Ernst parecia ter se desencontrado de vez com a vontade de conversar. Nem o meio sorriso tinha mais. Sua mulher não podia permitir. Ela sabia o tamanho do sofrimento, mas eles tinham um filho, uma vida pela frente, precisavam se aprumar, se endireitar e aproveitar o que lhes fosse possível.

No fim de 1948, Ernst encontrou, pelo menos, um pouco mais de segurança e a possibilidade de crescimento numa nova firma de um grande grupo comercial, o Bunge & Born, com escritórios ao redor do mundo. Ele continuou negociando de tudo: aço, ferro, materiais de construção, ferramentas. Importava azeite da Argentina, tentava encontrar farinha de peixe para o Moinho Fluminense. Cotava os preços na África do Sul, na Argentina, no Marrocos. Vendia arame farpado para os japoneses... Era essa sua vida, importar e exportar. Aos poucos, foi assumindo mais funções administrativas, controle dos armazéns, de vendas, despacho e entrega de cargas, mexeu com concessão de crédito, balanços, balancetes, virou subgerente de serviços de importação, depois diretor do departamento de importação.

Ernst faria uma carreira de quase nove anos no Grupo Bunge & Born, sem dúvida um período de mais tranquilidade e estabilidade. Não havia dinheiro para grandes luxos, como ter um carro, fazer viagens ao exterior, muito menos para comprar um apartamento, mas viviam bem. Gilberto crescia rapidamente. Estudava no Colégio Santo Inácio, em Botafogo. Não era estudioso, mas era inteligentíssimo. Tinha muitos amigos no prédio onde morava, na rua, na praia. Namoradinhas, também, desde muito cedo. Gostava de praticar esporte e, além do vôlei de praia e do jacaré, passou a fazer aulas de natação e de tênis no Country Club. Obviamente, Ernst não tinha condições de comprar um título do clube mais caro, mais sofisticado e restrito do Rio, bem em frente à praia de Ipanema, mas um médico tinha recomendado que o menino nadasse, e Lisette saiu atrás de uma piscina. Ela falou com tanta gente, se empenhou tanto, bem ao seu estilo, que conseguiu de um diretor do Country uma autorização especial para que o filho pudesse fazer atividades esportivas no clube. Gilberto saía de casa, no Leblon, de patinete, seguia sozinho ao clube e, depois das aulas, tomava o caminho de volta.

Os diários que Gilberto começou a escrever aos onze anos de idade, estimulado pela mãe, mostram o quanto ele e o pai eram ótimos companheiros. Quando completou 44 anos, em 1949, Ernst recebeu do filho um cinto, que Gilberto havia comprado com o dinheirinho que guardara da mesada. Em 1950, foi Ernst quem surpreendeu o filho, dando-lhe uma bicicleta no meio das férias de julho, três meses antes do aniversário de Gilberto, que também sempre ganhou do pai muitos livros. Naquelas férias com bicicleta novinha em folha, houve tempo para a leitura de *Winnetou*, do alemão Karl May, autor de livros de aventura que Ernst adorava (e Hitler também). Volta e meia, Ernst trazia para o filho livros do Tintim, às vezes dois de uma vez. Nos domingos de manhã, se separavam. Gilberto ia à missa com Lisette. Ernst ficava em casa. Ele não frequentava nem sinagoga, não tinha paciência para religião. O almoço de domingo era sempre na casa da Paula Freitas, e costumava se prolongar. Mas Ernst invariavelmente escapava por volta de quatro da tarde, e Gilberto fazia questão de ir com o pai.

O diário de adolescente listava tudo, a cada dia do ano. Em 19 de maio de 1951, Ernst levou o filho ao Theatro Municipal para ver a ópera "Carmen". Gilberto não gostou, o negócio dele era jazz. Em 30 de julho de 1951, Gilberto poderia ter ficado em casa, já era um rapazinho, mas as vizinhas insistiram, e ele foi para o apartamento delas. Ernst e Lisette, toda animada, seguiram para o *show* do francês Maurice Chevalier, no Golden Room, do Copacabana Palace. E qual o programa que mais unia Ernst e Gilberto? Resposta fácil: cinema! Os dois chegavam a ir juntos ao cinema até oitenta vezes num mesmo ano. As salas preferidas eram Astória e Pirajá, em Ipanema. Alguns títulos vistos em 1951: *E o Mulo Falou*, *A Ilha do Tesouro*, *O Homem das Calamidades*, *Sangue Bravo*, *Nasci para Bailar*, *Conquistando West Point*, *Escândalos na Riviera*, *O Príncipe Ladrão*, *O Corsário Maldito*, *Aí vem o Barão*, *Amor Pagão*, *Todos são valentes*, *Luzes da Cidade*, *Cavaleiros da Bandeira Negra*... Outra paixão em comum entre pai e filho eram os cavalos. Ernst, que frequentara o *Jockey Club* de Breslau, na Alemanha, ia muito com Gilberto ao Hipódromo da Gávea, no Rio. Faziam apostas pequenas e se divertiam muito, diante de uma paisagem bem carioca, com as grandes pedras do Rio e as encostas cobertas de mata nativa. Os selos também os uniam. Os dois faziam uma única coleção, que era muito bem organizada. Quando Ernst ligava o rádio, se era para ouvir óperas e música clássica, Gilberto não ficava por perto. Se a sintonia trazia todo o humor dos programas *PRK-30* e *Balança, mas não cai*, Ernst tinha sempre a companhia do filho. Nessa época, os amigos de Gilberto se referiam a seu pai como o "Zérro-Zérro". A explicação era simples: toda vez que telefonavam para o apartamento da João Lyra, e Ernst atendia, quando pediam que ele confirmasse o número discado, ouviam: "Vinte e sete, doze, zérro, zérro". Felizmente, Gilberto já não precisava esconder de ninguém a nacionalidade do pai, mas se Elise pudesse ver seu neto aos 13, 14 anos de idade, teria muita dificuldade para encontrar nele um pouco que fosse da Alemanha.

Ernst ainda sonhava voltar ao seu país, não para ficar, apenas de visita, por um período curto, um mês talvez. Sabia que sua vida era no Brasil, no Rio, considerava seu filho um carioca típico, popular, animado e bronzeado. Seria rápido, ir e voltar, mas precisava pisar de novo na Alemanha, rever sua família, seus lugares, se reencontrar. Maquinava um jeito de cavar uma viagem a trabalho, não tinha condições de ir por conta própria. Poderia encontrar tempo para fazer prospecções e contatos na Europa para o Grupo Bunge & Born e ainda viver reencontros familiares e sentimentais e achar um bom advogado para pedir uma indenização por tudo o que a guerra lhe tomara.

Os contatos com tio Alex, tia Hedi e Vera, em Bruxelas, e com tia Trude e seus filhos, Heinz e Hanni, em Londres, eram muito esporádicos. Trocavam uma carta por ano, às vezes nem isso, mas Ernst queria reencontrá-los, de algum jeito, algum dia. Aquela separação, parecendo eterna, dava-lhe uma terrível sensação de abandono, de abandonar e estar abandonado. Se recebesse alguma indenização pela guerra, talvez conseguisse custear uma viagem para a Alemanha, não só para ele, mas para Lisette e Gilberto também. Mas como conseguir uma indenização, estando tão longe? A carta enviada de Frankfurt, que chegou em junho de 1952 ao endereço dos pais de Lisette, talvez pudesse apontar um caminho. Ernst logo acreditou que sim. Depois de doze anos, chegavam notícias de Alex Besser, enteado de Elise. Ele tinha acabado de voltar à Alemanha, vindo não mais da Palestina, mas já do Estado de Israel. Alex se organizava para retomar sua carreira de advogado em seu país. Bom, àquela altura, ele era também israelense. Tinha ajudado a construir Israel, literalmente, pegado em pás, enxadas, mexido massa. Há fotos dele envolvido com obras em Tel-Aviv. Mas chegara a hora de reencontrar a Alemanha e a profissão que Hitler o impedira de exercer no país. Ernst entendeu que Alex Besser era sua única chance e começou a lhe escrever frequentemente, guardando cópias de quase todas as cartas.

Rio de Janeiro, 19/08/1952

Querido Alex,
Nós ficamos muito felizes com a sua carta e, atendendo ao seu pedido, estamos enviando uma foto. Eu tenho 47 anos, e Lisette é mais jovem (você conhece alguma mulher que permita que revelem sua idade?). Gilberto vai fazer 14 anos no dia 06/10.
Você ficará permanentemente aí em Frankfurt? Pergunto isso porque, se você vir uma possibilidade de conseguir alguma coisa para mim, alguma indenização, eu iria propor à minha firma que me financiasse uma viagem à Alemanha.
Infelizmente, não tenho dinheiro para pagar sozinho e precisaria tentar uma viagem dessas em que eu pudesse também tratar de negócios, o que ainda poderia ser vantajoso para minha carreira no Grupo Bunge & Born.
Não entendi direito a sua observação sobre o terreno em Oppeln. Não tenho nenhuma ilusão de que possa conseguir alguma coisa.
Eu entendi que o dinheiro que estava na conta bloqueada, e foi transferido para o meu nome, e o imposto judeu serão devolvidos. É isso mesmo? Os documentos que se encontram no Ministério das Finanças em Berlim são suficientes ou poderão apenas ser usados como base para o direito de indenização?

O que aconteceu com os mesmos valores que foram depositados em algum lugar, no nome do meu irmão, Walter? Imagino que, como irmão, eu também possa reclamar esse dinheiro para mim. Pelo testamento da minha mãe, o meu filho é o herdeiro dela. Pode-se reclamar algo para ele?
Agradeço por sua ajuda.
Abraços afetuosos,

Ernst

Frankfurt, 25/05/1953

Querido Ernst,
Recebi as suas inúmeras cartas com toda a papelada, mas é impossível afirmar se alguma coisa virá a acontecer nesse processo. Providenciei um registro em Berlim no seu nome e no de Gilberto, para reivindicar uma indenização e não perder o prazo. Mais do que isso não posso lhe informar.
Lembranças afetuosas,

Alex Besser

Seria um processo muito longo e sem qualquer tipo de garantia sobre o que seria possível conseguir no fim. Ernst apostou suas fichas em Alex Besser, advogado que recomeçava sua vida na Alemanha e expandia suas áreas de atuação, ligando-se também ao jornalismo e à educação. Mas Alex não era a pessoa mais indicada para cuidar daquele caso. Ernst demorou três anos para entender isso.

Rio de Janeiro, 28 de abril de 1955

Querido Alex,
Desde o dia 18 de dezembro de 1953, não tive mais notícias suas. Por isso, fui obrigado a telegrafar, principalmente porque um conhecido está indo para a Alemanha, e eu queria pedir que ele falasse com você. Imagino que já tenha saído alguma notícia sobre a indenização para Gilberto ou para mim.
Se não me engano, em setembro termina o prazo para o pedido de outras indenizações, sobre as quais escrevi na minha carta de 18/12/53. Eu posso receber alguma coisa pelos meus livros, objetos de casa, tapetes, cristais, pela prataria, por tudo que mamãe pôs num armazém no porto de Hamburgo e que desapareceu? Existe alguma possibilidade em Oppeln?
Espero que você entenda que isso é muito importante para mim e conto com a sua ajuda. Se você, por algum motivo, não puder se ocupar disso, me escreva, com toda a sinceridade, e me recomende alguém de confiança. Talvez eu possa encontrar alguém por aqui também.
A minha família está bem. Gilberto, com 16 anos e meio, é quase do meu tamanho e está no penúltimo ano da escola, que corresponde ao ginásio alemão. Ele quer, talvez, estudar medicina. Não é um aluno estudioso, mas muito inteligente, toca jazz--trompete, dança e é namorador. Espero que eu possa lhe proporcionar uma vida segura e tranquila. Lisette não mudou nada. Eu é que estou, em termos de saúde, mais ou menos, 21 anos nos trópicos, um pouco de pressão alta, um pouco de excesso de trabalho, muitos problemas por causa da idade (depois de amanhã, serão 50 anos...).
Os negócios vão mais ou menos, eu continuo na Bunge (seis anos e meio). O salário não é muito alto, espero que eu tenha, no fim do ano, uma gratificação melhor. Aqui é praticamente impossível economizar, há muita inflação. Ganho hoje setenta vezes o que eu ganhava há vinte e um anos, mas a desvalorização da moeda nos últimos anos foi de dez a vinte por cento ao ano.

Escreva logo.
Abraços afetuosos,

Ernst

Tanta coisa Elise mandara para um armazém no porto de Hamburgo, tantos pertences ela tivera que abandonar no apartamento de Berlim, Ernst não fazia ideia de onde tudo tinha ido parar. Uma indenização por aquilo era improvável, mas não custava perguntar. Tanta riqueza dos judeus tinha passado para as mãos do Estado nazista, mas integrantes do partido de Hitler e "arianos" comuns também haviam lucrado. Propriedades e bens confiscados de judeus foram oferecidos em leilão. Em Hamburgo, entre o início de 1941 e o fim da guerra, esses leilões eram realizados praticamente todos os dias.

Em 1957, o processo de Ernst já estava nas mãos de um novo advogado, Oswalt Eisenberg, também de Frankfurt, que solicitou a parentes e conhecidos de Elise que fizessem declarações sobre as condições em que ela vivia antes do nazismo. Esses papéis seriam anexados a toda a documentação já encaminhada por Ernst, que não era pouca. Tia Trude não demorou a enviar ao advogado a declaração pedida, da qual Ernst manteve uma cópia.

Londres, 03/05/1957

Eu asseguro, e dou minha palavra de honra, que a minha irmã Senhora Elise Besser, viúva Heilborn, de nascimento Bornstein, nascida em 11 de dezembro de 1881, em Bentschen, última moradia em Berlim, tinha muitos bens, de modo que podia viver de juros.

Ela possuía terrenos, especialmente bem localizados, em Oppeln, agora Alta Silésia. A saída dela da Alemanha, no momento certo, lhe foi dificultada, e assim ela foi deportada. Nós nunca mais ouvimos nada dela. Ela teve que usar a estrela judaica nas roupas. Seu filho Walter, que era mongoloide (sic), também morreu.

Gertrude Koeppler

Todo esse processo seria muito longo e, quase sempre, doloroso. Um terceiro advogado ainda entraria na história, Werner Wilmanns, que tinha escritório em Hamburgo. Ernst precisava saber, o tempo todo, que não podia fazer planos com um dinheiro tão improvável. Nada de assumir riscos sem um mínimo de garantia. Mas ele achava que, depois de oito anos no Grupo Bunge & Born, merecia ganhar mais, e, além de tudo, ainda havia uma boa possibilidade na filial carioca de uma casa exportadora americana muito importante.

— Ernesto, você ainda não teve uma proposta concreta dessa firma americana.

— Lisette, eu já conversei com o diretor-geral de lá, ele adorou o meu currículo. Disse que minha experiência seria muito importante pra firma, que é especializada em matérias-primas para a indústria, e disso eu entendo como poucos.

— Você entende de tudo um pouco, já que nunca se especializou, como seus tios. Mas não é sobre isso que eu quero falar. Eu quero que você entenda que não está em condições de pedir aumento ao seu chefe, não agora.

— Mas eu mereço um aumento, a inflação é muito ingrata, e não é possível que só as minhas responsabilidades e as minhas horas trabalhadas aumentem.

— E se a resposta for não?

— Eu vou para a firma americana.

— E eu pergunto, de novo: que acerto você já tem com eles?

— Lisette, o diretor me adorou...

— Isso não garante nada.

Foi um período bem difícil aquele. E o ano de 1957 começara tão bem, com Gilberto sendo aprovado entre os dez primeiros para o vestibular de administração de empresas, da já concorridíssima Fundação Getúlio Vargas. A colocação lhe valeu uma bolsa integral durante todo o curso, além de uma boa ajuda de custo. Se não fosse por isso, Gilberto estaria em maus lençóis... Ernst não conseguiu o aumento no Grupo Bunge & Born e acabou demitido. Demorou a conseguir uma nova colocação, já que a possibilidade na tal casa exportadora americana não se concretizou. Lisette surgiu para salvar o barco e conseguiu um emprego no escritório carioca da revista americana *Newsweek*. Com seu salário de secretária, foi ela quem sustentou a família por um bom tempo.

Ernst, aos 53 anos, já não teria muitas chances profissionais. Em 1958, sem espaço no Rio, aceitou o emprego de gerente de escritório da usina da Companhia de Ferro e Aço de Vitória S.A., no Espírito Santo. Era uma empresa com investidores alemães, e Ernst faria também o contato entre os parceiros do Brasil e da Alemanha. Lisette e Gilberto ficaram no Rio, Ernst os visitaria em algumas folgas, um sacrifício que duraria pouco... Em apenas dez meses, Ernst foi novamente demitido e voltou ao Rio, mas dessa vez teve mais sorte: foi contratado pela Sociedade Brasileira de Comércio e Representações (*Brascorep*), grupo de capital francês. Era sua volta à avenida Rio Branco, no Centro da cidade, e às funções de toda a vida, lidando com importações, exportações e representações, atrás do inalcançável "negócio da China".

Em 1960, Gilberto, que já estagiava na General Electric, se formou em administração de empresas. Faria, em seguida, uma pós-graduação em Paris, numa das melhores escolas de administração do mundo, principal centro de formação de administradores públicos da França. Com uma bolsa do governo brasileiro, Gilberto teria a oportunidade de estudar um ano na Escola Nacional de Administração (École Nationale d'Administration), viajaria já na metade de 1961, e Ernst não gostava nem um pouco dessa ideia. De cara, disse que o filho não iria, que aquilo era uma tolice. Lisette deu gargalhadas, e nenhuma margem para dúvidas: Gilberto viajaria, de qualquer maneira. Ernst tremeu, tinha medo de nunca mais ver o filho.

LACOMBE HEILBORN

Lisette recortou com cuidado a nota do jornal e botou no envelope, junto com a carta que escrevera para Gilberto. Fazia seis meses que ele estava em Paris, estudando na École Nationale d'Administration. Morava na Cidade Universitária, na *Casa do Brasil*, que estava para ganhar um novo diretor. Era sobre isso a nota de jornal que Gilberto receberia da mãe naquele mês de fevereiro de 1961.

CASA DO BRASIL

O professor Américo Jacobina Lacombe, antigo diretor da Casa de Rui Barbosa, seguirá, em breve, para Paris, onde substituirá o professor Leônidas Sobrino Porto na direção da Casa do Brasil. Cumulativamente às suas funções de diretor, o professor Lacombe dará, também, aulas no Instituto de Altos Estudos para a América Latina na Universidade de Paris, regendo as cadeiras de Português e Cultura Brasileira.

A Casa do Brasil, localizada na Cidade Universitária de Paris, é a residência dos estudantes bolsistas, procedentes de todos os estados brasileiros, que vão cumprir cursos às expensas do Ministério da Educação e Cultura.

"Sendo o atual tesoureiro o jovem Gilberto Heilborn, futuro diretor da GE"... Foi isso que Lisette escreveu, com caneta azul, no rodapé da nota enviada ao filho. Bom, de estagiário a diretor de multinacional, ainda faltava um longo caminho, mas a ascensão de Gilberto ao cargo de tesoureiro do Comitê de Residentes da *Casa do Brasil* tinha sido bem rápida. O grupo de estudantes era ligeiro também para conseguir informações estratégicas e, bem antes de o recorte de jornal enviado por Lisette chegar, já sabia sobre o novo diretor que estava a caminho. Mais do que isso, eles sabiam que o conhecido historiador, que se tornaria em alguns anos imortal da Academia Brasileira de Letras, moraria em Paris com a mulher, Gilda Masset Lacombe, e dois dos cinco filhos, Mercedes e Eduardo. A moça tinha vinte anos, e Gilberto, o bonitão galanteador da turma, foi escalado para ser simpático com ela, dar-lhe atenção especial. O objetivo era receber o novo diretor e sua família com muita simpatia e cordialidade, queriam que eles se sentissem acolhidos já no primeiro momento... Principalmente, porque havia um objetivo estratégico e imediato: conseguir do professor Lacombe a autorização para que o baile de Carnaval da Casa do Brasil pudesse se estender até mais tarde. Em vez de meia-noite e meia, como era tradição, até três e meia da manhã. O diário de Gilberto tem todas as informações. No dia 1º de março de 1962, está assim: "De manhã, às 8h30, encontramos o novo diretor, Jacobina Lacombe, e expusemos o problema do Carnaval. Parece que conseguiremos o baile até 3h30". Sim, conseguiram. O baile começou às oito da noite do dia 5 de março, entrando pela madrugada do dia 6. O salão foi todo decorado, num projeto do cartunista Zélio, irmão do Ziraldo, contemporâneo de Gilberto na *Casa do Brasil*; assim como o arquiteto e urbanista Jaime Lerner, que seria prefeito de Curitiba e governador do Paraná; Zózimo Barrozo do Amaral, que se tornaria um colunista de jornal dos mais influentes; e João Cândido Portinari, filho do grande pintor. Cerca de trezentas e cinquenta pessoas se divertiram ao som da Orquestra de Ney e, nos intervalos, com discos. O diário de Gilberto fala do sucesso do baile de Carnaval, que gerou boa renda para o Comitê de Residentes, já que os ingressos foram vendidos, fala da animação e registra: "Brinquei com Mercedes, a filha do novo diretor". Sei muito bem como Gilberto se aproximou dela, pois tantas vezes ele me contou essa história... A orquestra acabara de voltar de um intervalo, Gilberto pegou um pedaço de serpentina e, já quase num passo de dança, se aproximou de Mercedes, que era uma morena lindíssima. Passou a serpentina por trás do pescoço dela e fez que a puxava para ele. Mercedes se deixou levar pelo salão... Em apenas doze dias estavam namorando. Em três meses e dez dias, ficaram noivos.

  O casamento seria no dia 9 de maio de 1964, com todos já de volta ao Rio. Cerimônia religiosa na igreja do Colégio Santo Inácio, em Botafogo.

Recepção no casarão dos pais da noiva, na rua Dona Mariana, número 73, no mesmo bairro. Adoro as fotos de Ernst nesse dia de festa... Não há sorrisos e poses zombeteiras da juventude nem a cara bem séria, ou o meio sorriso de quase sempre. Vejo alegria, realização, vejo futuro, vejo um sorriso de realmente mexer as bochechas. Quantos dias como aquele, de tanta felicidade e promessa de felicidade, Ernst já tinha vivido? Gilberto, ali, cercado de sorrisos, um homem feito, bonito, inteligente, a carreira bem encaminhada, a vida de casado começando... Mercedes, um sonho de nora... Era fácil notar o que sentia por Gilberto, todo seu amor, que seria devoção eterna.

Lisette e Ernst, claro, já não tinham a força dos amores mais novos, ainda começando. Trinta anos tinham se passado desde o primeiro encontro entre os dois, na esquina de Paula Freitas com Atlântica. O cachimbo que não acendia, a caixa de fósforos que Lisette levou ao tipão de 1,90m de altura... Tanto tempo depois, as diferenças entre eles já haviam se tornado realmente diferenças. Ernst tinha seus discos de concertos e óperas, Lisette era mais da animação, da rua, dos chás, jantares, dos encontros sociais, dos relacionamentos pessoais. Ernst era reservado, quieto, sonhador. Com tudo o que passara, era compreensível que parecesse mais frágil... Com Lisette, que sempre fora determinada, falante, querendo viver mais do que sonhar, acontecia o contrário: ela parecia cada vez mais forte, cada vez maior.

Ernst tinha dores não choradas, apertos no peito, a mãe desaparecida. De tudo o que a família tinha – imóveis, bens pessoais, toda a vida que se guarda, de que se cuida, e que cuida da gente – nada havia sobrado, nada parecia voltar. O pedido de indenização se arrastava havia onze anos, desde 1953. O próprio Gilberto, no período em que estudou na França, viajou até a Alemanha para um encontro com o terceiro advogado a cuidar do caso, Werner Wilmanns. O processo já tinha dezenove anos. Havia obstáculos por todo lado. Tudo era tão demorado, que só em 1964 o governo polonês emitiu a Descrição de Propriedade de Terra, um documento oficial com a situação dos bens que pertenciam a Elise, Ernst e Walter. Três propriedades, três terrenos juntos, totalizando mil novecentos e noventa e um metros quadrados. O casarão, o quintal e o prédio anexo com dois apartamentos... O endereço já não era Karlsplatz, número 4. Em Opole, na Polônia, havia a Plac Kopernika... Ernst levou a Descrição de Propriedade de Terra ao consulado polonês no Rio. Conseguiu descobrir que o casarão dos Heilborn tinha sido comprado num leilão por Tomas Lippok, ainda em 1941, pouco depois do desaparecimento de Elise. As outras propriedades faziam parte, desde 1959, do Tesouro Nacional da Polônia.

Não dá para dizer o quanto Ernst se remoía por conta dessa herança que nunca viu. Será que pensou, nos momentos de maior dificuldade, num lamento, como tudo poderia ter sido mais fácil se Hitler não tivesse chegado ao poder? Depois que foi demitido do Grupo Bunge & Born, sua vida profissional tinha se tornado errante. Quando Gilberto se casou, o pai estava de novo desempregado, tentando fazer um negócio ou outro por conta própria. Lisette já tinha começado a se dedicar intensamente a dar aulas de português para estrangeiros e de francês para brasileiros. Rapidamente, conseguiu muitos alunos, que, normalmente, iam ao seu apartamento, aliás, o primeiro imóvel próprio da família, comprado com a ajuda de Gilberto. Um amplo dois quartos na rua Ministro Viveiros de Castro. O bairro? Copacabana.

Ernst ainda conseguiria um emprego em setembro de 1964, como vendedor da Sociedade Comercial de Matérias Primas Ltda. Ficaria um ano e meio na firma, período em que se dedicou a um roteiro para cinema ou série de televisão, não a escrevê-lo, que isso fora feito em 1961, mas a tentar encontrar alguém que apostasse na sua ideia. Havia uma versão do roteiro em inglês, com o título *Let us try Lilliput*, que Ernst enviou para um estúdio dos Estados Unidos, o Revue Studios, e para agentes americanos, Ann Elmo Agency, Samuel French, MCA Artists, Buena Vista International, David Susskind, Ackerman Agency e American Broadcasting. A versão em alemão, *Versuchen wir's mit Lilliput*, seguiu para uma produtora de Munique, a Intertel Television. Era uma história de ficção científica, sobre um pai e sua filha, os dois cientistas, que criavam um jeito de aumentar e diminuir o tamanho de seres vivos, daí a referência à ilha Lilliput, do livro *As Viagens de Gulliver*. Devo dizer, não era um bom roteiro, Ernst esperara tanto tempo para investir em sua veia artística, criativa, e, quando finalmente partiu para a ação, apostou numa sinopse confusa, cheia de brechas, de imperfeições. As respostas, da Alemanha e dos Estados Unidos, custavam a vir. Ernst mandou novas correspondências, cobrando um retorno de todos. Apenas uma agência americana escreveu, informando que não considerava o roteiro forte comercialmente. Todos os outros mandaram o roteiro de volta, com uma carta amável, mas sem terem lido uma linha sequer da história de Ernst: era a política da casa.

O roteiro que não filmaria, o livro de memórias que não escreveria, a peça de teatro, o poema, acho que o Ernst artista morreu ali, naquele desprezo todo do mundo do cinema e da televisão. Tentara pelo caminho errado, na hora errada. O problema era que o Ernst negociante, envolvido com representações, importação e exportação, cargas, armazéns, despachos, encomendas, pedidos, números, esse tinha pouca chance, nunca fora diferente, não havia vocação. Então, se o sucesso não viera quando Ernst era jovem e cheio de energia, dificilmente viria no momento em que seu aniversário de 60 anos se aproximava tão rapidamente. O tempo tinha passado com tanta velocidade desde os banhos no rio Oder, ainda menino, os galopes em disparada pelas ruas de Oppeln até o posto dos bombeiros para ganhar alguns marcos, o rio congelado se transformando no melhor rinque de patinação do mundo, os primos, as óperas, os concertos. O tempo tinha voado… Hamburgo, Estrasburgo, Paris… Não sei que sonhos Ernst tinha, quando, de novo desempregado, aceitou trabalhar como relações públicas de uma oficina mecânica no bairro de São Cristóvão: Retífica Moderna Osvaldo Fiori Ltda. Seria seu último emprego.

Gilberto, ao contrário do pai, tinha descoberto sua vocação e apostado nela. Por sorte, era uma profissão nova, com mercado crescente. Graduado em administração de empresas pela Fundação Getúlio Vargas, pós-graduado pela ENA, na França, uma inteligência acima da média, não teve problemas para encontrar seu espaço e uma vida mais fácil do que a de Ernst. Da General Electric, foi para a Shell, de lá para a Geigy, Vale do Rio Doce… Tornou-se também professor da Fundação Getúlio Vargas, função que exerceria até o fim de sua curta vida. Faltava um filho, que não demorou… Quando soube que seria avô, Ernst deve ter tido, de novo, um daqueles raros momentos de felicidade e de promessa de felicidade, de futuro, de continuidade. Gilda Maria nasceu em 13 de junho de 1965. Tinha os mesmos olhos verdes de Elise. No dia do nascimento, Gilberto escreveu em seu diário: "Papai está feliz!".

Gilda ainda não tinha completado sete meses quando Mercedes começou a ter enjoos. Ernst ficou todo animado de novo. A neta com os olhos de sua mãe já conseguira lhe dar felicidade, mas ele queria um neto homem, para levar adiante o sobrenome Heilborn. Gilberto também tinha essa preocupação, que conseguiria passar para mim, seu filho… O sobrenome não podia se perder. Com toda essa torcida, eu nasci no dia 2 de agosto de 1966. Meu nome, Luís Ernesto, tinha sido encontrado num livro de formatura do Colégio Santo Inácio. "Luís" em homenagem ao pai, Gilberto Luiz, ao trisavô, pai do Gastão Bahiana, e ao primeiro Lacombe a pisar no Brasil, por que não, o *maître-de-ballet*

Louis Lacombe. A explicação para "Ernesto", claro, é desnecessária. Ernst estava eufórico, um neto, um menino, mais um Heilborn brasileiro, e ainda com seu nome... Aqueles foram dias de muita emoção para o avô, ele tinha prometido que aos netos ensinaria o alemão. Com Gilberto, não teve chance, os nazistas atrapalharam.

Ernst esteve comigo apenas doze vezes, nos meus três primeiros meses de vida, o diário de Gilberto relata cada uma delas. Como Ernst quase não tinha chance com os netos quando Lisette estava por perto, ele bolou uma estratégia. Se Gilberto os convidava para jantar, por exemplo, e marcava às oito da noite, Ernst inventava para Lisette um compromisso qualquer bem anterior, no meio da tarde, e combinava de encontrar com ela direto na casa do filho. O que fazia, então? Saía de casa às três, cumpria uma visita rápida a algum amigo no caminho e, às cinco da tarde, talvez antes, já estava no apartamento de Gilberto e Mercedes, admirando e embalando os netos, cantando para eles músicas alemãs, as mesmas que tinha ouvido tantas vezes de Elise. Houve jantares, almoços, visitas de surpresa, meu batizado, na igreja de São José, na Lagoa, houve tão pouco... Eu tinha apenas noventa e oito dias de vida. No diário de Gilberto, 7 de novembro de 1966: "Papai não passou bem hoje, dores no coração". No dia seguinte, depois do trabalho, Gilberto deu um pulo no apartamento da Viveiros de Castro, estava preocupado, fazia já algum tempo que Ernst não vinha se sentindo bem. Ficou pouco mais de uma hora com o pai, que continuava abatido, e seguiu para casa. Mal tinha acabado de jantar, e o telefone tocou, era Lisette. Gilberto voltou correndo para a casa da mãe, Mercedes foi com ele. Na sala, Ernst estava estendido no chão, uma espuma saindo pela boca, o paramédico da ambulância de socorro fazia massagens cardíacas, mas não adiantaria. Como o pai, Joseph, Ernst morreu de enfarte, seguido de edema pulmonar. Tinha 61 anos. Foi enterrado no jazigo da família Bahiana no cemitério São João Batista, em Botafogo. Isso quase fez com que o grão-rabino da sinagoga procurada por Gilberto se recusasse a realizar uma cerimônia em memória de Ernst. Ele acabou aceitando fazer uma prece, depois dos serviços noturnos. Foi rápido, mas emocionante.

De Volta à Alemanha

Gilberto não se conformava, seu pai não veria o crescimento dos netos, não ensinaria a eles a língua alemã, não contaria as histórias da sua infância em Oppeln, de sua juventude na Europa. Ernst, "um homem bom", tantas vezes lhe disseram no velório, no enterro, nas visitas de pêsames, "um homem boníssimo". Era mesmo tranquilo, quieto, de paz. Acho que guardava nesse jeito todas as suas dores, saudades e revoltas. Não viu os netos crescendo… Não viu a indenização de guerra finalmente começar a ser paga pelo governo alemão! Demorou tanto que ele morreu antes. Gilberto, herdeiro de Elise, abriu mão do benefício em favor de Lisette. Não era muito dinheiro, em torno de dois mil dólares a cada três meses, quatro pagamentos por ano. Mesmo que Lisette tenha vivido até os 96 anos, o total pago de indenização não chegou nem perto do que valiam as propriedades, os bens dos Bornstein Heilborn. Fora as mortes de Elise, de seu filho Walter… Ernst se foi conhecendo apenas a injustiça. Nem voltar à Alemanha, pelo menos uma vez, depois de deixar o país, em 1934, fugindo do nazismo, nem isso ele conseguiu. Foi Maria Cristina, a neta que Ernst não conheceu, quem fez o caminho de volta, quem, de alguma forma, reconciliou a família com a Alemanha. Cristina nasceu em 23 de janeiro de 1968, pouco mais de um ano depois da morte do avô. Ela sempre foi mais ligada à mãe, Mercedes, e, no começo da juventude, se aproximou muito da avó Lisette, com quem tinha em comum a paixão pelas artes e pela França. Assim como a avó, Cristina também se casaria com um alemão.

Quando Cristina desembarcou no aeroporto de Hamburgo, a cidade alemã de que Ernst mais gostava, Axel Guenther esperava por ela, um buquê de flores na mão, os olhos cheios d'água. O dia era 25 de julho de 1992. O namoro tinha começado no Carnaval do ano anterior, numa pequena cidade mineira, São João Nepomuceno. Axel e um amigo faziam uma viagem turística de três meses pelo Brasil. No meio do Carnaval de rua, em passeios pela natureza, banhos de cachoeira, a paixão entre Axel e Cristina se inventou, no caminho do amor verdadeiro. Quando ele teve que voltar para a Alemanha, queria que ela fosse também. Mas Cristina, comunicadora visual, estava começando sua carreira. Podia parecer loucura largar o emprego, largar tudo daquele jeito e seguir para um país cuja língua não falava, para tentar uma vida com alguém que ainda não conhecia profundamente, de uma cultura tão diferente da brasileira. Lisette era dos poucos que não tinham dúvida, seu conselho para a neta era direto: Cristina devia se deixar levar pela paixão e viajar para a Alemanha, para a cidadezinha perto de Hamburgo onde Axel morava, Buchholz in der Nordheide.

O casamento foi oficializado em 1996. Lisette não quis viajar para a cerimônia. Seguiria apenas no mês seguinte para Klecken, outra cidadezinha perto de Hamburgo onde Cristina e Axel tinham construído uma casa. Lisette gostava de ter a neta só para ela, não queria saber de dividi-la com outras visitas. Mas mandou seu artigo para o jornalzinho preparado tradicionalmente na Alemanha para os noivos por parentes e amigos. Seu texto foi lido durante a festa de casamento, em voz alta, para todos os convidados, por uma amiga de Cristina:

> Era uma vez uma jovem alegre e cheia de sonhos, esperando o seu "Príncipe", quando de repente numa esquina (literalmente) o encontrou! Ele vinha envolto na magia das terras de além-mar. Foram felizes! Tiveram um filho muito amado! O destino implacável os levou, mas ficaram à sonhadora jovem avó os netos, que são a continuidade do seu "Príncipe".
> A vida é um eterno recomeçar...
> A caçulinha encontrou também o seu "Príncipe", que também veio do além-mar, trazido por asas mágicas. Eles se encantaram e lá foram eles!
> Ela, fazendo o caminho de volta daquele que me encantou há tantos anos.

Lisette visitou a neta na Alemanha três vezes, a primeira em 1993. Ficou um mês com Cristina, a quem ensinou muito sobre como cuidar de uma casa. Com seu jeito divertido, conquistou os sogros da neta. Em 1999, Lisette comemorou seus noventa anos em Klecken. Cristina preparou um jantar e se lembra bem de seu sogro chegando, muito bem vestido, com terno e gravata borboleta, dizendo: "Eu tinha que vir bem chique porque não é todo dia que vou a um aniversário de 90 anos!". Lisette estava radiante, chegara tão bem àquela idade! Apesar de tudo o que passou, nunca perdeu a vontade de viver. Se houve um abalo ou outro, foi momentâneo. Com a morte de Ernst, ela começou a alugar um quarto do apartamento na Viveiros de Castro para estrangeiros que passavam temporadas no Brasil. Françoise, uma canadense; Edward, um inglês; depois um americano... As aulas que dava de português e de francês lhe tomavam um bom tempo. Mesmo que fosse o seu temperamento, o que não era o caso, Lisette não teria muita chance de ficar remoendo dores. Gilberto podia ajudá-la financeiramente de vez em quando, mas ela não queria ser dependente de ninguém.

Os netos ajudaram Lisette a enfrentar a perda do marido, principalmente Gilda, que tinha um ano e meio quando Ernst morreu. Gilberto e Mercedes costumavam deixar a filha com a avó, e o programa preferido das duas era praia, com castelinho na areia e tudo mais. Nas refeições, Lisette cortava o bife da neta em pedaços bem pequenos, e Gilda adorava. Eu lembro da caixinha de prata, cheia de balas Mentex, que nossa avó tinha sempre na bolsa, de quando ela nos levava, minhas irmãs e eu, para tomar chá no Hotel Debret, na avenida Atlântica, uma vista espetacular da praia de Copacabana. Mas Lisette não era dessas vovozinhas doces, que cobrem os netos de mimos, carinhos, beijos e abraços. Ela se aproximaria disso mais para o fim da vida. Era sincera, autêntica, tinha um gênio forte e quase sempre se achava a dona da verdade. Era muito exigente, crítica, tinha opinião sobre tudo, e fazia de tudo para impor sua opinião. Gilberto tinha uma idolatria pela mãe, e ela pelo filho, que o fazia consultá-la sobre praticamente tudo. Mercedes, claro, não podia gostar. O "lado ruim" da sogra ela conheceu mais do que ninguém... As crises que se criavam porque Lisette cismava que os netos passavam mais tempo com a outra avó do que com ela, a vez em que Mercedes chegou em casa e descobriu que os móveis da sala tinham sido todos trocados de lugar pela sogra, que achava melhor do novo jeito, a vez em que Lisette pegou Gilda para fazer um passeio, um passeio e apenas isso, mas entregou a neta de volta com o cabelo cortado bem curto, à moda Joãozinho... Lisette, definitivamente, não era fácil.

Quando o tumor do tamanho de um abacate foi descoberto, Gilberto achou que a mãe não resistiria. Foi um longo drama no Hospital Silvestre, em Santa Teresa, bem perto do Corcovado, do Cristo Redentor. Fazia apenas quatro anos que Ernst tinha morrido... Gilberto se preparou para o pior, chegou a achar que a mãe não voltaria para casa. Só depois de cinquenta e seis dias, Lisette teve alta. Ainda abatida, foi se recuperar no seu cantinho, em Copacabana. Reclamou muito no início, a colostomia exigia cuidados, novos hábitos, e pareciam faltar a Lisette paciência e vontade de se adaptar. Em seu diário, Gilberto chegou a duvidar da recuperação da mãe, que, corajosa, batalhadora, passou por tudo, tudo suportou. Viveu trinta e seis anos colostomizada, muito mais do que havia sido previsto. Ela se adaptou tão bem, que, durante muito tempo, nós, os netos, não soubemos do problema, do câncer, das consequências da doença. Também esconderam de nós, enquanto acharam melhor e puderam, que vovó Lisette tinha um namorado. Descobri assim: eu era um adolescente, já entrando na juventude, e comuniquei aos meus pais que estava combinando com amigos de passar o fim de semana na nossa casa de praia. Normalmente, não haveria nenhum problema, mas o que ouvi do meu pai foi: "Não!". Ele tentou me enrolar, não me lembro com que desculpas, mas acabou contando: Lisette estava passando uma semana na praia com seu namorado.

 Osvaldo era pelo menos quinze anos mais novo que ela, e era mais baixo também. Tinha grandes olhos azuis, que hipnotizaram Lisette. Ele era romântico, como ela, tinha vontade de viver, como ela, de se divertir, de viajar, os dois tinham muito em comum. Foram felizes, cada um no seu apartamento, por muitos anos. Com sua existência enfim revelada, Osvaldo, uma pessoa doce, divertida, sorridente, se tornou próximo, se tornou um amigo. E eu descobri que, durante anos, os presentes maravilhosos que eu ganhava sempre da vovó Lisette no meu aniversário eram comprados por ele. Lisette só resolveu se afastar de Osvaldo quando viveu o momento mais difícil de sua vida, a morte do único filho. Achou que não havia mais espaço para alegria, que devia se impor sacrifícios, se entregar à dor, ao silêncio. Terminou o namoro e ainda decidiu que não comeria mais chocolate.

 Não existia nada que Lisette amasse mais do que seu filho. Gilberto, para ela, era perfeito, perfeito em quase tudo. Faltava apenas ter mais entusiasmo e amor pela vida, como a mãe. O que ele tinha era um travo, um tormento, uma dor que não cedia. Elise, a avó da foto na sala, o que ela tinha dito ao neto? E o silêncio de Ernst, o meio sorriso, aquela solidão toda que ele parecia carregar? A injustiça não deixa de ser também uma forma de abandono... Gilberto cresceu sabendo da dor, foi descobrindo aos poucos do que ela era feita. Perseguido, condenado – quantas vezes ele também se sentiu assim? Ele, o menino do mar do Leblon, que viveu dores hereditárias, que nunca se conformou. Falava muito em morrer jovem, tinha medo da velhice. Tinha tudo, tudo para ser feliz, mas não se permitia. Gilberto morreu com a mesma idade do avô alemão, Joseph, 49 anos, também de enfarte, como o avô e o pai.

Ninguém acreditava que Lisette viveria muito depois da morte do filho único adorado. Tinha 78 anos, enfrentara bem a viuvez, vencera um câncer dos mais agressivos, mas daquela vez parecia demais, mesmo para alguém com tanta força e tanta disposição. Passou um tempo desnorteada, tentou encontrar meu pai em mim, começou a me abraçar e beijar como nunca fizera. "Se eu soubesse que era tão bom, tinha abraçado e beijado mais o seu pai", dizia ela... Os primeiros meses depois da morte de Gilberto foram realmente difíceis, Lisette perdeu peso e até um pouco da postura ereta. Ganhou um estranho aspecto de fragilidade, passou a chorar com facilidade. Mas perder o único filho não foi, como imaginávamos, um golpe derradeiro.

Gilberto tinha morrido fazia apenas um ano e dez meses quando Lisette se tornou bisavó. Gilda, sua neta mais velha, tinha se casado com o jogador de vôlei Antônio Carlos Aguiar Gouveia, o Carlão, capitão da seleção brasileira campeã olímpica nos Jogos de Barcelona, em 1992. Renata Heilborn Gouveia, a primeira filha deles, nasceu em dezembro de 1989, com os olhos verdes da mãe e da trisavó Elise. Quando chegou a hora da primeira papinha, Lisette foi convidada para ajudar, ficou toda feliz. Foi tudo registrado em vídeo, quer dizer, quase tudo: Renata se atrapalhando com a colher, cuspindo um pouco a papinha, o babador salvando, muitas risadas, mas Lisette, só de relance. Ela era muito vaidosa e, a partir de certa idade, já não admitia mais ser fotografada ou filmada. Se percebia uma tentativa nossa de registrar uma imagem sua, ficava brava.

Em setembro de 1997, nasceu Hanna Guenther, primogênita de Cristina e Axel, primeiro descendente de Lisette e Ernst a nascer na Alemanha. Segundo o pediatra, uma típica alemã do Norte, cabelo louro-escuro, olhos bem azuis, quase quatro quilos, cinquenta e cinco centímetros. Ernst, de alguma forma, estava de volta à Alemanha, teria descendentes crescendo em seu país, falando a sua língua... Em 2001 nasceu o segundo filho de Cristina e Axel, Hendrik Guenther. Em 2008, veio o temporão, Noah Guenther, que nasceu no mesmo dia que sua trisavó Elise, 11 de dezembro. Cristina pensava muito em Elise sempre que cantava músicas alemãs para seus filhos. Gostava de imaginar que sua bisavó tinha cantado as mesmas canções para Ernst. As histórias em alemão que Cristina leu para os filhos, as histórias que Ernst ouviu da mãe, as comidas típicas, as paisagens que Cristina via, vivia, o país de Elise, de seu avô, as paisagens que se tornaram suas também. Eram os Heilborn, de novo, criando raízes na Alemanha.

Noah foi o único bisneto que Lisette não conheceu. Gilda e Carlão, além de Renata, tiveram Filipe Heilborn Gouveia, que nasceu em 1991, e Gabriel Heilborn Gouveia, de 1997. Eu me casei com a gaúcha Adalgisa Maria Colombo, a Gisa, e tivemos dois filhos: Pedro Colombo Heilborn, de 1998, e Bruno Colombo Heilborn, de 2001. Ernst e Elise, principalmente, ficariam orgulhosos porque todos seus descendentes que não nasceram na Alemanha, netos e bisnetos, se tornaram também alemães, passando a ter dupla nacionalidade.

Para Lisette, que tivera apenas um filho, era uma alegria imensa ter tantos bisnetos. Ela deixara de ser aquela que subia na cadeira à meia-noite em toda virada de ano, mas voltara a sorrir e a querer viver. Os netos, os bisnetos e o trabalho como síndica, era nisso que Lisette pensava. Sob sua administração, o prédio da Viveiros de Castro tinha se tornado um brinco: organizadíssimo, limpíssimo, estatuto do condomínio integralmente respeitado pelos moradores. Lisette era do tipo linha-dura, estilo que levou para o prédio da rua Inhangá, também em Copacabana, onde viveu seus últimos anos. Logo depois da mudança, ela se tornou síndica, teve muito trabalho, mas repetiu a boa administração. Criou inimizades com moradores menos educados, sem senso de comunidade, pegou no pé dos empregados, mas deu jeito em tudo. Então, passou a se preocupar também com toda a rua, o quarteirão, o bairro. Entrou para uma associação de síndicos, vivia metida em reuniões, em cursos, corria a cidade para cima e para baixo. Frequentava a prefeitura, Câmara de Vereadores, subprefeitura, administração regional, o batalhão da Polícia Militar, a Guarda Municipal. Era a típica velhinha de Copacabana, certo jeito aristocrático, bem-vestida, o cabelo armado de laquê. Já com mais de 90 anos, andava de um lado para o outro, a pé, de ônibus, de metrô, eventualmente de táxi. Travou uma guerra difícil contra o pessoal dos carros de frete e pequenas mudanças que tomou conta da pracinha em frente ao seu prédio. Foi xingada, escapou de pedrada, foi ameaçada de morte, mas não desistiu. Aqueles homens que transformaram a pracinha em escritório certamente não rezaram por sua recuperação quando Lisette levou um tombo em casa, uma madrugada qualquer, um fêmur fraturado.

DE VOLTA À ALEMANHA

Lisette sempre negou que tivesse guardado a correspondência entre Ernst e seus parentes alemães. Nada, jurava que não havia nada, que jogara tudo fora. Por isso, foi uma tremenda surpresa quando, na desmontagem do apartamento da rua Inhangá, depois de sua morte, foram encontradas cerca de duzentas cartas, escritas entre 1935 e 1967. A maioria enviada por Elise para o filho e a nora, mas também cartas dos tios de Ernst, Alex, Rosa e Trude, de primos, de Alex Besser e dos advogados que cuidaram do pedido de indenização de guerra. Cristina, que estava de férias no Rio, ficou com todas as cartas. Era a única de nós que falava alemão, só ela poderia entender aquelas linhas, encontrar a história perdida da nossa família alemã, da qual tão pouco sabíamos.

INFINITA FAMÍLIA

Foi um trabalho demorado. Cristina não tinha muito tempo, eram muitas cartas, um mundo de informações surgindo, pessoas, acontecimentos simples, cotidianos, acontecimentos importantes, marcantes, pequenas alegrias, dramas enormes, a história do mundo, a parte mais terrível da história da Alemanha. Foi anotando nomes, pistas sobre parentescos, fatos, datas, lia as cartas, relia, traduzia para o português. Havia muitas peças a encaixar, e a pesquisa se aprofundou na internet. Primeiro, Cristina localizou Chris Kirby, inglês, casado com uma neta da tia Trude, irmã caçula de Elise. Depois, fez contato com Sigrid Meurer, neta do tio Siegfried, irmão de Elise, e com a filha de Sigrid, Caroline Gray. As duas moram no Canadá. Então, surgiu Liliane Sznycer, filha da Vera Bornstein, neta do tio Alex e da tia Hedi. Por último, Judith Berlowitz, genealogista de Oakland, na Califórnia, nos Estados Unidos, que pesquisava sobre seus antepassados, os Philipsborn, família da mãe do Jacobi Bornstein, pai da Elise.

Com base nas notas escritas por Ernst para um livro de memórias, conhecíamos boa parte da história dos Heilborn. Tínhamos fotos de Joseph, mas não de seu pai, o gigante Salomon. Sabíamos da cervejaria, do casarão em Oppeln... Depois que Elise foi deportada, não demorou muito para que a casa em que Ernst cresceu e lhe pertencia legalmente fosse tomada pelos nazistas e leiloada... Queria muito que meu avô soubesse que a casa está de pé até hoje! Não mais em Oppeln, na Alemanha, mas em Opole, na Polônia. Também não há, claro, mais Karlsplatz, não há mais praça, nem mesmo a polonesa Plac Kopernika. Agora, é rua, que homenageia um escritor polonês, Henryk Sienkiewicz, prêmio Nobel de literatura em 1905, ano em que Ernst nasceu...

Em Berlim, o endereço mais especial para mim fica em Charlottenburg. Elise morou no prédio de número 50 da Fritschestrasse, que ela teve de abandonar, obrigada pelos nazistas a viver numa *Judenhaus*. O edifício também resistiu à Segunda Guerra, ao tempo, a tudo... Na verdade, é bem feio por fora. Por dentro, descobre-se que o pé direito é generoso... As escadas têm corrimão de madeira, recebem intensa luz natural, já que dão, em todos os andares, para janelões de vidro com vitrais claros e delicados nas laterais. As portas dos apartamentos são de madeira pesada, trabalhada. Na calçada em frente ao edifício, Cristina mandou instalar uma *Stolperstein*, a "pedra do tropeço". O projeto existe desde a década de 1990 e foi criado pelo artista plástico alemão Gunter Demnig. São pequenos monumentos, cada um deles dedicado a uma vítima do nazismo. Um cubo de concreto de dez centímetros de aresta é enterrado na calçada em frente ao último endereço da pessoa. A face superior, única que fica visível, tem uma placa em latão com algumas informações: nome, ano de nascimento, data da deportação e local da execução... A instalação da *Stolperstein* de Elise foi um momento muito emocionante para Cristina, que viajou para Berlim com o marido e os três filhos especialmente para a ocasião. Simbolicamente, Elise voltava a existir, recuperava seu nome, sem o "Sara" imposto pelos nazistas, seu endereço, sua casa, seu país: a Alemanha.

Incrível como sabíamos tão pouco sobre os Bornstein, família de Elise, mãe do meu avô alemão, quase nada. As cartas encontradas no apartamento de Lisette nos deram as primeiras informações sobre Elise, seu filho Walter, seus irmãos, cunhados, suas cunhadas, seus sobrinhos, amigos, conhecidos. Mas, se não fossem Chris Kirby, Sigrid Meurer, Caroline Gray, Liliane Sznycer e Judith Berlowitz, mesmo com as cartas que Lisette guardou, muito pouco teríamos sobre os Bornstein, de Bentschen, os oito filhos de Jacobi e Thekla.

Com o nazismo, os Heilborn e os Bornstein se espalharam pelo mundo: Estados Unidos, Canadá, Cuba, Venezuela, Equador, Bolívia, Chile, Argentina, Uruguai, Brasil, Inglaterra, França, Bélgica, Israel, Austrália... Ernst ainda manteve contato por carta com alguns parentes até o fim dos anos 1950. Depois disso, separação, distância, silêncio, ausência. No encontro com os primos pela internet, cinquenta anos depois, pudemos desfazer um pouco do mistério, do vazio, reconstruir a família e parte de sua história.

Dos oito filhos de Jacobi e Thekla Bornstein, só a caçula teve vida longa. Gertrude, a tia Trude, morreu em 1976, aos 91 anos. Foi salva do nazismo por seu filho. Heinz Koeppler fez carreira acadêmica, se formou em Direito, fez doutorado na Magdalen College, em Oxford, se tornou um importante historiador, um catedrático. Em 1937, se naturalizou britânico. Durante a guerra, fez parte de uma comissão do Exército inglês, dando aulas de alemão para as tropas britânicas. Em 1940, se tornou um oficial do Departamento de Investigação Política. Em 1943, ele era a ligação entre o Departamento e a BBC, cuidando de toda a propaganda de guerra que era transmitida de Londres para a inimiga Alemanha. Com o fim da guerra, se envolveu na reeducação e na ressocialização de prisioneiros alemães. Criou uma instituição chamada *Wilton Park*, nome de um campo britânico de prisioneiros. A ideia era "unir as pessoas, aproximar aqueles que discordam entre si, eventualmente com violência, e, com paciência, promover uma discussão franca sobre seus conflitos". *Wilton Park* existe até hoje, e suas conferências são bastante concorridas. É um símbolo da cidadania democrática, uma contribuição única para as relações internacionais, um fórum permanente para a segurança, o progresso, a justiça. O primo de Ernst acabou se tornando cavaleiro da rainha, *Sir* Heinz Koeppler. Morreu aos 67 anos, em 1979. Sua irmã, Hanni, farmacêutica, teve três filhos e vida longa, como a mãe. Morreu aos 92 anos, em 2002.

Alex Bornstein, o tio Alex, tia Hedi e a filha, Vera, caminharam bem depois da Segunda Guerra. Voltaram para Bruxelas, recuperaram seu apartamento, conseguiram uma indenização de guerra e tentaram acreditar na paz. A *Novelco*, nova firma de importação e exportação que abriram, lhes garantiu conforto e segurança. Alex Bornstein, dois anos mais novo que sua irmã Elise, morreu em 1955, aos 72 anos. Sua mulher, que sentia saudade dos inigualáveis anos 1920 em Berlim, tocou os negócios até morrer, em 1970. Vera teve duas filhas e morreu aos 78 anos de idade, em 2002.

Lina, viúva de Alfred Bornstein, também irmão de Elise, não voltou para a Alemanha depois da Segunda Guerra. Tinha emigrado para a Palestina em 1936 e morreu, aos 66 anos, no Estado de Israel, assim como seus filhos, Ruth, aos 80 anos, em 1990, e Kurt, aos 72, em 1979.

O enteado de Elise voltou para a Alemanha em 1950. Alex Besser conseguiu se restabelecer no país, depois de doze anos trabalhando pela criação do Estado de Israel. Montou um escritório de advocacia em Frankfurt e retomou a carreira interrompida pelos nazistas. No Oriente Médio, ele havia se aproximado do jornalismo, tornando-se colaborador da revista *Hakidmah*, "progresso", em hebraico. E o trabalho como jornalista prosseguiria até o fim de sua vida, principalmente como comentarista de emissoras de rádio e de televisão. Em

1964, já aos 65 anos, ele se casou com Rita Heinze. Alex Besser morreu em 1978, atropelado por um trem em Offenbach. Rita cumpriu o desejo do marido, declarado em testamento, e criou, em 1990, a fundação que leva o nome dos dois e promove até hoje o intercâmbio entre estudantes alemães e israelenses. A *Dr. Alexander and Rita Besser Foundation* oferece bolsas de estudo em escolas de jornalismo, além de estágios em empresas de comunicação da Alemanha e de Israel. Alex Besser teve sua vida contada, em forma de romance, no livro *Felix Guttmann*, do famoso escritor alemão Peter Hartling, de quem foi vizinho. Felix é baseado em Alex, um personagem com algumas características marcantes: a inteligência, a bondade, o altruísmo.

Tia Rosalie, a Rose, cunhada de Elise, viúva de Siegfried Bornstein, escapou da perseguição dos nazistas porque era cristã. Mas acabou vítima da Guerra Fria. Vivia em Cottbus, que se tornou parte da Alemanha Oriental, país comunista, fechado, sem liberdades. Em 1952, o marido de sua filha mais velha, Gisela, fugiu para a Alemanha Ocidental, capitalista, democrática. No ano seguinte, Gisela e as duas filhas conseguiram se juntar a ele. Tia Rosalie passou a vida em Cottbus, onde morreu aos 95 anos, em 1982. Rosemarie, sua filha caçula, se casou, mas não teve filhos e morreu aos 74 anos, em 1994, em Colônia. Gisela viveu até os 85 anos, morreu em Bonn, em 1997. As duas sempre ouviram da mãe que o faqueiro de prata com os talheres marcados com a letra "H" em relevo que ela guardava era dos Heilborn. Elise tinha entregado o faqueiro à cunhada, em 1941, quando foi obrigada a deixar seu apartamento e seguir para uma casa coletiva para judeus. Rosalie devolveria os talheres quando tudo se acalmasse. Em 2014, passados 73 anos, Sigrid, neta de Rosalie, filha de Gisela, escreveu para minha irmã Cristina, dizendo que estava indo para a Alemanha no verão. Sairia de Montreal, no Canadá, para visitar sua irmã, em Colônia. Depois iria para Timmendorf, uma praia no mar Báltico, para um encontro com antigas colegas de um internato da cidade onde viveu muitos anos. Aproveitaria para passar em Klecken e fazer uma visita à prima brasileira-alemã recém-descoberta. Cristina foi à estação de trem de Hamburgo receber Sigrid, uma senhora de 79 anos, cheia de vida e disposição. Passaram um bom tempo na casa de Cristina, que mostrou todo o material que tinha sobre a família: cartas, documentos, fotos. Sigrid ficou emocionada ao descobrir, numa carta de Elise, que seu avô, Siegfried Bornstein, já estava doente alguns meses antes de morrer. Ela achava que ele tinha morrido de repente. Cristina também se emocionou com o encontro, principalmente quando Sigrid entregou a ela um presente, um misterioso pacote pesado, feito com papel de seda amarelo... Eram peças do faqueiro dos Heilborn, iguais às que Lisette e Ernst ganharam de Elise como presente de casamento, e que eu acabei herdando. Cristina não acreditava, depois de tanto tempo... Foi impossível não chorar.

O Silêncio e a Sinfonia

Estranho perceber quanto silêncio se impôs às dores vividas por conta do nazismo. Ernst, pelo que sei, não costumava falar do assunto. Lisette sempre desconversou, sempre jurou que não guardara cartas, não tinha histórias, quase não tinha lembranças. Com Vera Bornstein, filha do tio Alex, e com tia Trude, aconteceu o mesmo. Seus descendentes nos contaram que elas raramente falavam da guerra, dos nazistas. As cartas de Elise já traziam silêncio, uma edição da realidade em frases curtas, lamentos breves, sufocados, o perigo diluído, distorcido, disfarçado, para se enganar, enganar os outros, imaginar uma dor menor e uma solução sempre a caminho. Um jeito de sofrer menos, de fingir que não se sofre.

O silêncio... Ernst demorou muito para conseguir alguma informação sobre o destino de sua mãe. Capturada pelos nazistas, Elise teria sido levada para o campo de concentração de Majdanek, na Polônia ocupada. Foi o que descobrimos, inicialmente. Mas o registro dos mortos em Majdanek nunca foi preciso. O campo virou um museu, e os últimos estudos feitos pelo departamento científico do Museu Majdanek falam em setenta e oito mil vítimas, sendo cinquenta e quatro mil judeus. Elise não estava entre esses mortos. Só em janeiro de 1961 o advogado de Ernst na Alemanha conseguiu o registro oficial de que Elise fora deportada para a Polônia em 13 de junho de 1942. Finalmente, Cristina conseguiu confirmar no Arquivo Nacional da Alemanha a data de deportação da nossa bisavó e o local para onde ela foi levada: o campo de extermínio de Sobibor. Nesse campo, duzentos e sessenta mil pessoas foram executadas pelos nazistas em câmaras de gás alimentadas por um motor a diesel.

O silêncio de Elise se estabeleceu no fim de 1941, quando ela enviou sua última carta para o filho. Ainda falava em abrir uma pensão em Petrópolis, com

Ernst e Lisette, ainda achava que conseguiria vender seu terreno em Oppeln. Aí, partiria para o Brasil. Se, na embaixada brasileira, poucos vistos eram liberados, cotas limitadíssimas, por determinação do governo de Getúlio Vargas, Elise não desistia, ligava todo dia, ou ia pessoalmente à embaixada. Uma hora, conseguiria... Em sua última carta, ela lembrava o primeiro ano da morte do filho Walter, provavelmente executado pelos nazistas. Havia tristeza, apreensão, mas também esperança – ainda.

Oito meses se passaram entre essa última carta, que Ernst e Lisette receberam da Alemanha, e a deportação de Elise. Oito meses, sem que ela conseguisse enviar uma única linha para o Brasil... Morando numa casa coletiva, com tão pouco que pudera levar, dinheiro escasso, marcada pela estrela amarela na roupa, correndo risco em qualquer canto, o filho, a nora, o neto, todos tão distantes, a guerra destruindo tudo, criando um mundo de impossibilidades... Até quando Elise acreditou que escaparia? Silêncio.

***

O maestro fez um movimento leve, a música começou a ocupar cada espaço, trouxe imagens, cenas diversas, ação, lembranças, sentimentos, diálogos, a vida, com tudo o que é da vida. A força de uma sinfonia... Cristina tinha conseguido bons lugares para ela e a avó Lisette no *Musikhalle*, a belíssima casa de concertos de Hamburgo, que escapou intacta da Segunda Guerra. A *Nona Sinfonia* de Beethoven, com a Orquestra Sinfônica de Hamburgo e um coro japonês. A vida, a vida em notas musicais, em ritmos, pausas, compassos, movimentos, drama, alegria, brincadeira, drama, toque militar, apocalipse, romantismo, drama, drama, clímax, fragmentos, fragmentos... Quando a sinfonia terminou, Lisette estava aos prantos. Explicou para a neta que, só naquele instante, passados tantos anos, tinha conseguido compreender o marido, o que ele sentia, o mundo de que Ernst tanto gostava, e que tanta falta lhe fazia.

Estou com fones de ouvido. Baixei a *Nona* de Beethoven, o volume está no máximo. Já não vejo lágrimas. Acho que Elise, Ernst e Lisette estão bem perto, estão sorrindo. É a vez da alegria, dos versos de Schiller, da fraternidade e da união. O coro – incrível –, posso entender o que o coro canta com tanta energia em alemão... Talvez seja meu avô soprando em meu ouvido a tradução para o português:

Alegria
(...)
Todos os homens serão irmãos,
Onde tuas suaves asas repousam.

Álbum de Família

ÁLBUM DE FAMÍLIA

Gastão Renato da Cunha Bahiana, pai de Lisette e primeiro presidente do Instituto Brasileiro de Arquitetos, hoje Instituto de Arquitetos do Brasil (IAB).

JEANNE-ROSE BOHER, MÃE DE LISETTE.

GASTÃO RENATO DA CUNHA BAHIANA EM UMA DE SUAS ÚLTIMAS FOTOS.

Lisette, ao centro, e seus irmãos (da esquerda para a direita): Lilice, Alberto, Henrique, Antoinette e Eduardo.

A CASA DA RUA PAULA FREITAS EM 1904, QUANDO FOI COMPRADA POR GASTÃO BAHIANA. COPACABANA NÃO ERA MUITO MAIS DO QUE UM AREAL...

DEPOIS DA SEGUNDA REFORMA, A CASA DA PAULA FREITAS ESTAVA BEM DIFERENTE. COPACABANA TAMBÉM MUDARA.

A CASA DA RUA PAULA FREITAS: SALÕES,
VARANDAS E UM POUCO DO JARDIM.

Lisette em dois momentos da infância.

LISETTE E SEUS IRMÃOS EDUARDO E ANTOINETTE, PRONTOS PARA APROVEITAR A PRAIA DE COPACABANA, BEM EM FRENTE DE CASA.

ÁLBUM DE FAMÍLIA

LISETTE AOS 22 ANOS.

LISETTE SONHANDO COM UM NOIVO...

LISETTE APROVEITA A PRAIA DE COPACABANA EM JUNHO DE 1933. ELA COMPLETARIA 24 ANOS POUCOS DIAS DEPOIS.

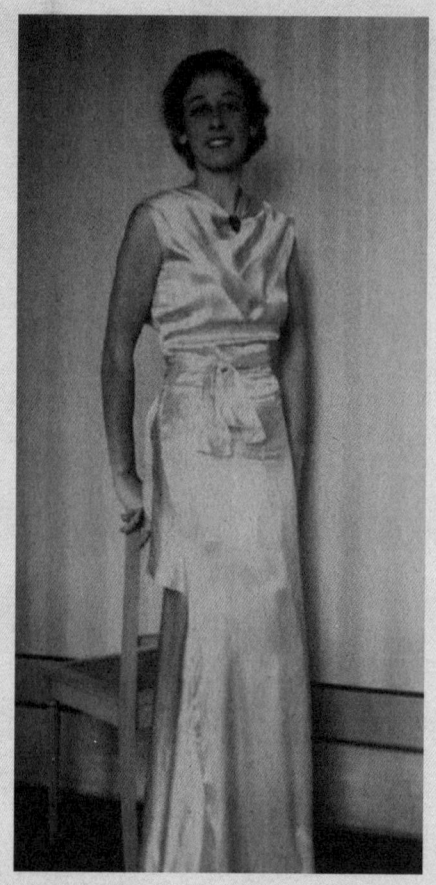

Lisette aos 26 anos, idade que tinha quando se casou.

Lisette aos 64 anos. Por volta dessa idade, ela passou a não querer que a fotografassem.

Funcionários da cervejaria em frente ao casarão dos Heilborn.

O casarão dos Heilborn, com a chaminé da fábrica de cerveja ao fundo.

Joseph Heilborn, pai de Ernst.

Elise e Ernst.

Ernst com poucos meses, em 1905.

ERNST EM MOMENTOS DA INFÂNCIA: DE MARINHEIRO; DE TRENÓ NA NEVE; APROVEITANDO O BALNEÁRIO DE BINZ, NO MAR BÁLTICO, EM 1912; E NUMA MONTAGEM TEATRAL. ERNST ESTÁ À DIREITA, COM O CAPACETE PONTUDO.

Ernst com colegas da Escola Nacional de Artes de Hamburgo.

Ernst atravessando os canais de Hamburgo. Ele está no centro do barco, de sobretudo claro.

Antes do nazismo, aproveitando as férias numa estação de esqui e, como nos tempos de menino, em Binz, no mar Báltico.

ÁLBUM DE FAMÍLIA

JACOBI BORNSTEIN, PAI DE ELISE.   THEKLA COHN, MÃE DE ELISE.

Paul Bornstein, irmão de Elise.

Georg Bornstein, irmão de Elise, e sua mulher, Flora.

ÁLBUM DE FAMÍLIA

Alex Bornstein, irmão de Elise, e sua mulher, Hedi.

Siegfried Bornstein, irmão de Elise, e suas filhas, Rosemarie, a mais nova, e Gisela.

CARTAS DE ELISE | LUÍS ERNESTO LACOMBE

No grande jardim dos Heilborn, em Oppeln, Paul Bornstein, Ernst no banco, uma senhora de vestido escuro e duas mulheres em pé que não identificamos, Thekla, Elise e sua irmã caçula, Trude.

Fachada do hotel dos Bornstein em Bentschen.

As irmãs Bornstein (da esquerda para a direita): Elise, Trude e Rosa.

A JOVEM ELISE.

JOSEPH HEILBORN, PRIMEIRO MARIDO DE ELISE.

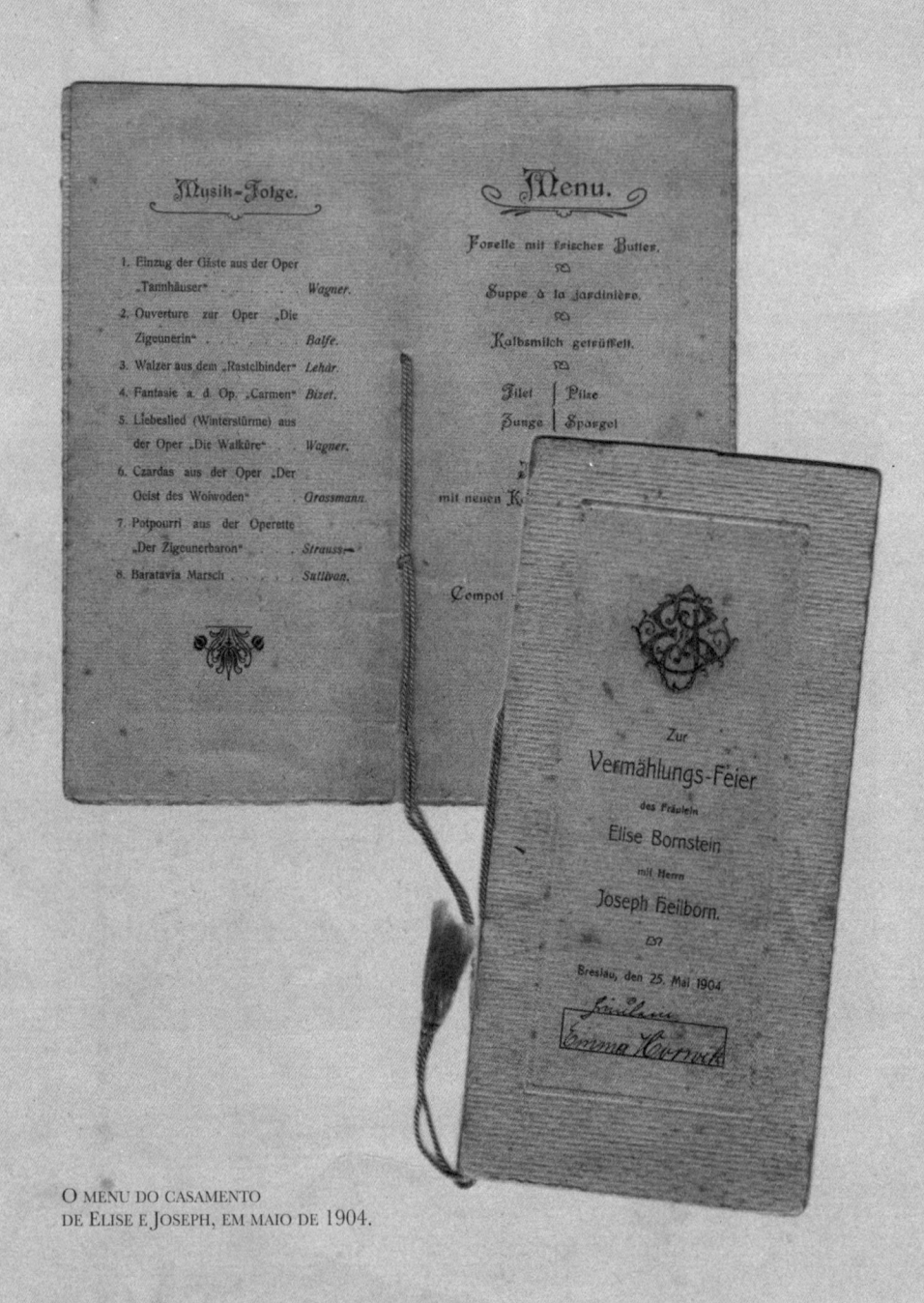

O MENU DO CASAMENTO
DE ELISE E JOSEPH, EM MAIO DE 1904.

ÁLBUM DE FAMÍLIA

Geschäftshaus Julius Besser.

A LOJA DE JULIUS BESSER, SEGUNDO MARIDO DE ELISE, EM FORST.

Julius Besser, Forst i. L.

Abteilung 1:
Herren- u. Knaben- **Garderoben.**

Abteilung 2:
Schuhwaren für Herren, Damen und Kinder.

Mitglied des Rabatt-Spar-Vereins (gelbe Marken).

ANÚNCIO DA LOJA DE ROUPAS, CALÇADOS E ACESSÓRIOS DE JULIUS.

CARTAS DE ELISE | LUÍS ERNESTO LACOMBE

FORST (Lausitz). Cottbuser Straße.

A LOJA DE ROUPAS, CALÇADOS E ACESSÓRIOS DE JULIUS TINHA TRÊS DEPARTAMENTOS: MASCULINO, FEMININO E INFANTIL. A FOTO E O ANÚNCIO SÃO DA COLEÇÃO FRANK HENSCHEL (FORST — LAUSITZ).

JULIUS BESSER, SEGUNDO MARIDO DE ELISE.

Lisette a bordo do *Cap Arcona*, a caminho da Alemanha já dominada pelos nazistas.

ÁLBUM DE FAMÍLIA

Fotos tiradas por Lisette durante o desfile militar dos nazistas na comemoração pelos 700 anos de Berlim, em 15 de agosto de 1937.

Lisette e Elise num passeio por Berlim.

Elise fotografada por Lisette.

Lisette e Frau Nathan, amiga de Elise, na praia do lago Stölpchensee.

No grupo, à direita, está Alex Besser, enteado de Elise. Lisette está ao lado dele.

O casarão dos Heilborn, na época do arrendamento da fábrica de cerveja para a Schultheiss.

ÁLBUM DE FAMÍLIA

Ernst com Gilberto, que tinha 3 meses de vida.

Lisette e Gilberto no verão de Petrópolis.

Lisette e Gilberto no inverno de 1939.

237

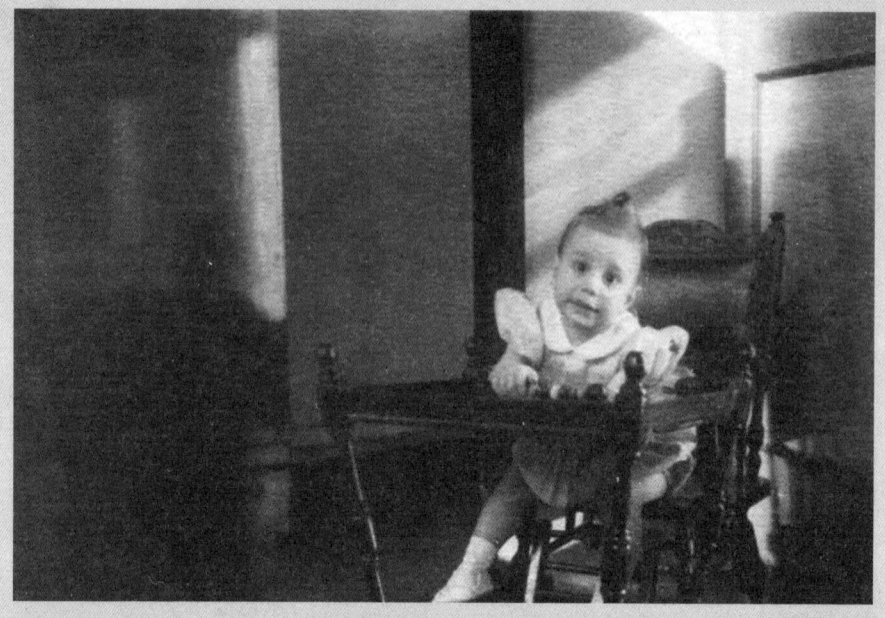

GILBERTO A DOIS MESES DE COMPLETAR 1 ANO DE VIDA.

ERNST E GILBERTO NA CASA DE PETRÓPOLIS.

ERNST E GILBERTO NA CASA DE PETRÓPOLIS.

ERNST, GILBERTO E LISETTE.

Elise esperava ansiosamente por fotos do neto, como essas tirada em 1940. Gilberto ainda não tinha completado 2 anos.

Gilberto aos 3 anos, em 1941, na época em que passou a ser o único herdeiro de Elise.

ÁLBUM DE FAMÍLIA

A ÚLTIMA FOTO DE ELISE. FOI REVELADA NUMA LOJA BEM PERTO DA CASA DELA EM BERLIM, NA PRAÇA ADOLF HITLER, NÚMERO 4. HÁ UM CARIMBO NO VERSO.

Lisette e Gilberto de volta ao Rio, depois de quatro anos em Petrópolis.

Jeanne-Rose, Gastão Bahiana, Gilberto, Lisette e Ernst, aproveitando férias em Caxambu (MG).

Gilberto aos 5 anos.

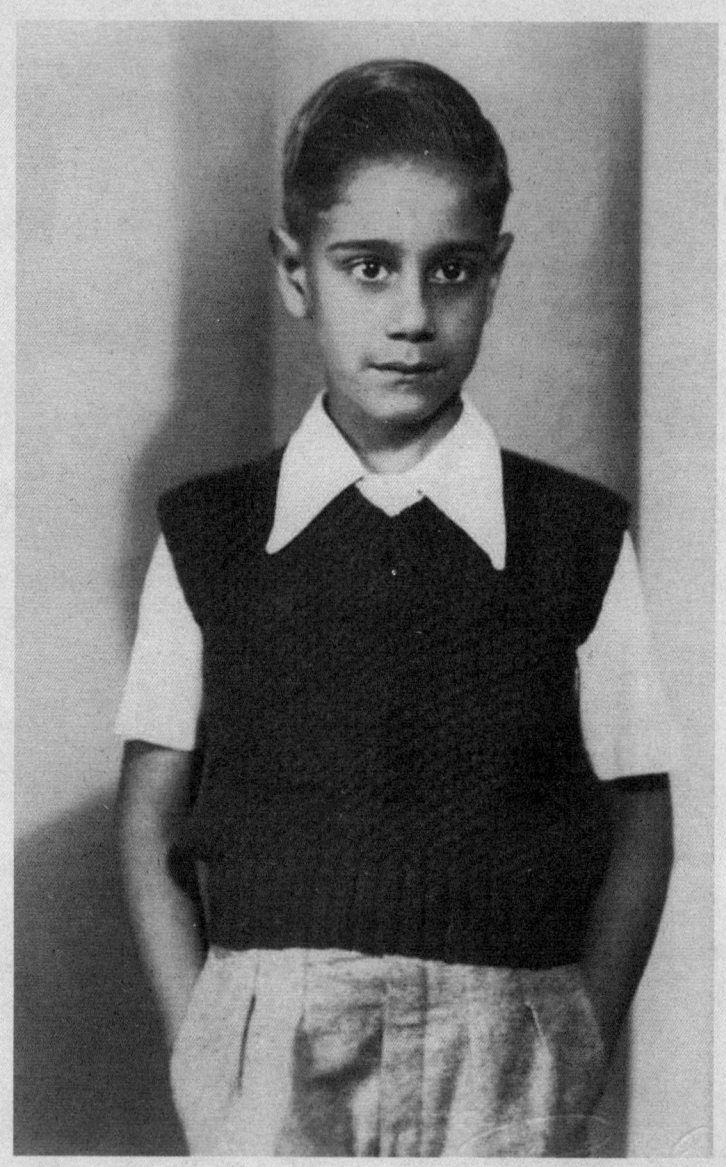

Gilberto em julho de 1945, dois meses depois da queda dos nazistas.

ÁLBUM DE FAMÍLIA

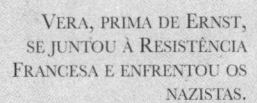

VERA, PRIMA DE ERNST, SE JUNTOU À RESISTÊNCIA FRANCESA E ENFRENTOU OS NAZISTAS.

ALEX BORNSTEIN QUERIA FUGIR PARA O BRASIL COM A FAMÍLIA E PEDIU AJUDA AO SOBRINHO ERNST.

Jüdische Gemeinde zu Berlin

Berlin N 4, den 9. August 46.
Oranienburger Straße 28
Tel. 42 33 28
42 33 48

Herrn Paulo Lefevre, Lissabon.

Betr. Registrierung der Juden. Ko/Ha.
Elise Besser verw. Heilborn geb. Bornstein.

Leider haben sich die von Ihnen Gesuchten bei uns bis jetzt noch nicht zurückgemeldet. Wir empfehlen Ihnen aber für eine evtl. Fortsetzung der Nachforschungen noch an folgenden Suchstellen zu wenden :

1.) Auskunftsstelle für vermisste Personen - 11 A -
    Berlin C.2. Brüderstr. 4.

2.) Hauptausschuss "Opfer des Faschismus" Abt. Radio-
    Suchaktion z.Hd. Frl. Leistikow Berlin C.2.
    Neue Schönhauserstr. 3.

3.) American Joint Distribution Comittee
    Berlin - Zehlendorf, Kronprinzenallee 247.

4.) Jüd. Zentralkartothek, G e n e v e, 57 quai Wilson.

Falls Ihr Freund Ernst Heilborn die Möglichkeit hat, bitten wir Sie durch ihn von uns Grüsse auszurichten an Franz B r a n d m a n n RIO DE JANEIRO, Caixa postal 36784.

Jüd. Gemeinde zu Berlin
i.V.

RESPOSTA DA COMUNIDADE JUDAICA DE BERLIM À CONSULTA DE ERNST SOBRE O PARADEIRO DA MÃE.

Dois momentos de Ernst com seu cachimbo e seu filho, Gilberto.

Formatura na Fundação Getúlio Vargas: Gilberto recebe seu diploma de administrador de empresas.

1. Os Lacombe: Luiz Antônio, Américo Lourenço, Gilda, Américo, Mercedes, Eduardo e Francisco. O cachorro chamava-se Plutão.

Ernst, Lisette, Gilberto e Mercedes.

Gilberto e Mercedes em frente à Casa do Brasil.

Namoro em Paris...

Os primeiros meses de casados.

Lisette dando papinha para sua primeira neta, Gilda.

Uma das últimas fotos de Ernst.

RZECZPOSPOLITA POLSKA

URZĄD STANU CYWILNEGO w Opolu
Województwo opolskie

Odpis skrócony aktu urodzenia

1. Nazwisko Heilborn
2. Imię (imiona) Israel
3. Data urodzenia trzydziestego kwietnia tysiąc dziewięćset piątego roku (30.04.1905)
4. Miejsce urodzenia Opole
5. Imię i nazwisko rodowe (ojca) Josef Heilborn
6. Imię i nazwisko rodowe (matki) Elise Heilborn zd. Bornstein

Poświadcza się zgodność powyższego odpisu z treścią aktu urodzenia Nr 410/1905/1

Opole, data 1993-01-07

KIEROWNIK
Urzędu Stanu Cywilnego
mgr Grażyna Stemplewska

Miejsce na opłatę skarbową

Pu-M-8. zam. WA Olsztyn

Só em 1993 foi localizado o registro de nascimento de Ernst. O documento foi emitido em Opole, como Oppeln passou a se chamar depois que foi entregue à Polônia. Como uma lei nazista assinada por Hitler, em 1939, ordenou que todos os registros de judeus que tivessem prenomes de origem "não judaica" fossem alterados, o nome que aparece no documento é "Israel".

ÁLBUM DE FAMÍLIA

Os netos de Lisette: Luís Ernesto, Maria Cristina e Gilda Maria. A foto é de 1969.

Lisette com sua neta caçula, Cristina, e sua primeira bisneta alemã, Hanna.

ÁLBUM DE FAMÍLIA

HEINZ KOEPPLER, PRIMO DE ERNST, FOI PARA A
INGLATERRA E VIROU SIR, CAVALEIRO DA RAINHA.

O CASARÃO DOS HEILBORN DA ÉPOCA EM QUE ERNST NASCEU.

FOI SURPREENDENTE DESCOBRIR QUE O CASARÃO EXISTE ATÉ HOJE...

A "Pedra do Tropeço", homenagem feita a Elise em frente ao seu apartamento em Berlim.

Os Heilborn Gouveia: Gilda e Carlão.

Gabriel, Gilda, Filipe e Renata.

Os Colombo Heilborn: Bruno, Gisa, Luís Ernesto e Pedro.

Os Heilborn Guenther: Noah, Hanna, Cristina, Hendrik e Axel.

CARTAS DE ELISE | LUÍS ERNESTO LACOMBE

Jacobi Bornstein 1832 | 1908 ♥ **Thekla Cohn** 1849 | 1920

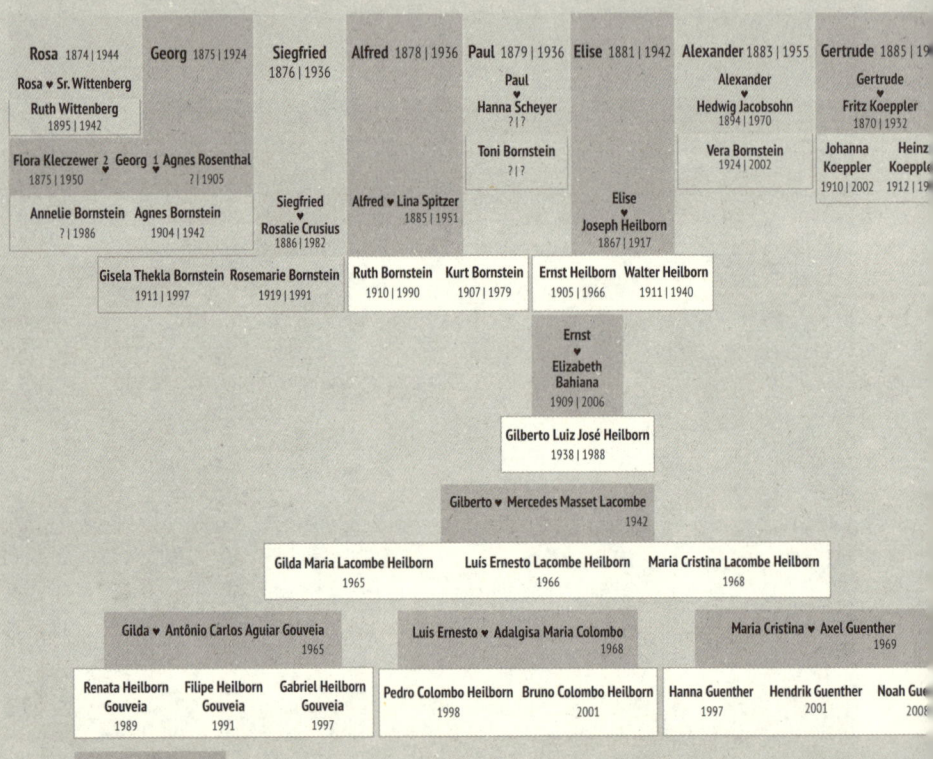

- **Rosa** 1874 | 1944
  - Rosa ♥ Sr. Wittenberg
    - Ruth Wittenberg 1895 | 1942
- **Georg** 1875 | 1924
  - Flora Kleczewer 2 ♥ Georg 1 ♥ Agnes Rosenthal
    1875 | 1950   ? | 1905
    - Annelie Bornstein   Agnes Bornstein
      ? | 1986   1904 | 1942
      - Gisela Thekla Bornstein   Rosemarie Bornstein
        1911 | 1997   1919 | 1991
- **Siegfried** 1876 | 1936
  - Siegfried ♥ Rosalie Crusius 1886 | 1982
- **Alfred** 1878 | 1936
  - Alfred ♥ Lina Spitzer 1885 | 1951
    - Ruth Bornstein   Kurt Bornstein
      1910 | 1990   1907 | 1979
- **Paul** 1879 | 1936
  - Paul ♥ Hanna Scheyer ? | ?
    - Toni Bornstein ? | ?
- **Elise** 1881 | 1942
  - Elise ♥ Joseph Heilborn 1867 | 1917
    - Ernst Heilborn   Walter Heilborn
      1905 | 1966   1911 | 1940
    - Ernst ♥ Elizabeth Bahiana 1909 | 2006
      - Gilberto Luiz José Heilborn 1938 | 1988
      - Gilberto ♥ Mercedes Masset Lacombe 1942
        - Gilda Maria Lacombe Heilborn   Luís Ernesto Lacombe Heilborn   Maria Cristina Lacombe Heilborn
          1965   1966   1968
        - Gilda ♥ Antônio Carlos Aguiar Gouveia 1965
          - Renata Heilborn Filipe Heilborn Gabriel Heilborn
            Gouveia   Gouveia   Gouveia
            1989   1991   1997
          - Renata ♥ Marcelo Courrege 1981
        - Luís Ernesto ♥ Adalgisa Maria Colombo 1968
          - Pedro Colombo Heilborn   Bruno Colombo Heilborn
            1998   2001
        - Maria Cristina ♥ Axel Guenther 1969
          - Hanna Guenther   Hendrik Guenther   Noah Guenther
            1997   2001   2008
- **Alexander** 1883 | 1955
  - Alexander ♥ Hedwig Jacobsohn 1894 | 1970
    - Vera Bornstein 1924 | 2002
- **Gertrude** 1885 | 19
  - Gertrude ♥ Fritz Koeppler 1870 | 1932
    - Johanna Koeppler   Heinz Koeppler
      1910 | 2002   1912 | 19

Acompanhe a LVM Editora nas Redes Sociais

https://www.facebook.com/LVMeditora/

https://www.instagram.com/lvmeditora/

Esta obra foi composta pela Spress em Baskerville (texto) e Barlow Condensed, Hijronote (título) e impressa em Pólen 80g. pela Rettec Artes Gráficas e Editora Ltda para a LVM em maio de 2022.